江为他是一个很好很好的人，
和他在一起我可以没有任何负担，
没有任何顾忌，
甚至什么都不用考虑。
只要有他在身边，什么都不是问题。
我们在一起很长时间了，
我一直欠他一句话。
江为，我爱你。
人人都在谈论爱，人人都在寻找爱，人人都在逃避爱，
有的人甚至不懂爱，不会爱。
但是我们不一样，
我们一直相爱。

沈奉春

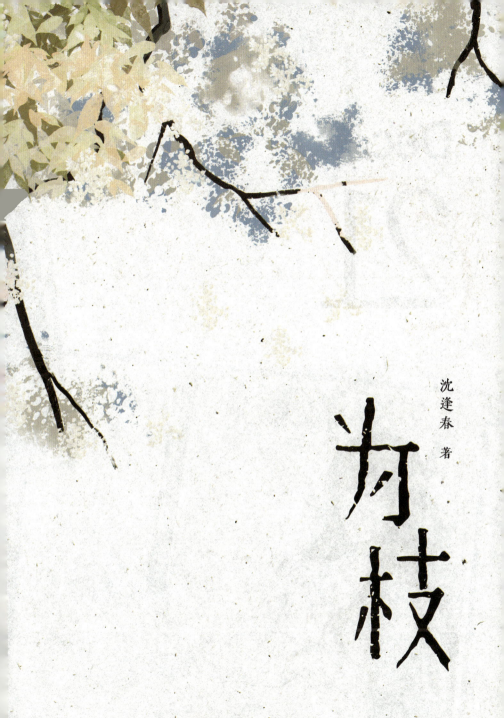

沈逢春 著

为枝

北京联合出版公司
Beijing United Publishing Co.,Ltd.

江为踩在雪上，脚下"嘎吱嘎吱"作响，他心跳很快，"怦怦怦"的心跳声比脚下的踩雪声还要清晰。

Dec.

21

突然他胸口一疼，像是被针扎了似的，
随之而来的是巨大的空洞感，似乎有什么东西在消失，

他无法抓住。

目录

海 城 市 医 科 大 学 附 属 医 院

科室：心外科	药房：C3门诊区二层西综合药房7号窗口

姓名：卢枝
年龄：23

性别：女
诊断：先天性心脏病

病号：19980425
床号：06

C.

18421257 00267

我怎么才能救她？我总不能告诉医生我很爱很爱她，可是我是救不了一个人的。

楔子

周一早上的第一节高数课，三教二楼角落的阶梯教室里，人头攒动，座无虚席。

为什么会有这么多人？

因为这节是江为江老师的高数课。

大家如此积极来上早课，并不是多么热爱学习，而是为了一睹在海城大学校园论坛上拥有无数个帖子的江为老师的风采。

上课前五分钟，江为阔步走进教室。他一手拎着笔记本电脑，一手拿着两本书，全身上下一身黑，黑色的大衣、黑色的毛衣、黑色的西装裤。

江为头发浓密整齐，五官棱角分明，甚至带着一丝可以明显察觉到的凌厉感。他剑眉英挺，眼睛细长，眼神深邃，鼻梁上架着一副眼镜，为其增加了一丝斯文气。

上过江为老师高数课的学生都知道，他向来不苟言笑，甚至有点儿不近人情。他为人特别"佛系"，没有什么朋友，也就和同办公室的顾老师关系比较好，听说两个人是大学舍友。

海大一直有着一个传闻：数院的江为老师已与初恋结婚多年。而且，江老师的妻子也是海大的，当年是学校里的风云人物，两个人一毕业就结婚了，典型的一手毕业证、一手结婚证的"毕婚族"。

不过当年的很多帖子都不在了，具体事实是什么样子的，无从考证。

论坛上无数的帖子各种讨论，但是始终没有得到当事人的证实。学生中不乏胆子大的，举着手朝江为问道："老师，听说您结婚了？"

此话一出，阶梯教室里所有学生的目光都集中到了江为身上，等着他的答案。

教室里的老式空调"嗡嗡"作响，窗外传来"唰唰唰"的扫雪声，还有学生窃窃私语的声音。

但是这些声音都没有传进江为的耳朵里。因为现在他的耳朵里，只有刚刚那名学生提出的问题，只有那句话——清晰、明确、有重量，一字一句地击打在他的心上。

江为放在桌子上的手微微地动了动，眉眼瞬间柔和了下来，像是想到了什么很美好的事情，想到了什么人。

然后在场所有的人都看见了，他们那一向不苟言笑的江老师，突然笑了，还打开了自己电脑桌面上的一个文件夹。

电脑投屏。

所有人都看见了，文件夹里面只有一张照片。

随着江为点开、放大的动作，一张结婚证内里的图片赫然展现在众人眼前。图片上的证件照尤其引人注意——照片上的两个人穿着白衬衫，男人笑得温柔，女人笑得明媚，两个人宛若一对神仙眷侣，般配极了。

他们的江老师声音温柔道：

"我结婚了。

"我很爱我的妻子。"

江为下班之后，独自一人去了家附近的一家超市。他好像很久没有逛过超市了，已经不记得上次去是什么时候了。他每天机械性地上班、下班，生活好像完全没有什么乐趣可言。

江为一个人推着购物车，在超市里面逛了很久，买了很多东西——原味的薯片、养乐多、可乐、巧克力、枇杞汁、两块牛排和一些新鲜蔬菜。

回家的路上经过花店，江为习惯性地走进去，店里花香扑鼻，里面一切还是熟悉的样子。他买了一束向日葵。

回到家进门之后，江为下意识地开口道出一句："我回来了。"

这是他每天回家进门的第一句话，是多年来的习惯。

客厅里空荡荡的，没有任何声音，也没有人回应他。只有那上了年纪的金毛，听见了声音，朝着他走过来，慢悠悠地，一步一步地。

江为见它过来，将东西放在玄关，蹲下身子，摸了摸它的头。

"七七，我回来了。"

七七似乎是听懂了江为的话，轻轻地蹭了蹭他的手，像是在安慰。

手心传来毛茸茸的触感，江为有点儿恍惚，视线渐渐模糊。他好像听见了一道欢快的女声，下意识地一抬头——

那道明媚的身影朝着自己跑了过来，穿着白色及膝的睡裙，头发披散着，没穿拖鞋，脚上戴着的脚链随着下楼的动作发出阵阵的声响。

"噔噔噔——"

女生一边小跑着下楼梯，一边朝他笑着说道："江为，你回来啦！"

"回来了。"江为笑着开口，起身伸手准备接住她，但是怀里一空，整个人瞬间清醒，才发现，刚刚的原来是幻觉。

江为自嘲一笑。

早就已经伸出的手微微僵住，然后又极其不自然地垂放了下来。他低头看着趴在自己脚边的七七，弯腰摸了摸它，轻声开口道："你是不是也还不习惯没有她的日子？"

七七似乎是听懂了江为的话，蹭了蹭他的裤脚。

感受到脚边的动作，江为嘴巴张张合合，声音很轻很轻，但是在这个安静到什么声音都足以放大几倍的客厅里面，却显得格外清晰："我也是。"

这天晚上，江为做了两份牛排，倒了两杯她喜欢的杧果汁。之前自己一个人一直是随便吃点儿，但是今天却难得地认真做了饭。

餐桌的桌布是她买的，嫩绿色的。买桌布的时候是春天，那个时候她说这块桌布有春天的味道、春天的气息，看着就很舒服。餐桌上的花瓶里插着他新买的向日葵，是她最喜欢的花。

江为坐在椅子上，脚边是七七。他环顾整个客厅，沙发上放的是她喜欢的抱枕，院子里栽种着她喜欢的树，冰箱里放着她最喜欢的食物，连家里的香薰，都是她喜欢的淡淡的茉莉花的味道。

他拿起刀叉，习惯性地将牛排切成一小块一小块，但是当抬头看向对面的时候，拿起盘子的手却猛地顿住了。他愣了一下，随即轻笑一声，然后像什么都没有发生似的，慢吞吞地吃了一口。

牛排的肉质很鲜嫩，味道也不错，火候掌握得很好，但是吃了一口，江为就停了下来，看着对面空荡荡的椅子，看着没有人吃的牛排、没有人喝的果汁。四处空荡荡的，那种铺天盖地的窒息感扑面而来。

她离开五年了。这些年来他一直过得如同行尸走肉一般，好像已经麻木了，什么都无所谓了，好像已经不会再为她的离开而悲伤了。他自己一个人这么多年也活了过来，就像她说的一样，好好活着。

但是直到今天在学校，突然听到学生提起她，直到今天晚上，他做了她很喜欢的牛排，但仅仅吃了一口，就情绪崩溃了。

他突然好想她。

他想，如果她在，一定会很开心的吧。会夸他牛排做得好吃，会笑着小跑到他身边亲他一下，会表扬他买的零食都是她最喜欢的。他真的很想要和她分享，就像她以前每每吃到什么喜欢的食物，总是喜欢和他分享一样。

这天晚上，江为做了一个梦。这个梦很长很长，让他仿佛重回当年一般。

那是十二月，那年的冬天下了一场很大的雪，海城到处都被雪覆盖着，银装素裹，像是一座雪城。他迎着雪跑了很远很远，给她买到了她喜欢的冰糖葫芦。但是当他满心欢喜地拿着冰糖葫芦回到医院，看见的却是一个接着一个的医生进入病房。他还闻到了浓浓的消毒水味，听到了"嘀嘀嘀"刺耳的仪器声和走廊里凌乱的脚步声。

等到最后医生宣布抢救无效的时候，江为的心和那串冰糖葫芦一样，掉在了地上，"啪"的一下，碎掉了。

她在海城那个最冷的冬天离开了他。

她最终没有迎来自己最喜欢的阳光明媚的春天。

梦醒了之后，江为再也没有睡着。这并不是第一次了，自从她离开之后，失眠就好像成了他的常态，无论吃什么药都没有用。

第二天，江为买了一大束新的向日葵，去了一趟西山墓地。

她在那里。

西山的风很大，江为单薄的衣衫根本无法抵挡住这冬日的寒风。那风就好像是锋利的刀，一刀一刀地割在他的身上、脸上，那看不见的伤口一滴一滴地渗出鲜红色的血。

但是江为就好像什么感觉都没有似的，朝着她所在的位置走过去。走着那条他已经走了无数遍的、无比熟悉的小路，一步一步，来到她的墓前。墓碑上那张小小的照片里，女孩的表情明媚又热烈，样子一如当年。

他过两年就要三十岁了。

她走了多少年了？

他的女孩好像一直停留在那个最美好的年纪，永远不会发福、不会衰老，脸上永远都不会有她讨厌的皱纹，头发也不会变白，脊背永远挺直。她永远年轻漂亮，眼神明亮，穿着一袭白裙，明媚热烈，肆意张扬，一直活在他的回忆里。

江为将向日葵放下，蹲下，伸手将墓碑上的积雪拂去，动作很轻，像是生怕打扰到她似的。

"我又来看你了。有没有觉得我烦？"像往常一样，他和她说起了生活中的琐事。声音很轻很轻，一如既往地温柔。

"宋初和顾盛挺好的，你不用担心。

"七七年纪大了，身体也一直不好。带它去看过几次医生，医生说它到年纪了，时日不多了。

"现在它也要离开我了。我好像什么都没有了。"

江为伸手，小心翼翼地摩挲着墓碑上的照片，从他的动作中，能看出他对墓主人无法掩饰的爱意。

"你还是这么年轻，我都老了。"

江为看着照片里的她，轻笑。

"幸好你没看见现在的我，要不准得嫌弃我老。"

江为在墓园待了很久，直到傍晚才离开。他回到家，推开院子的门，看见了院子里的秋千和枇杷树。枇杷树已经开花了。

恍惚间，他似乎还看见了当年他们两个人一起种下这棵树时的场景。

往事历历在目。

这一天，江为再次播放了那部自己已经看过无数次的，但是她还没来得及看的电影——《镰仓物语》。

他翻出了在医院里开的安眠药，那些药他一直没吃，一直放在抽屉里。窗外夕阳似火，橘红色的夕阳染红了整片天空，一如当年他们初见的时候。

江为躺在躺椅上，听着电影里的声音，看着窗外的枇杷树，突然笑了。

枝枝，你种的枇杷树开花了。

你看不见也没关系，我去告诉你。

第一章

重生

2018 年的夏天很热，连续下了好几天的雨，再加上海城傍海，宿舍里面很潮。今天难得是个大晴天，炎热的太阳高高地挂在天上，炙烤着大地。路上的积水也因为这突然出现的太阳，很快便蒸发掉了。

　　宿舍外面的走廊上不停地传来各种各样的脚步声，有轻有重，隐隐约约还有说话声、打闹声以及开门的声音。

　　"老江，老江！醒醒！上课了！"

　　江为是被一连串的喊声惊醒的。

　　"哟——"

　　头很疼，也很晕，意识渐渐回笼，江为揉了揉太阳穴。他迷迷糊糊地睁开眼，眼皮开开合合，然后便看见了趴在自己床边的顾盛，顶着一头特色的锡纸烫发型，凑在他面前，本来就不小的脸在他的眼前蓦地放大。

　　顾盛见江为醒了，格外激动。

　　"你怎么回事，叫都叫不醒？你是不是发烧烧傻了，中午给你的退烧药吃了吗？"顾盛像个老妈子一样抛出好几个问题。

　　今天上午的时候江为就晕晕乎乎的，回宿舍量了一下体温，确定是发烧了，几个室友翻遍了整个宿舍，好不容易才找了片还没过期的退烧药出来。

　　江为没有回答，他现在有点儿反应不过来，有点儿蒙。他明明是在家里的，躺在躺椅上，吃了安眠药，很多的安眠药。隔着玻璃窗外满天的夕阳，他看见开了花的枇杷树，看见他的枝枝在朝着他笑。

　　他是要去找他的枝枝的，但为什么现在会在这里？

　　宿舍阳台的帘子被拉开了，明晃晃的阳光照进来，有一些刺眼。他环视了一圈，这个地方——

　　对面那凌乱得好像打过仗一般的床铺，墙上贴着某电竞战队夺冠时的照片做成的一张大海报，桌子上那台没有关的电脑和随便搭在上面的耳机，吃完了还没来得及丢的泡面桶，地上凌乱的拖鞋，墙角的吉他，阳台上晒着的刚刚洗好的床单……以及自己面前熟悉的人。

很熟悉的地方，他记得，这是他们的大学宿舍。

一种不可思议的想法突然涌现心头，江为猛地侧头看向顾盛，犹豫着开口问道："现在是什么时间？"

"下午两点啊，哥，咱们下午还有课。"顾盛不知道江为问这个是什么意思，只当他是睡觉睡迷糊了，不知道现在几点了。

"不是，我是问现在是哪一年？"江为皱着眉问。

"什么玩意儿？"

顾盛不知道江为想要表达什么，甚至在这一瞬间觉得他是不是发烧烧傻了，好歹也是数院的高才生，傻了可怎么办？完蛋了。

江为没有时间解释，径自伸手摸到了自己放在枕头下面的手机。摁开手机，看见了屏幕上面显示的时间——

2018 年 5 月 30 日。

这个时间，是他上大一的时候，大一下学期。

他回到大学了？

江为还没反应过来，就被顾盛拽下了床。

"快下来走吧，咱们都快迟到了，这节是王哥的课。"

"王哥"是他们的专业课老师，年纪不是很大，三十多岁，但他为人严厉，他的学生挂科率很高。而且这个人尤其"记仇"，谁要是敢翘他的课，他能一直记得，到期末考试才给你算总账，所以大家对于这位王老师的课是克服千难万险也要去上的。

上课的时候，江为还在走神，直到被老师点名回答问题。

江为看了一眼题目，准确无误地说出了答案。直到坐下，他才真正地反应了过来，这种真实的上课的感觉，没错，自己回到了大学的时候。

算算日子，现在他和卢枝还没有认识。那种激动像是快要从心中蹦出来了，甚至拿着笔的手都在微微地颤抖。

他回到了他们第一次遇见的那一年。

他回来了。

正值夏天,天气很热,江为戴着一顶白色的鸭舌帽。学校里面的路长得像没有尽头,两边全都是树,枝繁叶茂,走在树荫下,并不算热。

顾盛揽着他的肩,两个人悠闲地走在路上。江为看着这条熟悉的路,他不知道走了多少遍,牵着她的手。恍惚间,他似乎还能看见,两人牵着手走在路上的样子。

"老江,王哥今天布置的那个作业,你做完了给我瞅瞅啊!"顾盛紧了下揽在江为肩上的手,吊儿郎当地说。

"嗯。"

江为已经习惯了,顾盛向来这样。他心不在焉地朝前面看了几眼,现在正是下课的时间,人很多,黑色的后脑勺乌压压的一片。隐隐约约,他好像看见前面不远处有一个女孩子,长头发,发尾微卷,穿着一条白裙。

背影很像她,很像很像。

下意识地,江为抬脚想要上前——

但是下一刻,前面那个女孩子侧了下头,似乎是在和身边的人说话。然后江为便看见了那个女孩的侧脸,停住了想要上前的脚步。

不是她。

失落感扑面而来,像是被人泼了一盆冰水,瞬间清醒。

晚上,江为几乎一整晚都没有睡,他躺在床上,周围漆黑一片。夜晚闷热,阳台的门开着,但是却没有一丝风吹进来,老式吊扇"嗡嗡"作响,声音很大,风却很小。

翻来覆去睡不着,他翻遍了学校论坛上所有的帖子,只在某一条与军训相关的帖子里找到了她。照片不算清晰,应该是偷拍的,里面有两个女孩子,躲在树荫下吃冰激凌。

那两个女孩子一个穿着一身军训服,另一个穿短袖短裤。江为一眼就认出了卢枝,穿着白色的短袖和浅蓝色的牛仔短裤,扎着一个松松垮垮的丸子头,侧着头和身边的女孩子在说笑。

照片上她的侧脸模糊,但他还是贪婪地看了这张照片很久很久。

江为手点了几下,将这张照片保存了下来,然后将里面的另一个人裁去,只保留了她。

他想,他终于能再次找到她了。

这天，江为和顾盛下课后，经过学校操场附近的那条路时突然听到了一阵热闹的声音。就在前面不远处，有几个人围在一起，不知道是学校的哪个社团，远远看去，好像是在卖什么东西。

顾盛最爱凑热闹，拉着江为便走了过去。

再说另一边，卢枝本来在宿舍睡觉，却突然被叫了出去。这就得从她大学刚开始的时候说起了。

每年大一新生入学的时候，学校的各个社团都会安排招新活动，某天，正赶上各社团在小广场搞招新，宋初拉着卢枝看遍了所有的社团，但两人愣是没有发现喜欢的。卢枝不怎么喜欢运动，对画画、汉服、书法等也不感兴趣，乐器倒是会一点儿，但是不喜欢和别人一起玩——其实就是单纯地看那个吉他社的社长不爽。

总归就是都不喜欢。

那天是碰巧了，看见了一个美食社，展摊前三三两两的人路过，却无人问津，冷冷清清的。反正也无聊，她就很随性地选择入了美食社，想着美食社无非就是吃吃喝喝，没什么杂七杂八的事情。果不其然，这个社团差不多就是一个摆设，从来就没有搞过什么复杂活动，一点儿不麻烦。

结果这天，社长突然说有个活动，要在学校操场那边摆摊，人手不够，美食社总共就那么几个人，她去帮个忙也无可厚非。

卢枝坐在马路牙子上，百无聊赖，很烦躁。天气很热，她手里捧着一杯宋初刚刚买来的冰果茶，幸好摊子摆在树荫下，要不然她真的能被热死。

美食社社长是一个女孩子，叫张婷，比她们高一届。每个社团都是有学分的，但必须有活动才能拿到学分。作为美食社社长，张婷想了很久才想到这么一个点子——摆摊卖零食。

好歹搞来两张桌子，连个凳子都没有，社团的几个成员不是站着、蹲着，就是像卢枝一样坐在马路牙子上。桌子上搭了块桌布，上面摆放着零食，旁边还放着一个大喇叭，白色的，不知道是做什么用的。

不过下一刻，卢枝便明白了这个大喇叭的用处。

"喀喀喀——"

社长按开大喇叭，当着这么多人的面，也没有什么不好意思的，直接喊道："走过路过，不要错过！买零食就送对象！"

卢枝惊讶地抬头看了社长一眼。挺稀奇的，竟然还能这么玩儿？不过想一想，也没什么，无非就是一个噱头，也不会真直接送个对象，顶多牵个线罢了。

除了社长有男朋友。

卢枝尽量降低自己的存在感，坐在马路牙子上老老实实地喝着自己的果茶。冰冰凉凉的，她心中不由得庆幸，幸好宋初过来给她送了一杯喝的。

树荫下不算热，偶尔有一阵风吹过，也不算太难熬。宋初知道卢枝被叫出来摆摊之后就跟着过来了，看着她鼻尖沁出的汗，便去给她买了冷饮，天气这么热，可别中暑了。

"热不热？"宋初看了她一眼，问道。

卢枝从小身体就不好，容易生病，还怕热，尤其夏天的时候，能待在家里，绝对就不会出来。

"还好，多亏我家初初的果茶。"

卢枝捧着果茶，凑到宋初的身边，将头靠在她的肩膀上，语气有点儿软，但依旧是淡淡的。

"去去去，天气这么热，你还离我这么近。"宋初嫌弃地伸手将靠在身上的卢枝推开，但是动作很轻，没用什么力气。

顾盛拉着江为走到这边，正好听见了社长拿着大喇叭说话的声音，自然也听见了"买零食送对象"。

似乎是一直都没有顾客，突然有两个人走了过来，社长自然不会轻易放过。

"嗨，两位帅哥，买零食吗？"张婷看着面前的两个男生，眼睛直放光。

"买零食送对象？"顾盛显得尤其激动，毕竟还从来没有见过这样的操作呢，好奇也正常。

"是啊，买零食就送对象。"

社长本人也有点儿心虚，但是说出去的话就像泼出去的水，不能收回，只能硬着头皮上。

江为似乎没有听见对面女孩的话，眼睛直直地看着摊子后面坐着喝冷饮的女生。她穿着一条白色的裙子，裙子不短，因为坐在地上的姿势，腿缩在裙子里面，裙子将她整个人都包住了，小小的一只。头上扎着马尾辫，辫子软软地垂在脑后。

小姑娘低着头喝着果茶，整个人都蔫蔫的，一直没有抬头，看着像是没有什么精神。

江为愣愣地看着她。

有多少年了？多少年没有看见她了？她还是和之前一样，没有变，还是他记忆中的样子。

他没有想到会这么快就遇见，还记得上一世他们是在学校举办的一次活动中认识的，是大二下学期，而现在是大一下学期。

不过没关系，早一点儿遇见也好，那么我们就早一点儿在一起。

"那好，我给我兄弟买个零食。"顾盛说着，推了下正走神的江为。

"什么？"江为回过神来，疑惑地看了身边的顾盛一眼。

"给你买零食，人家送你个对象。"顾盛挤眉弄眼的，"哥们儿不是一直看你单着吗？花点儿钱，零食有了，对象也有了。"他拍了拍江为的肩膀，似乎很是激动，"一举两得！怎么样，哥们儿是不是特别给力？"

江为看着后面一直低着头的卢枝，突然笑了。

"好。"

他的这句话一说出口，顾盛看他的眼神都变了，满眼的不可置信。

不，准确地说，这并不是一句话，而是一个字。就是这单单的一个字，让顾盛对江为的滤镜稀里哗啦地碎了满地，拼都拼不回来。

江为是什么人啊？相处了这么长时间，还从来没有看见他身边有什么女孩子。抛却其他的，就单单是按照人家的长相，在他们数院也算是数一数二的了。不少女孩子都喜欢他，但是没有一个能来到他的身边。明明长了一副好皮囊，却总是和异性绝缘。

那些人自从知道顾盛和江为关系好，找过来拜托帮忙送东西的还不少，想请他搭根线邀请江为出来的也不少，但是江为依旧不为所动。久而久之，顾盛也就拒绝了那些女孩子的请求，他甚至一度怀疑自己的桃花运也是因此断掉的。

但是今天，在这个下午，这片树荫下，此时此刻，江为竟然同意了给他买零食顺便送个女朋友的主意。本来只是一句开玩笑的话，没想到他竟然真的答应了。

顾盛凑到江为身边，像是想要确定一般又问了一遍："我真的给你买了啊？"说完还是不放心，犹豫着又补充道，"我买了你可得要啊，可别买了又不要。"

话江为都听见了，但是他没有看顾盛，眼神一直停留在后面坐着的卢枝身上。那种失而复得的感受实在无法形容，他只想多看她几眼。

"嗯。"他心不在焉地开口应道。

得到了江为的回答，顾盛瞬间放开了，他热血沸腾，兴奋不已，就像是被囚困已久的野兽，终于破笼而出。他走到那张简陋的桌子前，又问了一遍："我给我兄弟买零食，你们送女朋友吗？"紧接着补充道，"要是不送，我就不买了。"

"送送送！"

张婷着急了，他们都在这边待了不少时间了，根本就没有什么人来。大家都是好奇地看一眼，有的甚至是不相信，好不容易来了两位顾客，可不能再让他们走了。

"当然送女朋友了，我们社团有单身的漂亮女孩子，只要买零食就加微信。"

"哪个啊？"

顾盛看了一眼后面的人。有两个女孩子气质比较突出，虽然是低着头凑在一起看手机，不知道在看什么，也看不清脸。

张婷转头看了一眼身后的人——

一个是他们社团的成员，卢枝，很漂亮，平时话不多，在群里也没有见过她说话，挺冷淡的一女孩儿，或许是之前和他们不熟，但经过近一年的相处，现在好多了。卢枝旁边的是她的朋友，过来陪她的。

张婷不认识宋初，现在这种情况也只有卢枝一个了。没有别的办法了，她心一横——

"卢枝。"张婷喊了一声，招了招手示意她过来。

猝不及防地被喊到名字，卢枝一愣，然后就被果茶呛到了。

"喀喀喀……"似乎是呛得不轻，脸都咳红了。

"哎，你慢一点儿。"宋初将卢枝手中的果茶接过去，然后伸手拍了拍她的背，帮她顺了顺气。

卢枝皱着眉抬头，然后便看见了对面的两个男生，但眼睛却只落在了一个人身上，没有什么原因，就是第一眼看见了他，而不是别人。

那人穿着纯黑色的短袖、深蓝色的牛仔裤，挎着一个单肩包，戴着一顶黑色的鸭舌帽，帽檐下是他棱角分明的脸，五官标致，眼睛很好看，是内双。他脊背挺直地站在不远处，身前是树荫，身后是阳光。

两个人猝不及防地四目相对。卢枝看着他，突然毫无缘由地感到心慌，下意识地垂眸，躲开了他的视线。

江为看着瞬间转移视线的卢枝，笑了笑，小姑娘的脸上全都是无辜和无措，即使是她刻意表现出的冷淡，也逃不过他的眼睛。

或许是因为刚刚被呛到了，小姑娘眼中还带着些泪花，亮晶晶的，好像是迷雾森林里一只迷路的小鹿。

似乎是无视了卢枝的反应，张婷走过去，将她拉到了桌前。

"卢枝，赶快的，加个微信。"

看着张婷，卢枝满脸的疑惑：为什么要让她加微信？

"卢枝，帮帮忙，先加上，这可是咱唯一的顾客。"

他们美食社也不容易，要是今天没了这个顾客，可能以后也不会再有了。申请个社团不容易，本来这个社团也是为了既能够积攒学分，又不需要很麻烦的活动才建立的。

"凭什么给他？"后面的宋初不愿意了。

宋初走过来，将张婷拉着卢枝的手扯开，然后看了他们一眼。对面这个男生，吊儿郎当的，还烫着锡纸烫，一看就不是什么好人，毕竟有句话怎么说来着，"渣男锡纸烫"。她不能让她的姐妹就这样将微信号贡献出去。

宋初看着对面的顾盛，浑身上下都表明着自己很不喜欢这个人。

"怎么，看不上我啊？"顾盛故意问道。

他也看着对面的女孩子，这姑娘还挺奇怪的，长得挺漂亮，说话怎么就这么冲呢？

"你配不上我姐妹儿。"宋初向来有话直说，完全没有给对方面子。她从小一起长大的姐妹儿，她可得好好保护着。

顾盛看了一眼没有说话的卢枝，确实像个小仙女儿，但就是看人的眼神儿，实在不够友好。

像一个人。

顾盛仔细想了一下，像谁来着？哟嗬，他突然想到了，正是像自己身边的这位。

今天真是巧了。

"那你觉得我身边的这位怎么样？"他顺势将一旁戳着的人推了出去。

没有任何防备地被推了出去，江为跟跄了一下，然后立马稳住脚步，他似乎完全没有想要向后退，反而迎着众人的目光，坦坦荡荡地站着，任由大家打量。

看着被推出来的人，宋初眼睛一亮，然后侧头看了一眼身边的卢枝。啧啧啧，别的不说，就单单这个长相，和她家卢枝就挺般配的。

"还行……"宋初犹犹豫豫，"就……就那样吧……"

"小姐姐，加个微信呗？"

顾盛看着卢枝，他是真的想要给自己的好兄弟找个对象，本来没抱多大的希望，但是……他侧头看了一眼江为，他好兄弟的眼神一直停留在那个女孩子的身上。

难道，铁树真的开花了？

他心中一拍板，这件事情他帮他兄弟做了。

在张婷拜托的眼神、顾盛期望的眼神、宋初疑惑的眼神，以及对面那个人看着她的莫名有些温柔的眼神中，卢枝弯腰拿起自己放在地上的包——是个复古绿的波士顿包，她最近的新宠，拉开拉链，包里面的杂物很多，顺着她拿手机的动作，包里面微微作响。

卢枝翻出手机，打开微信，点开了自己的二维码。

顾盛见自己身边还愣怔着的江为，悄悄用胳膊肘碰了碰他。

"愣着干什么啊？快，人家二维码都拿出来了。"

江为回神，立马拿出手机，扫了卢枝的二维码。

他指尖微微颤抖着，这一世第一次离她这么近，江为甚至能够听见自己心脏剧烈跳动的声音，很响很响，他不知道卢枝是否能听见，他只知道他恨不得将心掏出来给她看。

但是不行，她才算刚刚认识他，他只能压制住自己快要溢出来的满腔爱意。

卢枝在江为刚刚扫完二维码后就将手机放回包里了，然后就又回到了马路牙子那边坐着。她接过宋初手里的果茶，连一个正眼都没有给江为。

此时太阳渐渐落山，夕阳染红了整片天空。即使是傍晚，天气还是很热，江为看了一眼卢枝，小姑娘整个人蔫蔫的，应该是被迫过来的。

他又看了一眼自己身边的顾盛，说："你们这些零食，他全买了。"

因为顾盛和江为"出手阔绰"，美食社很快就收摊回去了。路上，卢枝背着她的那个墨绿色的包，走路的时候当当作响。

宋初看了一眼身旁的闺密。

"枝枝，你通过那个人了吗？"不是她八卦，就是单纯地好奇，毕竟还从来都没有见到过卢枝将自己的微信给哪个男生。

"没。"卢枝摇了摇头。

只是让那人扫了一下自己的二维码，并没有打算加他。在那种情况下，如果不加，社长应该会挺尴尬的吧，再说了，她毕竟也是美食社的一员。

说着，卢枝快步朝前走了几步，前面有个垃圾桶，她顺手将喝完的空杯丢了进去。她一边走着，一边回头说："我这种情况，还是不要耽误人家了吧。再说了，我从来就没打算谈恋爱。"

夕阳染红了整片天空，微风渐起，吹乱了少女的裙摆。

男生宿舍走廊闹哄哄的，一个接着一个的人从江为和顾盛的身边经过。江为单肩背着背包走在前面，顾盛则抱着一大袋子的零食跟在后面，满载而归。

看着给自己开门、等着自己进去的好兄弟，顾盛觉得江为今天对自己格外友善，不知道是为什么。但是等他将一大包零食放在桌子上的时候，才明白了过来——这一大包零食是他买的，合着他这是花着自己的钱，帮着江为追女生了。

可是看着江为一回来就坐在椅子上摆弄手机的样子，顾盛突然觉得也没什么，为了好兄弟的终身幸福，他花点儿钱怎么了？值了！

顾盛偷偷摸摸地凑到江为的身后想要看一眼他在看什么，但是还没等看见手机里的内容，就被发现了。

"喀喀喀，我那什么，路过。"顾盛心虚，越过江为去了阳台那边，站在阳台上也不安分，还偷偷地往里看，看到他还是一动不动地坐在那儿。

手机里面究竟有什么？顾盛真的很好奇，难道是加上了，在聊天？但是看着江为手的那个动作，也不像啊！

江为看着手机，微信申请一直没有通过。小姑娘的微信头像是一幅油画，略带抽象，但还是可以看出来，这幅画上是一朵枯萎了的向日葵。她的微信名也很简单，大写的"L"，是她姓氏的首字母。

小姑娘还挺谨慎的，不随便加陌生人的微信。

晚上，顾盛和江为打完篮球回宿舍的路上，顾盛问："老江，你是不是真的看上了那个卖零食的姑娘？"

江为的性子一直都是淡淡的，但是今天不一样，改变似乎是从看见了那个冷淡的姑娘，扫到了她的微信开始的。

总觉得江为变了，却不知道究竟是哪里变了。

学校夜晚的路灯灯光昏暗，宿舍楼这边的路灯还坏了几个，一直没有修。两人穿着篮球服，身上都是汗，草丛里面不断传出来虫鸣音。

江为闻言，顿了顿，然后突然笑了，他的笑声在这个夏天的夜晚显得格外清晰。

"是啊，看上了。"

"快快快！上啊！"

"干什么呢？！"

"等会儿！等会儿！"

"这里掩护我一下！"

"我过不去，对面太猛了！"

宿舍四个人，有三个人在组队打游戏。一时间里面充斥着游戏的背景音乐声、射击声、爆炸声，以及顾盛几个人大喊大叫的声音，闹哄哄的。

江为拿着手机，准备出门。刚刚"成盒"（游戏用语，指被淘汰了）的顾盛看了一眼，顺势问道："哎，老江，你干什么去？"

江为看了眼瘫坐在椅子上的兄弟，说："随便转转，宿舍里闷得慌。"

"那你帮我去拿个快递吧，等会儿我把取件码发给你。"

顾盛对江为也是丝毫不客气，正好自己现在要打游戏，没有时间，再加上江为要出去，就顺便让他帮忙拿了。

直到江为离开后，顾盛也没听见他说会不会帮忙。不过只要自己说了，他应该会拿的，这样想着，顾盛又投入到下一轮游戏之中。

江为出去之后，就一直在校园里面徘徊。即使知道她的宿舍在哪里，她是什么专业的，在哪里上课，自己还是不敢去。对于他来说是长达多年的思念，但是对于她不一样。

他于她，还只是一个陌生人。

不知不觉中，江为走到了法学院这边——卢枝是法学院的学生。虽然他并不觉得今天能碰到她，但还是走了过来，这是下意识的行为。

还是印象中的那个法学院，标志性的雕塑矗立在学院门口，象征着法律工作者的严谨和公正。雕塑的周围栽种着绿植，一片生机。

明知道可能会见不到她，但还是来了。看着法学院这熟悉的一切，江为有点儿走神，不过片刻便回过神来。本想转身离开，但没走几步路，就听见身后说话的声音，很是熟悉。

江为猛地转身，没有看见卢枝，而是卢枝的朋友——宋初。

宋初手里拿着一些资料，一边打着电话，一边走路，似乎并没有注意到路边的男生，低着头从他身边经过。

"行了，行了，我知道了，资料已经给你拿了。

"不是我说，你也太懒了，资料还得我帮你拿，我一个医学院的学生，成天往法学院跑。再这样下去，你们院老师都认识我了。"

宋初是来帮卢枝拿资料的，卢枝下午没课，一直在宿舍睡觉，忘记了去学院拿资料的事情。恰巧宋初下午有课，顺便就帮她去拿。

"哦，对了，你们老师让我转告你，你旷课的次数已经快要达到上限了，下次再不去，直接给你挂科。知道你不想去上课，但总归毕业证是要拿到的吧。"宋初对于卢枝真是恨铁不成钢，却拿她毫无办法。

电话那边的卢枝刚刚从宿舍里出来，穿着宽松黑色短袖、复古深蓝色的背带裤，脚上踩一双黑白棋盘格的一脚蹬，随便扎了个丸子头。她整个人迷迷糊糊的，似乎还没有睡醒，一只手拿着手机打电话，另一只手揉了揉眼睛，嘴里嘟囔着："还不知道能不能活到毕业呢。"

声音太小，宋初没有听清，她问："什么？"

卢枝改口道："我说我知道了。我现在去快递点那边，顺便买杯奶茶，你去那里找我吧。"

"你又买什么了？整天有快递。"宋初吐槽了一句，"行了，行了，我马上过去。"

一直站在原地的江为自然听见了宋初的话。等人走远之后，他拿出手机，打了一个电话："顾盛，你让我给你拿快递？"

"是啊，我马上把取件码发你。"顾盛反应很快，江为这么问，肯定是要帮自己拿。他贱兮兮地笑了笑，"老江，加油哦。"

江为听着这个语气，皱了皱眉。他很了解这个兄弟，一听就觉得不对劲儿，这里面肯定有什么弯弯绕绕。

"你买的什么？"

那边支支吾吾，最后还是说了："电竞椅。"

"这不是宿舍的破椅子太不舒服了，一点儿都不利于我打游戏，换把椅子说不定我就能'吃鸡'（游戏用语，指在游戏中获得第一名）了。"顾盛为自己的游戏水平差找借口。

"自己来拿。"江为说完，顿了顿，又改了口，"我拿不了，你出来一起。"

"你怎么拿不了了？就一把椅子而已……"顾盛说得自己都心虚了，这个快递确实不小，但是江为应该能拿吧……没等他再说什么，江为已经挂断了电话。

顾盛看着被挂断的电话，蒙了一瞬，然后拿着手机出了门。这可是一位大爷，他不能得罪。

宋初来到奶茶店的时候，正好看见了坐在门口椅子上喝奶茶的卢枝。卢枝不高，坐在椅子上小腿不停地摆动着，低着头有一口没一口地喝着奶茶。直到宋初走到她面前。

"你来了啊。"

卢枝将另一杯奶茶递到她的面前："给你买的。"

"算你有良心。"宋初接过奶茶，没坐下，"走吧，你不是还有快递？拿完快递我们去吃饭。"

"好。"卢枝从椅子上起身。

奶茶店旁边就是快递点，每次卢枝来拿快递都会顺便买杯奶茶。宋初觉得这简直就是为卢枝量身定做的，她不喜欢运动，不喜欢走路，也不喜欢出门，每次拿快递都不开心，嫌路远，但是现在奶茶店就开在快递点旁边，她愿意为了奶茶过来。

当两个人看着放在最上面那一层架子上的快递时，陷入了沉思。放这么高，怎么拿啊？宋初和卢枝都不算高，关键是那个快递上面还压着另一个，更不好拿了。

"要不我去找人借架梯子？或者找人帮我们一下？"

卢枝闻言，看了宋初一眼。刚想回答，余光看见头顶上出现了一只手，将那个属于她的快递拿了下来。手的皮肤白皙，手臂劲瘦，手背和手腕上青筋微微突起。那只手划过头顶时，卢枝闻到了一股淡淡的清香，说不上来具体是什么味道，总之就是闻着很清新，让人很舒服。

卢枝回头，然后便看见了身后的人——

一身黑色的运动装，头上依旧戴着鸭舌帽，半张脸都藏在帽檐下，他就站在她的身后，手中还拿着她的快递。

卢枝顿了顿，哟，还是个熟人呢。

她没说话，那人先将快递递了过来。

"你的快递？"

他的声音像一条平直的线，没有什么起伏，却又像山间的清风，像溪涧的流水，平淡且温柔。卢枝很少遇见这样的男生，他很特别。

她点了点头，伸手接过。

"谢谢。"

卢枝接过快递的时候，江为还在看她。没有人知道他有多想她，也没有人知道他有多爱她。那些爱意深深藏在心底，根本无法光明正大地展示出来。

第一次意识到自己回到大学时期的时候，他恨不得立马找到她，告诉她，拥抱她。但是真正遇见她，又什么都不能做，什么都不敢做。

顾盛难得看见江为有这么主动的时候，不禁多看了卢枝几眼。上一次没看仔细，现在一瞅，还真的是很漂亮，不食人间烟火的那种漂亮。

他就说，江为肯定是看上人家了，这不，来这儿献殷勤了，还帮人拿快递。作为兄弟，能帮肯定还是要帮一下。

"昨天的美女！还记得我们吗？就是昨天买零食的人！"顾盛凑近，朝着卢枝说道。

卢枝没有说话，拿着快递盒子，指甲在盒子边缘不停地摩擦，眼睛一直停留在自己新做的指甲上。灰粉色的长指甲，做的是法式延长款，是她最近几天的新宠。

卢枝不大愿意和陌生人说话，一是觉得没有必要，二是她太懒了，不喜欢社交，所以很多时候都是宋初来做。

"记得，不就是昨天加我们家枝枝微信的人吗？"

宋初看了一眼面前的"锡纸烫"，一脸的不正经。倒是旁边那个男生看着还挺好的，嗯，就是之前加卢枝微信的那个。

"昨天还没来得及自我介绍，我叫顾盛。"顾盛指了指自己，然后又指了指身边的江为，"他叫江为。我们是数院的。"

"我是医学院的，宋初。她是法学院的，卢枝。"

"卢枝，挺有特色的一个名字啊！"

顾盛觉得这姑娘不仅性格有特色，名字也挺有特色的。卢枝，芦枝，不就是枇杷吗？枇杷别名芦枝。

宋初看着顾盛神神道道的样子，实在不想和他说话，再加上昨天她家枝枝并没有通过那人的微信好友申请，让她莫名其妙地有点儿心虚，拉着卢枝就准备离开。

"那什么，我们两个人还有事情，就先走了啊。"

只留下顾盛和江为站在原地。

顾盛看了江为一眼，见他没有什么反应。得，人家都不着急呢，真是皇帝不急太监急。

当两个人抬着很大的箱子走出快递点的时候，江为还是一副心不在焉的样子。难得看见他这样，顾盛很有些稀奇。

"怎么，老江，就这么依依不舍？"他一只手搭上江为的肩膀，半靠过去。

江为看着那个已经快要消失在眼前的女生背影，很慌。那种无法控制的流逝感渗透到身体的各个部位，像是抓不住的流沙、捧不住的水、握不住的空气：所有的一切都不受他的控制。

后来，在重逢的这些日子里，每每看见她的背影，他心中总会浮现出一种难以抑制的痛苦。后来想想，他大概是怕了，害怕失去她，以至于看着她的背影都会感到害怕。

"重吗？"江为突然问。

"不重。"顾盛倒是没说假话，这个快递一个人拿确实没有问题。

"那我先走了。"江为说完这句话，立马将兄弟扔下了，自己朝着前面卢枝消失的路口追了过去。

顾盛一个人拿着个大快递站在原地，直愣愣地看着已经走远的兄弟。

他这是被抛弃了？哇，果真是重色轻友。

海城大学说大不大，说小其实还真不小。当卢枝在学校三食堂遇见江为的时候，说不惊讶是假的。学校食堂明明有好几个，但也就是巧了，两人在同一个食堂遇见了。说是江为尾随吧，也不是，人家比她先到的，她进来就看见他了。

刚刚在外面宋初临时接到电话先走了，只剩下她自己一个人去食堂吃饭。她一进来，走到最喜欢的卖椒盐排骨的窗口时，就看见了站在前面的江为。

卢枝倒是没吭声，就当作没看见。他们两人就见过两次面，并不算是朋友，没有必要打招呼，她也嫌麻烦。但是当看见最后一份椒盐排骨被江为买走的时候，她急了。那可是最后一份啊！她几天没正儿八经地吃过饭了，就等着今天吃椒盐排骨。

江为似乎是感受到了身后人的情绪波动，像是早已预料般地，心中轻笑一声。

他就知道她会来三食堂吃椒盐排骨。

或许对于卢枝来说，两人初识不久，但对于江为来说，没有谁比他更加了解她。

本着碰碰运气的心态就来了，因为知道她喜欢吃椒盐排骨，而且三食堂是距离快递点最近的食堂，她有很大的概率会来这边吃饭，没想到真的遇到了。刚刚排队的时候他就有留意门口，看见她进来了，也确定她肯定会来这个窗口。

果不其然。

他假装没看见身后的她。直到椒盐排骨只剩下一份，感受到了身后的那股怨气，他再也憋不住了。

江为手里端着已经买好的椒盐排骨，转头看卢枝。卢枝原本眼神狰狞，看见前方的男生突然转身，立马冷静了下来，甚至觉得有点儿尴尬。

"好巧啊。"她举着自己那做了指甲的手，五个手指头微微勾起，手指开开合合，像只小猫一样地朝他打招呼。

"是挺巧的。"江为轻笑道。

卢枝伸出食指，指了指江为端着的椒盐排骨，似乎还不死心似的，问："你也喜欢这个啊？"

"嗯，挺喜欢的。"

得，这下可算是将她所有的想法都掐灭了，今天是吃不上了。按着自己那性子，下次肯到食堂来吃饭，还不知道是什么时候呢。

算了算了。

卢枝满心的委屈和可惜，今天吃不到想吃的菜，她得有好几天都不开心。既然已经无望，那就去买一份螺蛳粉吧。卢枝慢吞吞地转身，朝着旁边的窗口走去。

江为一直看着她，等她买到螺蛳粉，找到座位之后，他端着那盘椒盐排骨坐到了她的对面。

卢枝没有搭理，只安安静静地自己吃着。虽然螺蛳粉也好吃，但今天她就是想要吃椒盐排骨，吃不到当然不开心。

卢枝的开心和不开心向来不会表现在脸上，而是表现在行为举止上。江为看着她粗暴地撕开一次性筷子包装，脸上表情咬牙切齿的，用筷子的力道都比平时大，几乎是要将米粉夹断的程度，由此可见她的心情实在不美丽。

江为向来看不得卢枝受委屈，在上一世，但凡她哪里不开心了，自己也会不开心，然后想尽办法让她开心起来。

江为将自己面前那份还没动的椒盐排骨推到了卢枝面前，说："你吃吧。"

卢枝看着自己眼前突然出现的菜，顺着推过来的那只骨节分明的手看去，手背上的青筋微微凸起，她缓慢地抬眼，看向对面的人。他就静静地坐在自己对面，眼里含笑地看着她。

卢枝没有说话，只是眼神中满是疑惑，她心想：这人可真是奇怪。

"看你喜欢，我还没吃，你吃吧。"江为在解释。

卢枝一向很警惕，但凡别人对她有那么一丁点儿示好，就觉得那人是有什么企图。从小到大，她都没怎么受过别人什么好，就连亲人也没有。也只有宋初对她好，她也只能接受宋初的好，别人的都不习惯，总觉得不应该这样。

"你想干什么？"

或许是卢枝的眼神太过警惕，把江为都逗笑了。但好笑归好笑，心还是疼。他的小姑娘就是这样，一直让他心疼。

"不想干什么。"

"我不信。"卢枝态度坚定道。

海城大学三食堂人一般不多，因为这边距离教学楼和宿舍楼都不近，大多是实验楼和科研中心，来吃饭的人不多，大家都很忙。食堂里面的声音不算吵闹，身边偶尔有几个人经过，所以卢枝的话江为听得很清楚。

"那要不你把我微信通过了？"江为思来想去，也就只有这一件想做的事情，当然也是让卢枝吃这份椒盐排骨的借口。

"不行。"

他的小姑娘想都没想就拒绝了。这是原则性的问题，不能轻易妥协。

"行了，你吃吧，你要是今天吃不到，肯定会难受好几天。"江为何其懂她。

卢枝狐疑地看向对面的人。这人怎么这么了解她？感觉像是认识了很久一样。她心中难掩地涌现出一种奇怪的感觉，似乎对面的这个人总是能让她在不经意间放下戒备，那种淡淡的、不经意间流露出的某种特殊的熟悉感，总是让她下意识地去相信他。

两个人坐的位置靠窗，卢枝是迎着光坐的，江为是逆着光。他的坐姿很端正，脊背挺得很直，现在大学里男生少有像他这样坐姿端正的。他穿着简单的黑衣黑裤，干干净净地坐在那里，窗外的阳光透过玻璃洒在他的身上，晕得人朦朦胧胧。

卢枝发现，他看着自己的时候，眼睛里好像总是带着那种朦胧的笑意。莫名其妙地，她竟在这样的眼神中屈服下来。没有谁能让她服软，但是难得的，他是个例外。

"行吧。"没办法，是椒盐排骨的诱惑太大了，这是卢枝给自己找的妥协的理由。

对于卢枝来说，三食堂里她最喜欢的就是椒盐排骨和螺蛳粉，今天都吃到了，特满足。

江为单手撑着桌子，一直看着她。窗外的阳光洒在她的身上，小姑娘棕色的头发在阳光下格外耀眼，呈现出一种淡淡的金黄色。

仔细算一算，好像很久都没有这样看着她吃饭了。他像是一个贪婪的人，贪婪地看着她，好像怎么都看不够。那种失而复得的欣喜和庆幸遍布全身，渗透到身体的每一个细胞。

或许是江为的眼神太过炙热，卢枝以为他是饿了。

"你给我了，你吃什么？"

江为有点儿想笑，这姑娘，她都快吃饱了才想起他。

"我不饿。"

"哦。"卢枝得到答案，继续低头吃着。既然他都说不饿了，那她就不再问了。

吃完饭后，江为帮她将盘子端到了餐具回收处。卢枝吃完了就犯困，拿着快递准备回宿舍。江为站在身后看着她，终是忍不住道："卢枝，你真的不考虑通过我的微信好友申请吗？"

阳光明媚，路上都是来往的学生，一阵微风吹过，吹起卢枝额前的碎发。她背对着他，听见了他说话的声音，没有回头，但是却微微停下了脚步，然后伸出那只没有拿快递的手，摆了摆。

"不加！"

江为看着她逐渐离开的身影，突然笑了。阳光洒满了学林路，洒到她身上，这天的阳光太过温柔，他的心也跟着柔软了。

江为回到宿舍的时候，顾盛已经将电竞椅安装好了，正坐在椅子上玩手机，听见开门声便探头看他。

江为无视了他看着自己的那个八卦的眼神，径直朝自己的桌子走了过去。顾盛自然是不会放过，立马从椅子上起身，拉住江为问："你怎么才回来？"他上上下下打量着对方，试图看出什么东西来，"我都回来好长时间了，你干吗去了？"

"没干什么。"江为挣脱开顾盛拉着他的手。

"等等！"顾盛突然凑近闻了闻。

"你是狗吗？"江为嫌弃地推开他。

"你这身上怎么一股臭味儿？"似乎是怕自己闻错，顾盛又靠近闻了闻，"螺蛳粉味儿！老江，你竟然去吃螺蛳粉了！"

说完，他又想到江为是从来不吃这些东西的人，但是如果身上有味儿，那应该是陪别人吃了。顾盛特别佩服自己的推理能力，一定是这样的。

"老江，你和别人吃螺蛳粉去了？"他整个人都扒在江为的身上，像是发现了什么秘密，眼睛都亮了。

顾盛灵机一动："不会是那个妹子吧？"除了她，他实在想不到别人。

见江为不说话，应该就是默认了。

"老江，你这是要追她啊？"

那天江为说看上了，他没怎么在意，只当是在开玩笑，拿快递见了一次也没怎么放心上，但没想到江为是真的要追人家。

"怎么？不行？"

江为难得承认，顾盛还从来没见过好兄弟的这一面。他突然乐了："行，当然行！难得你这铁树开了花。"

海城夏天多雨，逢着雨季的这段时间，几乎每隔几天都会来一场。

天气阴沉，雨淅淅沥沥地下个不停，不算大，是那种迷迷蒙蒙的小雨，整个天空就好似蒙了一层雾，朦胧又压抑。

卢枝住的宿舍是北朝向，里面常年不见阳光，再加上拉着窗帘，明明是上午九点多的时间，宿舍里却阴暗得像是傍晚。

早上的课卢枝又没去，此时宿舍里就她一个人还在睡觉，其余的舍友都去上课了。之前不是没叫过她，奈何卢枝太难搞，而且一点儿都不在乎期末成绩，所以舍友们也都习惯了，也就没再叫她。

卢枝醒来的时候周围很安静，一点儿声音都没有。她迷迷糊糊地从床上坐起来，头发乱糟糟地堆在肩膀上。她伸手朝自己枕头下面摸了摸，将睡前放在那儿的手机拿了出来，摁亮屏幕——

上午九点十分，今天难得醒得早。

她没下床，正准备躺下再睡一个回笼觉的时候，宿舍门被推开了，脚步声传来，是舍友回来了。可是现在还没到下课时间吧？

"这么早就回来了？"她揉了揉乱糟糟的头发，看着从门外进来的舍友。

"我们逃课了。"

"这个老师下课的时候不签到，所以我们就提前回来了。"

舍友将东西放下，转头问她："下节课你也不去吗？"

"不想去。"卢枝靠在墙上，半闭着眼，完全没有要下床的意思。

"算一算你要是还不去的话，期末就没有考试资格了，直接挂科。"舍友好心提醒道。

卢枝抠了抠自己的指甲，脑子放空了片刻。

"算了，去吧，不就是去上课嘛。"

她挣扎着从床上下来，打开衣柜翻了翻里面的衣服，转头问舍友："外面冷吗？"

"有点儿，还下着雨呢，不过不大，毛毛雨吧。"

"哦。"卢枝从衣柜里随手找了一件衣服。

虽说现在是夏天，但雨天还是有点儿凉的。海城多风，下雨必刮风，卢枝从一下楼就感受到了，冷飕飕的。她下意识地抖了一下，感觉好像身上的鸡皮疙瘩都起来了。

今天她扎了个低马尾，松松垮垮的，上身穿一件薄卫衣，下身是牛仔短裤——也不算特别短，到膝盖以上、大腿中间的位置，脚上是一双拖鞋。下雨天路上都是水，穿帆布鞋的话很快就会脏，还得刷鞋，太麻烦了，所以干脆就穿着拖鞋出来了。

说是去上课，她手里也没有拿书，只拿了部手机，没有一点儿是去上课的样子。

毛毛雨下个不停，路上的学生都打着伞——除了卢枝，她的伞坏了，再者她觉得这点儿小雨根本用不着打伞。

路上来来往往往去上课的学生大多行色匆匆，大概是时间快来不及了。而卢枝却不慌不忙的，等她走到法学院的教学区，也快要到上课的时间了。

当年高考分数出来之后选学校和专业，宋初想要学医，一是从小就有这么一个梦想，二是因为卢枝。而卢枝来海城大学本也是为了陪闺密罢了，法学专业则是随便选的。都说法律是神圣的，法律严谨，不允许任何人亵渎，但是她这副吊儿郎当的样子，还真就不像是一个学法的人。

卢枝站在法学院门口，看了一眼门口的雕像，似是无奈地叹了一口气，抬脚慢悠悠地走了进去。她姗姗来迟，等到了教学楼三楼拐角的教室时，里面已经坐满了人，任课老师也准备开始上课了。

大屏幕上是老师准备的幻灯片，这节课是她之前选修的《动物保护法》，她记得是选课截止前一天随便选的。不知道多久没来了，连课本都不知道被塞到什么地方去了，却难得地还记得这节课的名字。

任课老师虽然没有见过卢枝几次，但已经在同事那边无数次听说过这个名字了，卢枝的大名在老师间已经传开了。

"迟到了？"

老师看着刚刚走进教室的女生，不经意间瞥见了她脚上的拖鞋，皱了皱眉。卢枝干笑一声，没有说话，点了点头。

"找个座位坐着吧。"

她也没为难，这门课本来就是选修，来了就成，没必要为难学生。

就这样，卢枝莫名其妙、浑浑噩噩地上完了一堂课。虽然说人在教室，但一句话也没听进去，甚至连头都没有抬过，也就仅仅是人来了而已。

完整地上完一堂课对卢枝来说也很不容易。终于下课，她甩着袖子，嘴巴里面含着水果硬糖，两只手完全缩进了袖子里面，耳朵上戴着蓝牙耳机，里面放着 *Second Nature*。

Hear me baby

I'm about to rain

And I'm so tired I can't get out of my own way

I'm at the height of my anxiety

I know you love me but I'm just searching for security

...

听着，宝贝

我都要哭了

我也厌倦了总是原地转圈圈

我现在极端焦躁

走到教学楼外，才发现雨下得大了，天地都笼罩在朦胧的雨幕之中，学生们纷纷拿出随身携带的雨伞，撑开，然后走进雨中。

有两个女生合打一把伞的，她们互相挽着对方，举着伞离开；也有男朋友来接的，女孩子扑进男朋友的怀里，动作亲密极了；大多数还是自己带了伞，从容不迫地拿出，撑开。

卢枝观察了一下，就自己没有带伞。她也没在门口过多停留，将蓝牙耳机从耳朵上摘下，和手机一起放进口袋里，双手举起挡着头顶，准备朝雨中跑出去。

她跑得不算快，慢慢地小跑着，身体原因不能做剧烈运动，她虽然平时看起来很随意，但是关于这些事还是记得很清楚。毕竟是真心想要多活几年的，最起码得活到宋初结婚。

雨淋在身上湿漉漉的，很不舒服，卢枝庆幸自己没披散着头发，要不然还不知道要被淋成什么样子。但是才刚刚跑了没几步，就感觉到自己口袋里的手机振动了几下。她不喜欢被很多的社交软件打扰，几乎能设置免打扰的都设置上了，还能让她手机振动的，应该是需要去看的消息了。

她直接停下脚步，将手机拿了出来，摁开，是一条来自银行的短信提示——她收到了一笔钱。

雨水仍在不停地落下，一滴一滴地砸到手机屏幕上，屏幕逐渐模糊，卢枝隐约看见了转账金额，嗯，还不少。这种短信她半年就会收到一次，已经见怪不怪了。每年几次的例行公事，毕竟还知道有她这么一个人，知道给点儿钱，而且给得还不少。

她摁灭手机，这会儿正好停在常去的那家奶茶店附近，准备去买一杯最贵的，毕竟这不是有钱了吗？有钱了就得花，要活在当下。

卢枝刚想走，头顶便出现了一把伞，替她挡住了落下来的雨水。

她很少能遇见为她打伞的人，当然她也不喜欢和别人打一把伞。在她的认知里，合打一把伞是一件很亲密的事情，必须关系很好才行，她有自己的标准。

下意识地回头，卢枝看见了站在自己身后的江为。嗯，她记得他的名字，毕竟印象很深刻。

　　江为下课后本来可以从一条更近的路回宿舍，但他还是选择了能经过法学院的这条。原也没想到能遇见她，只是打算碰一碰运气，可就是很幸运地，看见了站在法学院门口的卢枝。

　　他站在雨幕中看她，看着她身边的人都撑伞离开，而她却没有打伞就直接冲进了雨中。他的心随着她的动作被揪起来了，紧跟着立马追了上去。

　　"怎么不打伞？"江为将伞举在卢枝头顶，替她遮挡住落下来的雨滴。他语气难得地发生了变化，又紧又涩，带着难掩的着急和担心。

　　他知道她身体不好，根本就经不起这样折腾。

　　伞本就不大，江为为了替卢枝挡雨，自己半个身子都暴露在雨中，但是他丝毫不在意，仿佛完全没有知觉般，一心只在眼前这个女孩儿身上。

　　卢枝没有回答江为的问题，甚至没有侧头看他一眼，只是静静地站着，像是僵住了。这是她第一次感受到除了宋初之外的人的关心。

　　江为依旧举着伞，等着卢枝。站在他的伞下，卢枝余光看见了旁边奶茶店一个女人带着孩子在买奶茶，女人非常温柔，看着孩子的眼神中满是慈爱。

　　那个孩子拿到奶茶时开心的表情、女人笑着蹲下摸孩子头的温柔动作……这些都落入了卢枝的眼里。她眼眶微微晃动，不自觉地抠着自己的手指甲。这是她从小到大的小习惯，在想什么事情的时候，下意识就会抠指甲。

　　卢枝突然自嘲地轻笑一声。

　　"江为？"

　　"怎么了？"江为站在她的侧后方，只能看见她白皙的侧脸，以及那微微颤动、又长又卷的眼睫毛。

　　"你不是想加上我的微信吗？"

　　卢枝没有看他，而是看向旁边的奶茶店。

　　"你去给我买一杯奶茶，我可以考虑考虑。"

　　"你想喝什么？"江为没有说其他的话，只问她想喝什么。即使心里再怎么想通过她的微信好友申请，但此时此刻最关心的，还是她想要喝什么。

"茉莉奶绿，加奶冻，半糖，去冰。"

"好。"

江为说完，将手中的雨伞递到了卢枝手中。不经意间他碰到了她的手，凉凉的，像是没有什么温度，他皱了皱眉。他转身朝奶茶店跑了过去，雨水落在他身上，雨不大，却足以将他淋湿。

等他跑去给自己买奶茶后，卢枝才微微转头看了一眼。即使是小跑着，男生也是一副从容不迫的样子。

他把伞给自己了，他会被淋湿吧？难得地，卢枝的表情有了一丝裂缝，没想到竟然还会有一个人给她打伞。

下雨天的奶茶店人不算多，江为很快就拎着奶茶回来了，此时雨已经很小了，路上的人大多都收了伞。

"给，我买的是半糖，常温的。"

江为看着卢枝，语气轻缓且温柔。

"今天温度不高，还下着雨，我自作主张给你换成了常温的。"

他说着，将奶茶递到了卢枝面前。

卢枝看了一眼递过来的奶茶，垂在身侧的手不自觉地握紧，然后又缓缓地松开，抬手将奶茶接了过来。

"谢了。"

"你要回宿舍吗？要不要我送你回去？"

"不用了。"她拒绝了他想要送自己回宿舍的请求。

卢枝紧紧地捧着奶茶，朝着宿舍的方向走去。江为没有跟上，只是站在原地，看着她逐渐走远。

江为回到宿舍，顾盛正坐在他那把电竞椅上打游戏，自从买了新的椅子，他打游戏都变得积极了。

江为进门，顾盛刚刚放下手中的可乐，侧头看了一眼。

"老江，你干什么去了，怎么现在才回来？"

"没干什么。"

江为换了一件短袖，看着自己搭在椅子上那件半湿的衣服，突然轻笑一声。刚刚又忘记了，给她买了奶茶还是没有加到她的微信。

算了，下次吧。

临近期末考试，大家好像都很忙，忙着复习，忙着应付考试，忙着临时抱佛脚，毕竟俗话说得好，"临阵磨枪，不快也光"。就连一向不怎么去图书馆的顾盛，这段时间也总是拉着江为往那儿跑。

数院的挂科率很高，江为倒是不担心，他和挂科八竿子打不着，但是顾盛就不一样了。

海城大学很普遍的一种情况是，平时图书馆不见得有多少人去学习，但是到了期末考试的时候，人尤其多，说是"人满为患"也不为过。两人去得不算早，到的时候里面几乎已经没有座位了，顾盛好不容易在角落找到了两个位子，拉着江为赶紧坐下。

"老江，把你的书给我看看呗，我没画重点。"顾盛放低声音说道，丝毫没有因为自己上课不画重点而感到心虚。

江为没吭声，只是默默地伸手将自己带的书挪到了顾盛面前，然后随便翻开了一本书开始看。

顾盛拿过书便开始照着画重点，难得认真。期末考试真的有一种魔力，能让人突然发愤学习。

顾盛就不是一个能耐得住性子学习的人，刚刚画了几页重点，就坐不住了。他动了动身体，抬头看了一眼对面正低头看书的男生。

他稍稍探出身子，压低声音道："老江，你和那'枇杷'怎么样了？"

"嗯？"江为抬头看他。

或许是因为声音太小，江为一时间没有听清他的话。

"我说你和卢枝怎么样了。"顾盛重复一遍，将那个奇怪的称呼改成了人家的名字。

"什么怎么样？"江为不知道他说的是哪一方面。

"加到微信了？"顾盛有一天偶然知道他兄弟竟然一直没有加到人家微信，笑得肚子都疼，没有想到他们数院男神还有这一天，嘲笑了好几天，直到现在还动不动就把这件事拿出来说。

江为闻言，翻书的手微微顿了顿。图书馆里非常安静，安静到周围只有"沙沙沙"的写字声和窗外的鸟叫声，所有人的心思都在学习上，只有他，思绪渐渐飘远。

但江为却在这个时候听见了自己的心跳声，"咚咚咚"，一下接着一下，很清晰。

"没有。"他如是说道。

"老江，直接上啊，微信还不好要？"

在顾盛这里，加个微信是一件很简单的事，尤其是像江为这种长相的，没有理由加不到一个姑娘的微信，这应该是一件轻而易举的事才对。

"你以为谁都像你吗？像个土匪一样。"江为毫不客气地回道。

"哎，你要不到就要不到，人身攻击我干什么？"他觉得江为是恼羞成怒了。

顾盛难得闭上了嘴巴，老老实实地看自己的书，画着重点。片刻后，他又抬头偷偷看了一眼，见江为没在看他，便拿起放在一旁的手机，偷偷摸摸地，将他们宿舍的其他两个室友拉了个群。

莫名其妙被拉到群里的两个人很无语，很疑惑。

刘恺：干什么？哥正学习呢。

万旭：怎么群里就咱三个？顾盛，你又搞什么幺蛾子？

刘恺：哈哈哈，顾盛，你为什么不把老江拉进来？

顾盛：我要是把他拉进来我还建什么群聊？

顾盛：江为那哥们儿，加不到人家姑娘的微信还迁怒我了！

刘恺：哪个姑娘？

万旭：我们错过了什么？

万旭：什么姑娘？！

刘恺：快点儿！快说说！

顾盛：是的，一个姑娘，让我给你们慢慢道来……

片刻后。

刘恺：是的，我们也觉得他不行。

刘恺：他不行。

万旭：那姑娘是什么仙女吗？就老江那长相，竟然连微信都加不到？

顾盛：很绝，或许是成精了吧。

大概是个枇杷精，只有成精了，才能把江为迷成这样。

第二章

告白

在经历了考试迟到差点儿没进去，以及在考场上差点儿睡过头之后，卢枝的期末考试终于结束了。宋初的考试比她早一天结束，所以宋初去卢枝宿舍帮她收拾东西。

"枝枝，你家里找人打扫了吗？你都半年没回去住了。"

宋初坐在椅子上，看着正在收拾化妆品的卢枝，桌子上的那些瓶瓶罐罐，卢枝收拾起来很是粗暴，发出"咔咔"的声响，她看着都心疼。

"已经找人收拾了。"

"行，那晚上去我家吃饭吧，我妈让我叫上你。"

宋初说着话，将卢枝搭在椅子上的几件衣服放进她的行李箱里。

"好。"

两人提着行李箱刚刚走出宿舍大门，身上就冒汗了。海城夏天实在太热了，今年尤甚。路上学生不少，有刚刚考完试回宿舍的，有去吃饭的，还有像她们一样，拖着行李箱回家的。

宋初拉着卢枝靠着路边走。

"说实话，我真的有点儿担心你会不会挂科。"她看了一眼身边的卢枝，穿着白色短袖、浅蓝色牛仔裤，脚上是一双白色帆布鞋，头上的白色鸭舌帽压得很低，几乎看不见下面的眼睛。

"你确定能及格吗？我真的不求你成绩多好，最起码毕业证得拿到。"

从小到大，宋初对于卢枝的事都格外上心，完全不像她那样，什么事情都无所谓。

"放心，我能及格。"鸭舌帽下传来卢枝的声音。

宋初叹了一口气，也是，当初卢枝高中从来不学习都能考上海大，及格对她来说，应该不成问题。

"卢枝！"

隐隐约约地，似乎听见有人在喊卢枝的名字。

宋初转头朝身后看了一眼，然后便看见了站在不远处的顾盛，以及他身边的江为。

"你们今天回家啊？"顾盛向来这样自来熟，拖着行李箱就走到了两人面前，大刺刺地问道。

"是啊，回家。"宋初看了一眼在自己面前站定的顾盛。

男生穿着蓝色印花衬衫，内搭白色短袖，下身穿短裤，脚上是一双篮球鞋，脖子上还挂着一条金链子，这身打扮和他那头特色锡纸烫倒是很配。

"你们去哪儿啊？我们送你们吧。"

"不用了，我们住得很近，已经打车了。"

宋初不喜欢顾盛这样献殷勤的人，说完便拉着卢枝朝校门口走去。

在被拉走之前，卢枝回头看了一眼站在后面的江为。自始至终，他都没有说过话，一直安安静静地站着，一身白衣黑裤，简简单单，干干净净。

卢枝下意识地朝他笑了一下，然后就被拉走了。

江为站在原地有一瞬的僵硬和不知所措，因为他刚刚看见她朝自己笑了。她隐藏在鸭舌帽下的眼睛明亮清澈，朝他笑时仿佛和上一世的她重合。那个时候他们正相爱。

他一直都像一条涸辙之鲋，池塘里的水几乎就要干涸，他几乎是在濒死的边缘挣扎。但是他的姑娘朝着他一笑，他就感觉池塘里瞬间灌满了水，他终于能自由呼吸。

所有的一切都是值得的，值得他将这段日子重新过一遍，无论结果，只求能让他陪在她的身边，这就是他重来这一世唯一的愿望。

几乎是呆滞在原地的江为，突然笑出了声。阳光映照下，他侧脸朦胧，细细观察，可以看到他眼眶微微泛红。

一旁的顾盛看到这一幕，很是疑惑地问道："什么事情这么高兴？"

江为笑了笑，低下头，没有说话。

顾盛也没有追问，而是换了一个问题。

"你这个假期不回去了？就一直待在海城吗？"

"嗯。"江为低着头，看不清神色。

"行吧，你在海城有房子了不起。那哥们儿先走了。"

顾盛拍了拍江为的肩膀。

"嗯。"

江为的爸妈早几年在海城工作，在这里有一栋房子，后来因为工作原因离开了这个城市，经常全国各地跑。再后来江为上大学考到了海城，那栋房子就留给他住了。

江为回到家的时候，推开院子的门，竟然产生了一种难以言喻的压抑感，他呼吸都要停住了，浓浓的熟悉感扑面而来，仿佛还能看见卢枝穿着一身家居服，在院子里种花的场景。

这栋房子，他曾和卢枝住了很长时间。那个时候院子里有她喜欢的秋千、种着她喜欢的枇杷树，房子的装修也是她喜欢的美式复古风。但是现在，这栋房子全部都恢复了原样，一切重新开始。

江为提着行李箱走进家门，推开门，空气中没有她喜欢的茉莉花的味道。好不容易得到了一次重来的机会，他一定要好好陪在她的身边，把她留下来。

卢枝的家在距离学校不远的一个小区，打车十分钟就能到。宋初家和她家在同一个小区的不同楼栋，两人进了小区之后就分开了。

卢枝回家之后，一打开家门，扑面而来的是难以忽视的空荡荡的感觉，冰冷的没有任何人生活的气息。不过对于她来说，已经习惯了。

回家前她找保洁打扫过，所以家里现在很干净。卢枝拖着行李箱进到自己房间，打开，将里面的衣服和化妆品拿出来，简单整理了一下。随后将行李箱暗层里那些瓶瓶罐罐的药拿了出来，放在自己床头柜的抽屉里。

收拾完东西她走到厨房，里面什么也没有，冰箱里也是空空荡荡的。卢枝甚至能感觉到，自己的呼吸声在这个偌大的客厅里都可以产生清晰的回音。在这一瞬间她突然觉得，医生说她的病暂时不会有生命危险，一点儿都不开心，生活真是太无聊了，还不如早点儿结束。

早点儿结束，早点儿节约社会资源。

在连续吃了几天的外卖之后，卢枝决定出门去趟超市买点儿零食，顺便在外面透口气。从放假开始她就没怎么出过门，一直在家里躺着，她都快要闷坏了。

卢枝随意地换了套衣服，踩了双帆布鞋，拿上钥匙和手机就出去了。小区附近有一家大型超市，距离不算远，她并不常去，但是在这里住久了，还是识路的。

卢枝买了很多东西，大多是零食，有原味薯片、养乐多、杧果汁、巧克力、可乐等，都是她喜欢吃的。可她拎着东西刚一走出超市，就后悔了。因为实在太沉了，这些东西，勒得她手掌心都痛了，手心被勒出一道一道的红痕。她换了一只手拎，低头看了一眼自己手心的红痕，轻叹一口气，觉得自己这点儿小事都做不好。

刚走过马路就传来一阵奇怪的声音，不大，隐隐约约的，仔细一听，似乎就是周围发出来的。卢枝皱了皱眉，停下脚步，四处看了一下。这附近比较空旷，除了建筑物，路边的人不算多，马路这边都是绿植，绿油油的一片，她并没有看见什么奇怪的东西。但那种类似于很虚弱的求救声一直传进她的耳朵里，实在让人无法忽略。

卢枝拎着一大包东西，四处张望，终于，在花坛后面的草丛里发现了一只已经奄奄一息的金毛犬。或许是花坛太高，又或许是那只金毛实在太瘦了，身上除了骨头几乎没有什么肉，体形也比一般的金毛小，所以她才没有及时看见。

卢枝慢慢地走近，才发现金毛的腿受伤了。它很警惕，甚至是在自己靠近的时候，依旧用那种警惕的眼神看着她，明明很害怕，但是却装作一副很凶狠的样子。然而实际上它无法动弹，被困在原地。

卢枝瞬间一愣，突然觉得这只金毛和自己有点儿像，说不出是哪里像，若真要深究，大概是眼神吧。恍惚间，她好像对这种眼神似曾相识，好像自己的眼睛中也曾流露出，那种濒死时突然涌现出的强烈的求生意识，绝望又挣扎。

莫名地，卢枝下意识地靠近，然后在它面前蹲下，怔怔地看着。她没有伸手去碰，而是蹲在原地仔细地观察了一下它的伤口，已经很严重了，化脓了，如果再不处理，这条腿大概就废了。

她想要碰一下它，但是金毛的眼神实在太过于警惕，不许任何人的触碰。为了让它放下警惕，不再抵触，卢枝从袋子里拿出一根刚买的火腿肠，撕开包装，递到金毛的嘴边。

或许是实在太饿了，金毛渐渐放下了防备心，慢慢地吃了起来。这个时候，卢枝才敢轻轻地摸了摸它的头。

"你好可怜。"她似是喃喃自语。

"你没有主人吗?

"看你瘦成这个样子,也不知道是多久没吃饭了。

"没有人找你吗?你没有家吗?"

卢枝看到蜷缩在角落里的金毛,眼睛里好像泛着泪花,无助又可怜。

"我也没有家,但是我有住的地方。"她说着,突然轻笑一声。

"这样看起来,我还比你幸运一点儿,最起码有住的地方,有钱花,有饭吃。

"但是你怎么办?我好像照顾不了你。"

她连自己都照顾不了,怎么能再对另一条生命负责?

"我都不知道自己还能活多久,要是我哪天死了,你就又成流浪狗了。"

卢枝说着,又从袋子里面拿出了一根火腿肠,撕开包装递过去,似乎没别的办法,只能多给它一点儿吃的。

江为没有想到会这么快再次见到卢枝。他闲来无事出门闲逛,走着走着就到了她家附近,他知道她不喜欢出门,所以也没有抱着能遇到的想法。但出乎意料地,他遇见了她。只见她蹲在花坛边,不知道在干什么,身边还放着一个大袋子,可以看到里面装着花花绿绿的各种各样的零食,看样子应该是刚刚从超市出来。

江为好奇地走近,然后便看见了被她挡着的小狗。小狗蜷缩着,奄奄一息。他心里"咯噔"一下,眼眶突然就红了。

他认得,那条狗是七七,是他们的狗,是他们一起领养的金毛。

在江为走近的时候,卢枝就已经注意到了身后的动静。她微微转头看了一眼,皱了皱眉,怎么哪儿哪儿都能遇见他?

"你怎么在这儿?"

"路过。"

他确实是路过,真的是恰巧碰见的。

见卢枝没有说话,江为顺势蹲下,一起看着这只奄奄一息的小狗。

金毛的伤势很严重。

"得赶快带它去医院看一看。"江为声音不大,却清晰地传进了卢枝的耳朵里,身边吹来的风夹带着他身上好闻的味道。

卢枝闻言,看着角落里的小家伙,无奈地伸手,准备去抱它。但是她的手指甲太长了，一时间竟然不知道如何下手，生怕过长的指甲会戳到它，原本已经伸出去的手也就此收回。

江为看着她小心翼翼的样子，将自己搭在胳膊上的外套拿了下来，包住小狗，尽量避开它受伤的部位，将它抱了起来。

"拿着你的东西，我们带它去看医生。"

就这样，卢枝拎着一大包东西跟着江为去了最近的宠物医院，给小家伙看医生，处理伤口，打针，折腾了好长时间。

当拎着一大包东西的卢枝和一只手抱着小家伙、另一只手拎着从医院给它开的药的江为站在路边时，两个人都很无措。莫名其妙就多了一条狗，当然，这应该只是卢枝个人的想法。

"你——"

"我——"

两个人突然同时开口，对视一眼又双双移开视线。

"你先说。"

"你先说。"

夏季的夜晚闷热，伴有阵阵蝉鸣，但是今天却格外凉爽，夜风吹在身上——完全没有任何的燥热感——吹乱了卢枝散落在脸颊两边的发丝。

路上偶尔有吃过晚饭散步的行人经过，两个人就这样站在原地，不自觉地再次看向对方，不经意间眼神交错，突然笑了。

他们什么时候这么有默契了？

"那个，它怎么办？"卢枝将眼神转移到江为抱着的狗狗身上，伸手指了指。她有点儿懊恼，毕竟是自己先发现的，现在她告诉江为自己养不了，这算怎么一回事？毕竟这狗狗与他本就没有任何关系，是她捡到的，却还麻烦他一起去了宠物医院，连费用也是他交的。

"你如果不方便的话，我可以帮你养着。"江为看着她，笑着开口道。他知道卢枝不愿意养，也知道她无法养。

卢枝有一些意外，没想到对方这么主动。看着他的时候，她总是能感觉到他眼神中那压抑着的强烈的情感，她不知道那是什么，但是每每总能让她下意识地想要逃避。

"那它就交给你照顾了。"

卢枝看了一眼狗狗，被处理过之后，它看着更加顺眼了，眼睛大大的，看着自己的时候还真的有点儿可爱。但是可惜，她养不了。既然他主动要养，她也没有客气。

"嗯，我会好好照顾它的。"江为看着卢枝手中拎着的东西，说，"不早了，我送你回家吧。"

饶是有再多拒绝的话，看在他替自己养狗的分儿上，卢枝也说不出来了。

卢枝家离这儿不远，很快就到了，她和江为打了个招呼就准备进小区。刚走几步就听见了身后男生的声音："它还没有名字，你给它取个名字吧。"

夏季傍晚的小区外，他的声音随着风声和蝉鸣声一起传进她的耳朵里，可她似乎只能听见他一个人的声音了。

卢枝闻言，停下脚步，没有回头，从口袋里掏出手机看了一眼时间。今天是 7 月 7 日，她脑袋空空，实在想不出什么有涵养的名字。

"七七。"懒得思考，直接用了今天的日期。

卢枝说完，一只手拎着袋子，另一只手伸出来，随意地朝身后摆了摆，声音轻飘飘的："走了。"然后脚步不停，进了小区。

江为是多么聪明，即使卢枝不解释，他也知道，更何况，他比她多活了一世。他低头看着怀里的七七，突然笑了。

"七七，我们三个终于重逢了。"

语气中的温柔和笑意随风飘扬，萦绕在耳边。

"走，我带你回家。"

江为回家之后将七七安顿好。他坐在沙发上看了它很久，目光一寸一寸地打量着，久到自己都不知道已经走神了。

"七七，你记不记得我？"江为缓缓地开口，不大的声音在安静的客厅里尤其清晰。

七七没有回答，只是抬眸看了他一眼，似乎对这个称呼还不熟悉。

看着蜷缩在地毯上的小家伙，江为笑了。他拿起手机，给一直没有通过他微信的卢枝又发送了一条验证消息，这一次内容是：要不要看七七的照片？

卢枝没有拒绝，也没有通过，这条消息依旧和之前一样，石沉大海。

后来的一整个假期，卢枝几乎没怎么出门，也没有再见到过江为。她那天其实看见了他发来的验证消息，但是没有回，因为不知道说什么，也不想加他的微信。

至于那条金毛，是叫七七的吧？它已经是江为的狗了，所以忘掉吧。七七跟了江为，比跟着她好，它很幸运。

不是你的就不是你的，这是卢枝活了这么些年得出的道理。

等到江为再次见到卢枝，已经是开学之后了。那天是周六，宋初推开卢枝宿舍门的时候，里面只有卢枝一个人。这个时候还是上午，她穿着睡衣，蜷缩在椅子上，跷着二郎腿，细白的长腿暴露在空气中，白得发光。卢枝从小就很白，怎么都晒不黑的那种，宋初至今还没见过身边有比她皮肤还白的人。头发被她用一个抓夹抓在了脑后，额前几缕刘海落下来，白净的小脸未施粉黛，乍一看，还真像是不食人间烟火的小仙女儿。

卢枝在给自己做指甲。

别看她平时吊儿郎当不务正业，但是有一说一，指甲做得是真不错。宋初觉得就算有一天卢枝吃不上饭了，也能靠着给别人做指甲挣钱，最起码饿不死。

卢枝今天做的是纯黑色的指甲，还做了个荧光绿的法式边，这次难得地没有做那么长。这种色彩太跳跃的款式对于宋初这种保守的人来说很难理解，但是也确实好看。

宋初随便拉过一把椅子坐下，看着正低头涂最后一遍封层的卢枝。

"你发消息叫我来，是有什么事吗？"她刚刚起床就看见了消息，收拾了一下就过来了。

卢枝将刚刚做完指甲的手放在紫光灯下烤，另一只手将夹在脑后的抓夹拿了下来，头发瞬间披散下来，散落在肩头。

"陪我去做个头发。"

"做头发？你头发不是挺好的？"

卢枝的头发已经很好了，发色、发型和发质都不错。

"想换个发型。"

她换了一件衣服，简单地化了个妆。

两人去的是学校附近的一家理发店，据说在海大学生中的口碑还是挺不错的。卢枝坐在椅子上，不停地翻着发色板浏览着。颜色太多了，同色系的都能占半页，卢枝一时间竟然选不出来。

正纠结着，她眼神不经意间瞥过自己的指甲，脑海中突然有了个想法。

卢枝侧头朝正耐心等待的发型师开口道："给我做个公主切，发色做松石绿渐变。"

发型师听完，不禁多看了她几眼，挑了挑眉，说："哟，小姑娘还挺时髦啊！"

"确定了吗？确定要做，我就去准备了。"他习惯性地再问了一遍。

"嗯，确定。"卢枝点了点头。

坐在一旁的宋初只是看着，不发表任何意见，只要不是原则性的事情，自己一般都会纵容，只要她开心就好。

染松石绿色需要先褪去头发原本的发色，卢枝的这个新发型做了很长时间，等完全结束的时候，已经是傍晚，外面的整片天空都被夕阳染红。

"我瞧着你这新头发和你的指甲还挺配。"宋初打量着，"都是绿的。"

卢枝伸手拨弄了一下发尾，问："怎么样，好看吗？"说着，还在原地转了一个圈儿，朝着宋初全方位三百六十度无死角地展示她的新发型。

宋初瞧她那个得意的样子就想笑："好看，你弄什么头发不好看？"

这话是真心的，卢枝换了很多次发型，没有哪一次翻过车，真是长得好看的人不管怎么折腾头发都是好看的。

听到好闺密这样说，卢枝瞬间眉开眼笑。她挽住宋初的胳膊道："走吧，我们吃饭去，饿死我了。"她俩中午就没怎么吃东西。

"老江，吃什么啊？我好饿。"

"我也不知道。"

江为和顾盛出来吃饭，街道两边都是各种各样的店，两个人漫无目的地逛着，突然江为看见前面有个摊子，好像是在卖什么小饰品。他抬脚走过去，顾盛也跟了上去。

几分钟后。

"老江，你怎么出来一趟也魂不守舍的？整天耷拉着脸，不知道的还以为你在扮什么忧郁小王子。"顾盛搭着江为的肩膀，两个人并肩走着。刚刚看着江为买东西的时候还挺正常，怎么买完就不说话了？他实在不理解。

"之前听刘恺说的那家新开的火锅店还挺不错的，咱俩尝尝去？"

顾盛一连说了几句话，都没有听见身边人的回复，他奇怪地侧头看了一眼。只见江为看着不远处，不知道是在看什么，他顺着看过去——

　　周围有很多人，大部分都是附近学校的学生，海大的尤其多。顾盛看着四周密密麻麻的人，皱了皱眉。江为到底在看什么？但是仔细一看，似乎有什么熟悉的人在人群中一闪而过。

　　顾盛看见了不远处的宋初，旁边还有一个人，是个女生，两个人亲密地互相挽着手。很快地，他就知道了那个女生是谁。

　　卢枝和宋初说话时不经意间侧了头，让后面的顾盛看见了侧脸。这就是江为失常的原因了吧。

　　"这边新开了一家火锅店，人气很高，两位美女，有兴趣一起去试一试吗？"猝不及防地，一道声音传来。宋初原本以为是什么人搭讪，皱着眉转头一看——

　　又是他们。

　　"怎么哪儿哪儿都有你？"她觉得实在是太巧了，似乎经常能看见他们俩，明明海大也不小，而且彼此都不是一个学院的，怎么总是能碰到？在学校也就算了，现在在校外竟然也遇见了。

　　"这不就是缘分吗？"顾盛插科打诨道。

　　"我看是孽缘吧。"宋初轻嗤一声，明显顾盛的这些话放在她身上完全没有任何作用。

　　"一起去呗，火锅人多才好吃。"

　　这话是对着卢枝说的。别看顾盛平时有点儿愣，但是他知道，只要卢枝同意了，基本上就不需要问宋初什么意见，宋初肯定会一起。

　　三个人的眼神齐刷刷地放在她身上，卢枝有点儿无辜，下意识地看了一眼对面的江为，一如往常地，她从他眼中看见了淡淡的笑意。

　　卢枝自认是一个"颜控"，在网络上看过不少明星，他们大都面容精致，让人移不开眼。但是此时此刻，深陷这市井烟火，周围都是吵闹的人群，四周充斥着各种小吃的味道，她看着站在自己面前的男生，总觉得这世间，他才是唯一的绝色。

　　"随便，我都行。"卢枝移开眼，状似漫不经心道。

　　然后四个人便一起去了火锅店。

　　这会儿正好是饭点，火锅店里人满为患，四人在角落里找到了一个桌位，相对比较安静，服务员来来回回上菜也很少会经过那里。

本着女士优先的原则，顾盛将点菜的主动权给了宋初。这正合了宋初的意，她点了个鸳鸯锅，但是让人意外的是，点的分别是番茄锅和菌汤锅。

"吃火锅必点辣锅，把这两个其中一个换个辣的吧。"顾盛随口一提。

"我们不吃辣锅。"宋初看着顾盛，一字一句道，眼神坚定。

她和卢枝出门从来不吃辣，卢枝平时要遵循医嘱，少油少盐，最好不要吃辣。虽然知道卢枝自己一个人吃饭时肯定不会这么听话，但只要她在身边，就一定不会点辣。

顾盛被这个眼神吓了一跳，突然这么严肃是怎么回事？还没来得及说什么，就听见一直没有说话的江为开口道："不用换了，就这样挺好的。"

"挺好的，我也觉得挺好的。"他极其无辜，语气中满是迷茫。

原本有点儿尴尬的气氛随着菜陆续上来，才稍稍缓和。顾盛打量了几眼卢枝的头发："卢枝，你的头发挺有特色啊。"

"是啊。"卢枝幽幽地开口，"绿色的头发，当然有特色。"

"这两边的两撮头毛叫什么？"顾盛极大地发挥了他没话找话的能力，伸手在脸颊两边比画了一下。

"公主切。"卢枝也很有耐心地回答。

"名字也挺有特色的。"

"你的发型也挺有特色，锡纸烫。"

"是吧，我也这么觉得。"顾盛还真的以为她是在夸自己，自恋地伸手摸了摸自己的头发。

吃完饭四个人结伴回学校，此时校园里路上都是人，有情侣散步的，有夜跑的，有刚刚从图书馆学习出来的，当然，也有像他们这样从外面吃饭回来的。

回宿舍的路上会经过露天篮球场，球场里似乎有人看见了顾盛和江为，朝他们打了个招呼。或许是隔得远，那人以为顾盛没有看见，喊了一声他的名字，在顾盛转头的那一刻，将篮球投了过来。

顾盛有一瞬间的迟钝，他伸出了手，但没来得及接住，然后球就朝着走在一旁的卢枝砸了过去。

卢枝怕球，任何球类都怕，她小时候被球砸过，有阴影，所以一看见球就不敢动弹，大脑一片空白，甚至连躲开都忘记了。宋初刚想将她拉开，还没来得及伸手，就有人快了一步。

卢枝还没反应过来，以为自己就要被篮球砸到的时候，突然被人拽到了怀里。后背碰撞到男生的胸膛，微风裹挟着他身上淡淡的香味直直灌入她的鼻腔，像是果酒上头的那种微醺的感觉，迷迷蒙蒙，晕晕乎乎。

"没事吧？"头顶传来江为的声音，语气和平时说话不大一样，语调明显地上扬，满是浓浓的紧张感。

江为很有分寸，在将卢枝拉到自己的怀里之后，等她站稳了，又不动声色地稍稍后退了一小步，拉开了些两人之间的距离。一切处理恰到好处，完全没有占便宜的意思。

顾盛将地上的篮球捡了起来，然后抛了回去。他火气上来了："你没看着人啊？！"

这可不是小事，要是真的砸到了，按照这个距离和力道，估计会伤得不轻。更何况，还是江为喜欢的人。

球场里那人看见自己差点儿砸到了人，双手合十，微微鞠躬，朝着卢枝这边表达歉意。卢枝朝他点了点头，没有计较。她知道他不是故意的，而且也没真的砸到。

江为和顾盛将卢枝和宋初送到了女生宿舍楼下。在宿舍门口，顾盛突然拿出手机，对宋初说："咱们认识也有段时间了，加个微信？"

认识的时间不短，加微信也算是正常社交的一部分。

"行啊。"宋初点头答应。

加到微信的顾盛看了江为一眼，走到他身边，用胳膊肘悄悄地顶了顶："哎，你问她啊。"他觉得自己这个兄弟简直太没用了，现在还没加到微信，他刚刚都已经做了一遍示范。加个微信有这么难吗？

江为依旧不为所动，直到宋初拉着卢枝准备进楼。眼看着她们就要进去了，一向耐不住性子的顾盛伸着脖子，急忙替江为开口："卢枝，什么时候可以通过我兄弟的微信好友申请？他一直等着呢！"

对于加不到卢枝微信这件事，顾盛一直耿耿于怀，想方设法地想要帮好兄弟一把，甚至想过去找那个美食社社长问一问，她们社员的售后服务实在太差了吧。他们俩买了那么多零食就是为了加个微信，这都多长时间了，还没加到，这不是欺骗消费者吗？

顾盛皇帝不急太监急，给江为想了很多方法，唯独不敢去和宋初要。

他很怕她，这个小姑娘实在太凶了，看卢枝看得严严实实的，就好像生怕会被谁骗走了一样。从宋初这里没什么下手机会。

但是江为似乎一点儿都不着急，面对顾盛的追问，他是这么解释的——慢慢来。

他知道卢枝向来谨慎，他不能表现得太着急了，他怕吓到她，怕她因此拒绝他的靠近。或许喜欢一个人就是这个样子，想要靠近，但又怕她讨厌自己，所以才总是小心翼翼。

顾盛苦口婆心道："你要知道卢枝长得确实很好看，而且她是不缺追求者的。"

其实他想说的不只这些，他还想说其实他们并不是很合适，完全就是两个世界的人，一个学霸，一个学渣，性格也不合。他们的脸倒是很般配。

难道江为就是看上了卢枝的脸？

顾盛不理解，也不明白。

江为其实明白顾盛的意思，卢枝不好追，他也知道。他无法解释为什么自己对卢枝这么执着，他知道就算自己说了顾盛也不会相信。

不知不觉到了国庆，江为回了趟家，将寄养在宠物店的七七接了回去。

七七恢复得很好，伤口基本愈合，已经活蹦乱跳了，完全没有了之前第一次见到它时的虚弱样子。江为看着趴在地毯上玩球的七七，拿出手机，翻到了那个一直都没有被通过的微信，又发了一次好友申请：要不要看一下七七？

发完便将手机放在茶几上。

江为知道她或许不会通过，甚至也不会回复，就像之前一样，消息石沉大海，所以他干脆放下手机，抚摸着七七的脑袋。他不抱有任何希望，正打算起身去给七七准备点儿吃的，突然，手机振动起来。

江为脚步一顿，像是意识到什么一般，立马拿起手机一看——

好友申请依然没有通过，但卢枝回复了他：去你家看？你家在哪儿？

江为没有犹豫，立刻回复了自己家的地址。回复完他放下手机，弯腰伸手高兴地将七七抱到沙发上，揉了揉它的头，语气激动道："七七，你妈妈要来看你了。"说着，竟笑出了声。

激动过后，江为将客厅整理了一下，东西摆放整齐，又跑到厨房打开冰箱看了一眼，还好，冰箱里有可乐和杧果汁，是她喜欢的。

与此同时，收到地址的卢枝从床上爬起来，穿着拖鞋走到衣柜前，难得认真地选了一件衣服。她换好衣服站在镜子前，看着自己，突然笑了。

这么认真打扮做什么？

她摇了摇头。

卢枝收拾好之后就准备出发了，毕竟是自己捡的狗，多关心一下也是应该的。路上顺道去宠物店买了些小玩具和零食，虽然自己从小就没人教，但基本的礼数她还是懂，去别人家总不能空着手。

江为住的地方很清静，距离她家不算太远，是个园林式小区，每栋房子还有一个小院子。不远处就是海边，冬暖夏凉，经常有附近的住户散步。卢枝突然觉得，住在这里还挺舒服惬意的。

卢枝自认也见过不少男生，但从来没有见过比江为更绅士的。还没走到江为家门口，远远地就看见他牵着七七在门口等她，一人一狗，阳光倾泻，画面温柔又和谐。

卢枝跟着江为进门，环顾四周，院子里没种什么植物，只有一片小草坪，修剪得很整齐。

"你家还挺漂亮的。"她不由得感叹道。

这栋房子在江为母亲很中意的地段，里面的装修也是她喜欢的，原本院子里有栽种花，可自从他父母搬走之后，江为自己一个人还要上学，打理不过来，花也渐渐枯萎了。

"七七恢复得挺好的，医生说已经没有什么太大的问题了。"

"该打的针，我也带它打过了。"

江为看着坐在沙发上抚摩七七的卢枝，将倒好的杧果汁放在她面前。

"有时间可以多来看看它，它挺喜欢你的。"

"嗯。"卢枝点了点头，手上摸着七七的动作不停。

她也很喜欢七七。

宋初国庆回家后发现自己的 iPad 落在宿舍了，特意回了学校一趟，没想到中途遇见了顾盛。顾盛不是海城人，是邻市江城人，这次国庆没回家，没想到这么巧，两个人就遇上了。

"无事献殷勤。说吧，请我喝奶茶，是不是有什么事？"宋初慢悠悠地说。

"没事就不能请你喝奶茶了？咱们好歹也算是朋友了吧。"顾盛靠坐在椅背上看宋初。

顾盛不说，宋初也不问。他爱说不说。

片刻后，顾盛开口："那个，你朋友卢枝，能不能让你朋友通过一下江为的微信？"紧接着又补充道，"毕竟咱们认识这么长时间了，都是朋友。"

宋初喝奶茶的动作微微一顿，然后抬头看他，说话模棱两可："她通不通过，也不是我能决定的吧？"

她低头喝了一口奶茶，用余光偷偷看顾盛，不经意地垂下手摸了摸自己的肚子，道："我从早上开始就没吃饭，你吃了吗？"她看着他，微微笑着，眼神中有一点儿无辜。

这边顾盛正操心着自己兄弟的幸福，虽然不看好，但是兄弟喜欢，他自然得帮一把。而那边的江为也没辜负他的期待。

卢枝看过七七之后，准备离开，江为站在一旁看着她，眼神温柔又深情。

"卢枝，我们算朋友吗？"江为突然这样问。

"算吧。"在卢枝这里，他和顾盛已经算是她的朋友了。如果不算，那么那次她也不会同意一起吃饭；当然了，如果不是朋友，她也不会来江为家里看七七。

"既然是朋友的话，我们都还没有彼此的联系方式。"江为状似无意道，"微信要不要通过一下？"语气听着像是无所谓，实则藏在身后的一只手早已紧紧地攥紧，等待着她的回答。

原来是在这里等着呢。卢枝轻笑一声，并没有说话。

江为其实也没有非要她通过自己的微信，只是笑了笑，眼神中闪过一丝失落。

"我有一件东西要给你，你等我一下。"他没给她说话的机会，立即返回卧室拿东西。

卢枝看着江为的背影——男生的背影宽厚，脊背挺直，穿着一身家居服，阳光洒落在他的身上，温柔极了。

记得高中的时候，少女怀春，她也曾和宋初探讨过，彼此喜欢什么类型的男孩子，两人好像都没有什么明确喜欢的样子。高中追星那会儿，也喜欢过不少男明星，但大都是同一种类型——干净。如果要细说，还真的说不出什么。

看着江为的背影，卢枝突然觉得自己有点儿心动，毫无预兆地、突如其来地心动。想一想，像江为这样的人，对其心动也是难免，但关系再进一步是不可能的。她有明确的交友标准，朋友在精不在多，本来觉得这辈子有宋初这一个朋友就行了，但是不断进入新的环境，身边的人来来往往太多，难免会交上别的朋友。至于情侣关系，以她的情况，对别人来说是一种拖累，她是麻烦，是一块烫手山芋。

而江为，可以做朋友，但关系也绝对不会再进一步了，他们仅此而已。

心动难免，贵在克制。

卢枝想着，还是忍不住笑了，终究是心软了。她随手抽了一张纸巾，然后从随身携带的包包里拿出一支细长的口红，在纸巾上写写画画。几秒钟后，又将纸巾翻过来，将写过东西的那一面盖在下面。

江为出来的时候手中拿着一个吊坠，隐约闪着细碎的光芒。走近之后卢枝才发现，这是一个向日葵的挂件，是碎钻贴成的，表面微微闪着光，很漂亮。而且重点是，这是她喜欢的向日葵。

"这个送给你。是我之前偶然看见的，觉得你应该会喜欢。"江为将挂件递给她。

卢枝喜欢向日葵，并不是因为她本人像向日葵，而是向日葵的那种向阳生长的状态很吸引她。如果有下辈子，她想做一株向日葵，永远向阳生长，生机勃勃。或者做一只野鸟，在天空中自由自在地飞翔，想去哪里就去哪里。

正因为她和向日葵恰恰相反，是两种极端，所以她才喜欢。

"谢了，我挺喜欢的。"卢枝也没客气，直接伸手接过，仔细地装进背包里。

"行了，那我先走了，我们学校见。"

她起身朝着门口走去，江为将她送出院子。走到院子门口，刚一打开门，卢枝就听见身后男生的声音："你什么时候通过我的微信？"

她没有回头，在江为看不见的地方笑了笑，笑容晃眼，在阳光的照耀下看不大清。

"你送了我挂件，我也回你一件礼物。"

"什么？"

"在茶几上。"卢枝说完，径直走了出去。

江为有点儿蒙，直到看见茶几上的纸巾才明白过来。纸巾明显可以看见背面有书写过的痕迹，红色的，很显眼，只不过他刚刚没有看见罢了。

江为弯腰将纸巾拿起翻过来，然后便看见了上面的内容，很简单的两个英文字母——OK。字迹潦草，歪歪扭扭，但是他却瞬间明白了卢枝的意思。

突然手机振动，微信好友验证通过，那个熟悉的抽象向日葵的头像映入眼帘。江为笑了，终于得偿所愿。

他给她换了一个备注：我的小姑娘。

江为加到卢枝微信这件事，谁都没有告诉，直到晚上顾盛给他发消息。顾盛有个怪癖，有什么事情非得等到晚上才说，白天总是记不起来。

白天顾盛请宋初喝了奶茶，吃了饭，可宋初到最后也没有松口，护卢枝护得很紧。他觉得自己今天的钱算是白花了，没有人诉苦，便只能找江为吐槽。

手机"嗡嗡嗡"振动不停，江为一打开便看见了顾盛发来的消息，一条接着一条——

顾盛：那个宋初也太小气了！请她喝奶茶是为了让她劝一下卢枝加你微信，结果不仅没成，她还坑了我一顿饭，最后什么也没说，气死我了！

顾盛：哥们儿为了你的终身大事可是操碎了心。

顾盛：这姑娘比卢枝还难搞！我以为请她吃顿饭能给我透露点儿什么呢，结果什么也没有，没有良心！

顾盛觉得江为和卢枝就是无缘，全靠他花钱维系了，要是最后两人真的成了，他可得让江为好好请他吃一顿。

江为似乎能够想象到手机那边顾盛的表情，到了嘴边的话此时此刻却没说出来，怕打击了对方。他了解卢枝，也了解她身边的宋初，知道无论顾盛做什么都没有用，完全是白费时间。况且，他已经加到了。

J：你以后不要为了我去找宋初了。

顾盛：我知道。

手机那头的人发完这句话停顿了片刻，然后又发了一个疑问的表情包，紧接着是一条新消息——

顾盛：你说这话我总觉得怪怪的，是不是发生了什么我不知道的事情？

顾盛一向迟钝，这次却难得地敏锐。

J：没什么。

江为倚靠在沙发上，七七就趴在一边。他今天心情很好，发消息时手指的动作都变得轻快了起来。

顾盛：你少来，我觉得你不对劲儿。

顾盛不吃这一套，江为绝对是有事儿，这一点瞒不过他。

顾盛是个急性子，反手一个电话就打了过来。江为无奈接通。

"说吧，你是不是有什么情况？"他上来就是这么一句。

江为没说话，他沉默的呼吸声一点儿一点儿地传到顾盛这边。顾盛仰躺在宿舍的床上，听着手机里面传来的呼吸声，怎么想怎么觉得不对劲。

哟，有点儿瘆得慌是怎么回事？

顾盛脑海中不停地思索着江为的这个沉默是什么意思，不像是拒绝回答他，更像是默认。思考片刻，他像是想到了什么，一个鲤鱼打挺猛地从床上坐了起来，不可置信道："加到了？"

顾盛不确定，毕竟卢枝是真的难搞，他对此还是存有疑惑的。

江为没有说话，只是脑海中突然浮现出下午卢枝说要送他一件礼物的事，以及不知道什么时候这姑娘偷偷写了字条，还是用口红写在纸巾上，还有最后她离开的时候那个傲娇的样子。想着想着，他不自觉地就笑了出来。

片刻后回过神来，江为才回答道："嗯。"

随即手机里就传来了顾盛那边噼里啪啦的声音。江为已经习惯了似的，稍稍地将手机拿得远了点儿，给自己的耳朵一个缓冲的时间。

电话里面的声音还在继续——

"早知道我就不去求宋初了，你把我坑得好惨！"顾盛撕心裂肺的，气愤不已，"气死我了！"

生气之余，自然也想起了两个"罪魁祸首"，重新将注意力转移了回去。

"你行啊，没想到还真的搞定了。怎么搞定的？"

顾盛言语间带着些许佩服，毕竟见了几次卢枝和宋初两个人的行事风格，本来宋初已经很难搞定了，而卢枝更难。没想到江为竟然加上微信了，果然这个世界还是要看脸的吗？

他想着，下意识地伸手摸了摸自己的脸。

江为轻笑一声道："秘密。"

"不是吧，这也不告诉我？"顾盛气得想捶墙。

"是啊，不能告诉你。"

行吧，他也没坚持，好兄弟加到了微信就行，这样看也算是进了一步。但这路还长着，江为还有的追。

卢枝醒来的时候已经日上三竿了，她缓缓地睁开眼，适应着窗外的阳光。她眯着眼睛，白皙的手臂从被子里缓缓地伸出，摸到了放在床头柜上的手机，看了一眼时间，已经不早了。除此之外，她还收到了宋初的消息，应该是她还没睡醒的时候发的——

宋初：我给你送了点儿东西，你还没醒，我就把东西放在厨房了，你记得自己收拾一下。

宋初知道卢枝家的大门密码，所以经常自己就进来了。卢枝在睡觉，她一般不会去打扰。

卢枝一边推开卧室门朝厨房走去，一边看着手机里宋初发来的消息。

宋初：你醒来后把东西放进冰箱里，吃的时候拿出来放到微波炉里热一下就行。

宋初：不准不吃，都吃完。

卢枝一进厨房便看见了放在中岛台上的那一大包东西，满满当当的，全部都是吃的。她坐在厨房的高脚凳上，给自己倒了一杯白开水，然后给宋初发着消息：知道了。

收到回复的宋初，消息一条接着一条地发过来——

宋初：昨天忘记和你说了，我回学校拿东西的时候碰见顾盛了，他请我喝了一杯奶茶。无事献殷勤，我就觉得他是有什么事情要求我。

宋初：果不其然，是为了让我劝你加江为的微信。

宋初：我没直接答应，反而坑了他一顿饭，专挑贵的吃。

宋初：想从我这里下手，他真是想得出来，对我也太不了解了，我怎么可能出卖你？

卢枝看着手机里蹦出的一条条消息，正在打字的手突然停了下来，又一个字一个字地删去。

宋初那边看着聊天对话框上面一直显示着"对方正在输入中"，但是却什么都没有发过来，直接发了一个问号过去。

卢枝回复：我加了。

此时此刻，"对方正在输入中"的反而变成了宋初。

很久之后她才发送：你高兴就好。

…………

对于一个孤单的人来说，夜晚是最难熬的。夜晚太长，一个人待在空荡荡的房子里，回音太多，压抑得让人喘不过气来。这会儿天已经黑了，但卢枝看了一眼时间，才晚上七点，还早。在家里实在熬不下去，她没换衣服，直接拿着手机和钥匙就出了门，准备散散步，吹吹风，透透气。

10月的夜晚微凉，天色朦朦胧胧，路灯昏暗，斜照在马路边，灯光微微闪烁，灯泡附近隐约有些小飞虫环绕。

小区附近的公园里有不少人在散步，卢枝坐在花坛边，看着周围的人一个接一个地从她身边经过。风有些凉，吹得她身上起了鸡皮疙瘩，她出来的时候忘记穿件外套了。

此时，她微微抬头，看向灰蒙蒙的夜空，隐隐约约地可以看见一闪一闪的几颗星星。

突然，小腿处传来了温热的触感，毛茸茸的感觉。卢枝下意识地低头，随即便看见了自己脚边的金毛。

"七七？"她犹豫着叫出它的名字。

似乎是想到了什么，卢枝抬头——

她看见了江为。

江为站在不远处，一身灰色的运动装，外套拉链拉到下巴的位置，单手插兜，站在来来往往的人群中间。微弱的灯光打在他身上，在半明半暗中，卢枝隐约看见他的一半侧脸，看见了他微微扬起的唇角。

直到江为快步走到自己面前站定。

"好巧。"他说，说完弯腰伸手将落在地上的牵引绳捡起，握在手里，"我带七七出来散步。"

"嗯。"卢枝没有怀疑，江为的家距离这里确实不远，散步走到这儿也很正常，"我也是出来散步的。"

两个人话都不多，江为在卢枝身边坐下，他们之间似乎陷入了一种诡异的沉默。

卢枝依旧抬头看着夜空。江为也顺着她的目光看去，乌云一片连着一片，几颗星子隐约挂在其中。直到卢枝感觉到江为将自己的外套搭在了她的身上，替她挡住了秋季夜晚的凉风。

"我不冷。"

她瞥见他单薄的白色短袖，以及裸露在外面的胳膊，说着就想要将搭在自己身上的衣服拿下来。

"是我热。"江为阻止了她，隔着那件灰色外套，按住了她准备动作的手。

江为松开手之后，卢枝也没再坚持。

"你经常来这里散步吗？"她之前从来没有在这个公园见到过他，今天还是第一次。

"偶尔。"

话音刚落，忽然一阵冷风吹过，这两个字在风中飘散。江为心中轻笑。他撒谎了，这是他这一世第一次来这个公园散步。

在两个人的关系中，所有的遇见都不会是巧合的，都是另一个人的蓄谋已久。

那不是偶然，都是我在等你。

国庆过后，海大有一场校内篮球赛，每个学院派一队，实行一对一淘汰制。顾盛代表数院篮球队参赛。

今天是外院和数院的比赛，体育馆里有不少人。除了双方篮球队成员以及裁判和工作人员，就是观众了。观众席上密密麻麻全是人，大部分是女生，当然，都是外院的女生，他们数院不配有这么多女生。

顾盛正在场边做热身准备，身边队友突然拍了拍他。

"江为没来啊？"

队友平时经常看他俩一起打篮球，以为江为会一起报名参赛的，结果只来了顾盛一个人。

"没有，他不大喜欢参加这些，篮球也就是平时打一打。"

江为确实篮球打得不错，但是就他那个不喜欢抛头露面的性子，自然不会来参加这种比赛。再说，本来喜欢他的人就多，要是参加了，外院那群女生能接二连三地扑上来，江为能被烦死。当然更重要的是，他已经有喜欢的人了，现在成天想着怎么偶遇呢，根本没时间打篮球。

顾盛漫不经心地一只手叉着腰，另一只手拿着篮球，四处看了看。不远处就是学校的啦啦队，十几个小姑娘穿着统一的衣服，白色短袖POLO衫和黑白格子百褶裙，扎着高马尾，清一色的大长腿，远远看去白花花的一片。

然后，顾盛就在那群小姑娘中看见了一个熟悉的人——宋初。虽然和身边的其他人打扮得一样，但他就是独独看见了她，静静地站在那里，比谁都耀眼。

本来是准备过去打个招呼的，但没想到刚迈出一步，场边的哨声响起，他们要上场了。顾盛无奈，想着只能待会儿比赛结束了再来。

观众席上数院的人不多，外院的声音完全盖过了数院那寥寥几人的加油声。即使这样，数院还是以 75：66 赢了。其实也没有什么悬念，外院能上场打球的男生确实没有数院多。

比赛结束之后，顾盛看见宋初还没走，也没顾得上和队友说几句话，拎着包就朝着她那边过去了。宋初正和身边的人说着话，突然感到有人靠近，还有一股汗味儿，她皱着眉侧头一看，是顾盛。他穿着黑白的篮球服，一只手抱着球，另一只手拎着背包，身上全是汗。

"你怎么在这儿？"身边的人离开之后，宋初朝顾盛问道。

"刚刚我们数院在打球，比赛，我还上场了，你没看见？"顾盛瞪大了眼睛，不可置信地看着她。

宋初一直在场边，应该知道今天是数院和外院的比赛，刚刚比赛外院声音喊得那么大，她不可能没听见。但是看她现在这个态度就知道了，她压根儿就没注意到自己。

"没看见。"宋初摇了摇头，她知道今天的比赛，但确实没有看见顾盛。

顾盛也不自讨没趣，自觉地转移话题："你是啦啦队的？"

"是啊。"

大一上学期"百团大战"那时，卢枝加入了美食社，她没跟着一起，因为之前学过跳舞，就加入了啦啦队。

"今天是来为我们加油的吗？"顾盛一向自作多情。

"我们是来排练的。"宋初无奈地解释道，"你们校内篮球赛结束之后，校队会参加大学生联赛，我们是学校的啦啦队。"

"我们是给校队加油的。"总而言之，宋初的意思就是她不是为他们加油的，别自作多情了。

"喀，哈哈哈，是吗？"顾盛干笑了几声，尴尬地侧头转移视线，很巧地，他看见了刚走进体育馆的卢枝，手中还拿着两瓶饮料。

"你怎么在这儿？"卢枝走近，将手中的饮料递给了宋初一瓶。说话间，她不经意地朝顾盛身后看了几眼，见没有别人，才将眼神收了回来。

"校内篮球赛，我来比赛的。"顾盛指了指身后的牌子。

"赢了吗？"

"赢了。"

"恭喜啊。"卢枝顺手将另一瓶饮料递给他。

"不用。"顾盛摆了摆手。

"拿着吧。"她将饮料直接递到顾盛手中。

顾盛也不再客气，道："谢了。"

"哎，顾盛！走了！"

刚想再多说几句话，就听见不远处的队员喊着他的名字。

他回头应了一声："来了！"又朝卢枝和宋初打了个招呼，"那我先走了。"然后便小跑过去和队友们会合。

"哎，你刚刚是不是在和那两个姑娘说话？"队友搂住顾盛的肩膀，贱兮兮地问。

"嗯，两个朋友。"顾盛将饮料放进包里，随口答道。

"单身吗？"听见只是朋友，队友的眼神突然亮了起来。

"干什么？"顾盛警惕地看着他。

"哥们儿不是还单身吗？介绍认识一下呗。"

数院多的是"单身狗"，男生居多，找不到女朋友的大有人在。

顾盛看了他一眼，说："看见那个头发是绿色的姑娘了吗？"

"看见了，那姑娘长得真不错。"

卢枝的新发色很是显眼，很难不被人看见。

"她你就别想了。"顾盛笑了笑说。

"怎么？"单身的女生，怎么就想都不要想了？

"江为在追她。"顾盛完全没有要帮兄弟隐瞒的意思，说出来还能帮他减少一个情敌。

"我没听错吧？江为？"

江为是什么人啊，数院那仅有的女生的重点关注对象，就连别的院的女生，都有想追他的意思。只要江为点头，就不愁找不到对象。可没想到他才是追人的那一个。

"你没听错。"顾盛再次给出了肯定答案。

"那我还是算了。"队友讪讪地说道。笑话，他能和江为争？江为什么长相，他有自知之明，还是及时打住比较好。

"那另一个呢？"似乎还是不死心，他追问道。

顾盛脚步顿了顿，语气冷了下来："也不行。"

"为什么？这个也名花有主了？"

"管那么多干什么，说不行就是不行。"

顾盛言语僵硬，也没再多说为什么，只是脚步微微加快。他回到宿舍第一件事情就是直奔江为的位子。

"老江。"他说着，伸手将江为戴着的耳机从耳朵上拿下来。

"嗯？"江为抬头看他。

"下次你和我一起去体育馆吧。"

"不去。"

"去吧，去吧。"顾盛坚持。

"我又不参赛。"江为拿过自己的耳机，放在桌子上。

"不是让你去打球的，是去看。"顾盛言语不明道。

"有什么好看的？"

"不是看球，是看人。"他突然又变了个调儿。

江为抬头看了他一眼，皱了皱眉。

"怎么？"

"宋初是学校啦啦队的。"顾盛话没说全，只是眨了眨眼。

"卢枝也在？"江为反应很快，立马就领悟到了好兄弟的意思。

"对！宋初是校啦啦队的，她应该是陪着宋初排练的，你去肯定能看见她。她们啦啦队最近要准备校队比赛的事情，几乎每天都在体育馆排练。"

"好。"江为立马答应下来。

他也好久没有见到卢枝了，正好趁这个机会去见一下她，要不然还不知道什么时候才能再次见到。最近点开她的微信，总是不知道该说些什么，编辑了很多话最后还是删除了。

距离顾盛下次去体育馆比赛还有一周的时间，可江为已经等不及了。

"不是吧，你就不能等几天？"他看着正在穿外套的江为问，"就这么着急？"

"嗯。"

最近海城这边雨水偏多，断断续续地一直在下雨，顾盛看了一眼窗外已经开始落下的雨滴，犹豫道："外面下着雨呢。"

江为只问道："去不去？"

"去。"

两人打着伞到体育馆的时候，里面已经没什么人了，空空荡荡的，只有角落里有几个校队的篮球队员在打球。没有什么说话声，只有篮球砸到地板上，以及球鞋在地板上摩擦的声音。

"老江，没人啊。"

顾盛刚刚说完，就看见体育馆一个练习室的门被推开，从里面走出来几个穿着啦啦队队服的女生。

顾盛看见她们，似乎比江为更加激动，拖着人就过去了。刚一走近，还没来得及开口询问，就听见那几个女生在说话——

"刚刚吓死我了，还以为她们要打起来了。"

"应该不会，虽然那个宋初冲动了点儿，但也不至于动手。"

"不过她们随便说人家的隐私也不大好，而且还让当事人听见了。"

"你没看宋初的脸色唰的一下就变了，吓死人。"

"她姐妹儿都没说什么，她倒是替人家先出头了。"

"不过那个卢枝是真的吗？"

"我也不清楚，谁知道呢。"

"别说了，这是人家的隐私。"

江为和顾盛对视一眼，根据她们的对话，很容易就联想到应该是里面发生了什么冲突。两人眼中流露出担心的情绪。

时间拨回到刚刚，宋初还是和往常一样，带着卢枝来排练，卢枝也很听话，乖乖地跟在她身后。到了体育馆之后，宋初照常先去休息室，刚刚走到门口，就听见了里面说话的声音——

"这次演出，刘老师是不是要安排宋初做领队？"

"是吗？我没听说啊？"

"不会吧，领队不是一直都是我们婷姐吗？"

"我那天听刘老师说了，好像换成了宋初。"

"真的假的？"

"我也不是很清楚，应该差不多是真的吧。"

"不是吧，就宋初那样的？每次来排练还带着个小尾巴。"

"也不知道她那个朋友是有什么病，走到哪儿都得带着。"

站在门外的她们听见了里面全部的对话。卢枝脸上倒是没有什么表情，从小到大这种话她听得多了，说她有病的，怎么这么小就得了病；也有说她活不了多久的，好可怜。小时候住在巷子里，谁家有点儿什么事，街坊邻居都知道，经常议论，后来他们搬了家，没有人认识她，情况才好转了些。

卢枝不介意，但宋初介意。说她可以，说她姐妹儿就是不行，卢枝是她从小到大护着长大的，谁都不能说一句不好。

宋初握着包带的手逐渐收紧，力气大到骨节都发白。人愤怒到了极点，总是会有一些冲动的。她推开门走进休息室，手上拿着卢枝刚刚带给她的饮料，瓶盖没拧紧，她力气很大，朝地上一扔，瓶盖弹开，饮料洒了一地，全都溅到了那几个碎嘴的女生脚上和小腿上，地上湿漉漉的一片。

宋初是故意朝着她们脚边扔的，角度和位置也拿捏得刚刚好，没有砸到人，只是溅了她们一身水。

突如其来的状况将那几个女生吓了一跳，纷纷尖叫起来，惊吓之后抬头便看见了已经走进来的当事人，然后便是愤怒："你干什么？！"

"干什么？"宋初冷笑一声，"我还问你们干什么呢？"她朝着她们抬起下巴，满脸的不屑，"背后议论别人很开心吗？"

似乎是背后议论人还让当事人发现了，那几个女生的脸上很是挂不住，没有说话。

"怎么？需要我重复一遍吗？"

宋初生气的时候，连卢枝都害怕。

"怎么？我们说的是假的吗？"其中一个女生见被发现了，就破罐子破摔，"你朋友不就是有病？

"大一军训的时候大家都知道，所有人都参加训练，就她特殊。就是有病。"当初她们是一个连队的，军训第一天辅导员就当着所有人的面将卢枝叫走了，光明正大地让她坐在树下看着大家军训，谁都知道。

至于什么情况不需要军训，只有一种——身体原因。什么程度的身体原因能不参加军训？肯定不是什么小病。

"你给我闭嘴！"

宋初直直地朝那几个人走了过去。对方人多，也不怕，直接伸手先推了她一下，宋初没防备，被推得向后退了几步。她还没来得及开口，身后就传来了一道声音："你推谁呢？"卢枝一把拉住宋初，让她站稳。

卢枝很少生气，但是看见闺密被人推了一下的时候，她眼神瞬间冷了下来。

"我问你，你刚刚推什么？"她走近那人，垂在身侧的手逐渐收紧。

宋初了解她，知道她是生气了，连忙拉住人："枝枝，你冷静。"卢枝情绪激动是容易出事的。

周围刚刚进来的女生看到这个画面也蒙了，幸好门口及时传来了啦啦队刘老师的声音："干什么呢？"

刘老师一来，所有人都安静了下来，她看了一眼现场的情况，也没多问什么。

"都聚在这儿干什么呢？散了吧。"

话音刚落，周围的人全部散开。

宋初将卢枝拉出休息室，看了她一眼，将她紧握着的拳头松开。

"行了，冷静。"她伸手做着平复呼吸的动作。

卢枝看着她，两个人突然对视了一眼，而后"扑哧"一声，相视而笑，似乎都忍不住了。

"你干什么这么冲动？你不知道自己的身体吗？"宋初忍不住开口道。

"你刚刚不也很冲动？还说我。"卢枝笑着，眼睛弯弯的，像月牙儿，完全没有了刚刚生气的样子。

"我还不是为了你吗？"宋初无奈。

"我也是为了你。"

"行了，走吧，姐妹儿带你去买奶茶。"宋初笑着拉起卢枝的手，向体育馆外面走去。

"哎哎哎，你不练习了？"

"没事儿，今天不练了。"

江为和顾盛刚刚准备过去，就看见她俩从休息室走了出来，方向是朝着体育馆外面的。两人急忙跟上。

外面的雨下得大了，海城靠海，海城大学更是一座建在海边的学校，每每下雨，总能感觉到浓浓的咸腥的海水味道。

卢枝和宋初来体育馆那会儿并没有下雨，自然都没带伞。现在两人站在台阶上，都没有要出去的意思。

仰头望着不断落下的雨水，宋初突然想到了什么。

"公主殿下，我们来跳个舞吧。"

她冲出台阶，面对着卢枝站定，微微弯腰，一只手背在身后，另一只手微微抬起，从头顶划过，然后朝卢枝做了一个邀请的手势。雨水一滴一滴地落在她身上，渐渐浸湿了她薄薄的衣衫。

漫天的雨幕中，行人匆匆，只有宋初站在雨中伸着手，朝着卢枝笑。就像很多年前，她递给卢枝一根草莓味的棒棒糖那一幕一样。那个时候她笑着说："枝枝妹妹别害怕，以后我来保护你，我是你的女骑士。"

往事历历在目。

"好啊，我的女骑士。"

卢枝笑着走进雨中，朝宋初行了一个礼，随后搭上她伸出的手。

两人跳的是华尔兹，没有伴奏，她们自己哼着舞曲，是卢枝最喜欢的那首 *Moon River*。她们旁若无人，就好像全世界只剩下了她们。

卢枝喜欢淋雨，她和宋初在高中的时候就喜欢在雨中跳舞。这是她一种发泄的方式，她觉得雨中华尔兹有一种别样的感觉，要说的话，大概就是莫名的洒脱吧。没有什么能束缚得了她，她就像是一团云、一阵风，自由自在，随风飘散。无所谓别人异样的眼光，不在意天上落下来的雨水，淋湿了衣衫又怎么样？每每这时，她总觉得自己像一团顽强的火，任凭雨淋，仍旧燃烧不灭。那种强大的生命力，是她一直所追求的。

这个时候来体育馆的人并不多，但凡从这边经过的，都会看一眼她们，因为在雨中跳舞实在算不上是一个正常人应该有的行为。

卢枝和宋初无视其他人异样的打量目光，不是行为艺术，不是瞎胡闹，她们是从小一起长大的朋友，这是陪伴。

江为和顾盛也跟着出了体育馆，刚刚到门口，就看见了两人这近乎荒诞的行为。江为皱了皱眉，但是没有上前，他没有任何的动作，只是静静地站在原地。

倒是一旁的顾盛，看着这奇怪的一幕，简直眼睛都瞪大了，下意识地就想要上去阻止。

江为手疾眼快地将人拉住："别去。她们很开心。"

她们很开心，所以即使是下雨，也不要去打扰。

顾盛看到江为的眼神落在卢枝身上，一眨不眨的。片刻后，他突然笑了，他也像江为一样站在原地，看着雨中的两个女生。不过，不一样的是，他的眼神落在宋初的身上。

结束的时候，卢枝和宋初对视一眼，松开手，朝彼此行了一个结束礼。细密的雨水不停地落在卢枝的脸上，身上也彻底湿透，幸好她今天没有化妆，只是简单涂了个口红，还不至于太狼狈。

"我们好久没跳了，没想到你还没忘。"

卢枝微卷的睫毛上挂着雨珠，说话的时候睫毛微微颤抖，雨珠落下。

"当然，你的这个特殊喜好令我印象深刻。"宋初状似调侃地开口道，但是语气中满是笑意和纵容。

"很快学校论坛上就会有这么一个帖子，标题就叫作《体育馆门口俩女生雨中跳舞，疑似行为艺术》。"宋初忍不住吐槽，"我在大学里好不容易建立起来的好名声，又让你给毁了。"

"不是吧，明明是你先邀请我的。"卢枝好笑道。

站在门口的江为和顾盛看着这两个人莫名其妙地不知道在说着些什么。

"你俩差不多得了，下着雨呢！"顾盛忍不住开口了。

这个时候她俩才注意到了体育馆门口的江为和顾盛，双双回头看向他们。

台阶上的两个男生对视一眼，然后各自打开自己的雨伞，走下台阶，给两个姑娘挡住了雨水。雨滴砸在伞上发出"啪啪"的声响，四周几乎没有人说话的声音，因此雨水落在伞上的声音显得格外清晰。

江为和顾盛难得默契，谁都没有提刚刚在体育馆里听见的事情，就好像什么都不知道似的。

"你们怎么在这儿？"宋初看了一眼给自己撑着伞的顾盛。

"我不是篮球队的吗？就过来看一看。"

"哦。"她没有深究这话是不是真的，反正无所谓。

顾盛看宋初头发上、身上全湿了，下意识地将雨伞朝她那边挪了挪。他只穿了一件卫衣，没有穿外套，没法儿给她披衣服，只能尽力让雨不再淋到她。

顾盛做事马虎，动作做得实在刻意，手不小心碰到了宋初的肩膀。宋初眼神一凛，侧头看去，吓得他一抖，伞差点儿就掉了。

宋初没想到自己会吓到他，嘴角扬了扬，道："干什么？好好打伞。"

"好。"

对于江为一句话也不说，上来就给自己打伞这个行为，卢枝没有太大反应，毕竟之前他就做过，今天这一出已经是见怪不怪了。

"挺巧啊。"卢枝没抬头看他，眼神落在伞外的雨幕上。

"不巧。"江为笑着回答。

卢枝微微抬头看了他一眼，没说什么。

渐渐地，雨下得又急又密，周围撑伞的人都逐渐加快脚步，这巨大的雨幕中只有他们四个人步履缓慢。

宋初和顾盛走在前面，隔着几步远的距离，卢枝和江为落在后面。

路上积了很多水，卢枝脚上的那双帆布鞋根本不防水，很快就湿透了。

"冷吗？"头顶突然传来一道温和的询问声。

卢枝没有抬头，她僵着脖子，眼睛直视前方。她知道是江为在问，她不想看他，总觉得每次两个人眼神交错的时候，都能感觉到他眼睛中透露出来的异样情绪。每次她下意识地就会心虚，其实也并不知道自己在心虚什么，不知道这种感觉为什么会这么突如其来、莫名其妙。

所以她下意识地逃避。

"不冷。"刚说完这句话，一股冷风吹过，即使穿着长袖，身上仍被这股冷风吹得起了鸡皮疙瘩，卢枝实在忍不住，打了一个寒战。

江为本就一直盯着她，自然不会错过她这种细微的反应。小姑娘一直都是这样嘴硬，而且吃硬不吃软。他将手中举着的伞递到她手中。卢枝被这突然的行为搞蒙了，拿着伞不知道对方是要做什么。直到自己的肩膀上被披上一件外套，一件带着江为体温的外套。

卢枝愣在原地，不敢动弹，并不是因为他给她披衣服这件事，而是他在给自己整理脖子后面的卫衣帽子。她能十分清楚地感觉到江为将她蜷缩在外套里面的帽子拿了出来，整理妥帖。过程中他的手指不经意地碰到了她脖子，只有轻微的一点点触碰，甚至连当事人自己可能都没注意到，但是卢枝却感受到了。

只是指腹那极其细微的触碰，就好像是要将她灼伤了似的。即使再怎么失态，心跳再怎么失衡，表面上也要表现出平静的样子，这一点卢枝做得很好。

"暖和吗？"

"嗯？"

"衣服，"江为指了指，"有我的温度。"

卢枝并不知道他指的是什么。是衣服，还是他身上的温度？之前从来都没有想过一句话能有多种意思，但现在她感受到了。她对此不置可否，有的人就是这样，看着沉默寡言，但实际上一句话就能让人脸红。

江为没有再说什么，从卢枝的手中接过雨伞。头顶上是雨水落在伞上发出的声响，一下一下。鼻腔里是江为身上的味道，淡淡的，说不上来是什么香味儿，但是闻着很舒服，让人心安。

就在卢枝愣神的间隙，走在前面的宋初突然回头，一起的还有顾盛。两人看着他们逐渐落在了后面，然后越来越远。

"你俩在后面干什么呢？"顾盛扯着嗓子朝身后的两人喊。

二人被发现，立马双双加快了脚步。江为的伞并不大，是把单人雨伞，伞下根本无法完全容纳两个人，在卢枝没有注意到的地方，江为悄悄地将伞朝她偏了偏。卢枝一心只想着赶上前面的人，所以就忽略了自己头顶上的伞，以及微微倾斜的弧度。唯一证明了江为行为的，或许只有他那被淋湿了的半边肩膀。

卢枝和宋初的宿舍都在六楼，两人不紧不慢地上楼，宋初眼尖，立马看见了卢枝身上披着的外套，问道："江为的？"除了他，也没有别人了吧。

"嗯。"

"你和他……"

"没什么，算是朋友关系吧。"卢枝这样解释道。

朋友。

宋初闻言，不禁多看了闺密几眼。两人从小一起长大，能被她称为朋友的，恐怕只有自己。卢枝不喜欢交朋友。而且江为还是异性，这很难得。

宋初没说话，她身上凉凉的，下意识地打了一个寒战，随后像是想到了什么，突然轻笑出声。

卢枝闻声看去，疑惑道："怎么了？"

"觉得我们好像有点儿那什么大病。现在是10月份，咱俩竟然淋雨。"不知道为什么，她们两个人总是会有一些莫名其妙的行为。

"咱们又不是第一次干这样的事情了。"

"回去之后别忘记洗个热水澡。"宋初道，"淋完雨之后我就后悔了，你要是因此生病了，遭罪的还是我，我还得照顾你。"这句话她是带着开玩笑的语气说出来的，但是看着卢枝的眼神中却是满满的担心。

"没事，不就是淋雨？"卢枝毫不在意。

宋初没有再多说什么，眼神还是忍不住放到了那件黑色的外套上。

"之前顾盛还找我，让我和你聊一下，希望你能通过江为的微信，我没答应。后来知道你通过了，我也没问你原因。"

两人一边说着话，一边上楼，不知不觉中已经走到了六楼，卢枝的宿舍是608室，宋初的是614室。

就在宋初以为不会有回应时，突然听见开了宿舍门，还没来得及进去的卢枝说："他很特别。"

她说完顿了顿，又看了宋初一眼，道："我先回去了，等会儿洗完澡我们晚上一起吃饭。"

宋初还没来得及问江为哪里特别，608室的门就关上了。她突然有些开心，或许是因为一向不喜欢与别人过多接触的好友终于迈出了自己的舒适圈。卢枝其实不是一个高冷、不善言辞的人，和自己熟悉的人相处起来是很活泼的。她希望卢枝能和更多的人相处，像一个正常的年轻人那样。

宋初又看了几眼608室的门。算了，晚上再问她吧。

卢枝洗完澡出来，一边擦着头发，一边走到椅子那边坐下，拿起放在桌子上的手机，摁开便看见了一条微信消息。是江为发的。

她自从那天通过了他的好友申请之后就没有给他改过备注。他的微信名是大写的字母"J"，挺巧，他们两个连起名的风格都很像。

卢枝看了一眼江为发的消息——

J：记得洗个热水澡，别感冒了。

她坐在椅子上，椅背上搭着江为的外套，外套上几乎没有雨水的痕迹。在刚回宿舍的时候她就发现了这个事情，回想一下江为雨伞的大小，如果正常打着伞，她是绝对会被雨淋到的，起码这件外套左半边的肩膀会被淋湿。但是没有。

卢枝这个时候才意识到，那把伞这一路上都是给她打着的。她低下头，手指在手机屏幕上轻点几下。

L：这句话同样送给你。

手机那边的江为看到这个回复，蒙了一瞬。

J：?

L：你的外套没被淋湿。

江为瞬间明白了她上一句是什么意思。她知道了给她打伞，应该是把他自己淋湿了，所以让他也洗个热水澡，别感冒了。

J：这算是关心我吗?

L：你觉得呢?

J：我觉得算是。

L：那就算是吧。

江为瞬间乐了，她就是在关心他啊。

这天晚上后来的事宋初印象很深刻——她发现卢枝好像对江为动心了。她听卢枝说完之后，突然有一瞬间的哽咽。

卢枝有什么事一般都不会瞒她，所以宋初自然也知道七七，以及卢枝通过了江为微信的经过。卢枝的所作所为，都超出了她对这个好朋友的了解范围，但惊讶之余，更多的还是开心，甚至有点儿想哭。

她希望她这辈子最好的朋友卢枝，能和一个彼此喜欢的人在一起。

卢枝不喜欢谈论这方面的事情，宋初也就没有提，只不过在往后的日子里，她关注点更多地放在了江为身上，放在了江为和卢枝相处的过程中。

她觉得，江为在卢枝那里是特别的，他们两个人不会止步于此。

不出意外，那天卢枝和宋初在雨中跳舞的行为被人拍了下来发到学校论坛里。那条帖子在当天晚上就被回复了几百条。有人好奇她们为什么这样做，怀疑她们是不是在制造噱头。也有人的关注点在她们的脸上，毕竟两个人的颜值都属上乘，所以当天又有人在学校的"表白墙"上表白。

理所当然地，她们被认出来了——法学院的卢枝和医学院的宋初。有不少大一学弟到学校"表白墙"表白，对此大二学长们纷纷评论——

"算了吧，想当年你们的学长们都没追上，你们也别想了。"

"她们两个都没男朋友，但是也不准备交男朋友。"

"这俩都不好追。"

"同意楼上，尤其那个绿头发的，叫卢枝，我们院的名人，上课几乎看不见她的影子，但是挂科名单中却从来都没有她，神人一个。"

"在法学院不上课还能不挂科，实属人才，绝对一隐形学霸。"

"印象很深，大一刚开学没多久，我舍友去和人家说话，人家就像是没听见似的，完全把人当空气，直接略过，我舍友为此伤心了好几天。"

这个热度大概持续了两三天，在得不到当事人回应的情况下，帖子又被别的八卦压了下去。流量时代，人们遗忘的速度很快，渐渐地，就没有人再关注这件事情了。

那段时间卢枝经常跟着宋初去啦啦队训练，巧的是在体育馆总能看见陪着顾盛一起来训练的江为，他们四个人之间的交集越来越多。

从那次之后，经常可以看见卢枝和宋初带着四瓶饮料去体育馆，然后拿其中的两瓶给顾盛和江为。

顾盛是篮球队的，宋初是啦啦队的，两个人都有训练任务，只有江为和卢枝是闲人，坐在观众席上无所事事。

"你每天来这儿不无聊吗？"卢枝看了一眼正在看场上打篮球的江为。两人坐在观众席上，江为微微靠着椅背，卢枝就坐在他的身边，从她的视角，能看见他凌厉的侧脸。

"你不也是经常来？"江为坐姿没变，只是微微侧头看了一眼低着头的卢枝。小姑娘和他说话的时候，身子也微微侧向他，双手手肘撑在大腿上，托着脸，看着他的时候，眼神亮晶晶的。

"那个，"卢枝低着头，两只手交叉在一起，左手大拇指不停地抠着右手大拇指的指甲，似乎是在犹豫着什么，"七七怎么样了？"

"挺好的，我周末的时候会去看看它，剩下的时间都寄养在宠物店。"似乎是怕卢枝误会，江为补充道，"我家就我一个人住，在学校的时候只能把它送到宠物店。"

"嗯。"卢枝点了点头，表示理解。

后来她没有注意到，他们两人说完话之后，江为的目光却再也没有从她身上移开过，只看她，没有再看向球场。

渐渐地，四人相处起来已经完全没有了之前的陌生，经常一起出入体育馆，出入食堂，出入奶茶店，出入快递点。

时间慢慢过去，天气渐渐转冷。卢枝的头发长了，她也没有再去剪，已经看不出公主切的样子了。数院最终没有挺进校内篮球赛的决赛，比赛最后是计院夺冠。宋初没有受到那次冲突的影响，继续作为啦啦队的领队参加训练。而卢枝和江为，依旧在微信上聊着天。

11月初的某一天清晨，海城下了这一年的第一场雪。天刚蒙蒙亮，风裹挟着星星点点的雪花从空中飘落。等卢枝醒过来，拉开阳台帘子的时候，雪已经下得很大了。她下床简单洗漱之后又爬上了床，天太冷，她哪里都不想去。

刚刚躺到床上，盖上被子准备刷手机，便看见了江为发来的消息，是一张照片。仔细看照片的位置和角度，应该是在数院的教学楼拍的，座位应该是靠窗，位子稍稍靠后，正好能拍到窗外的雪景。

窗外远处的草坪上落满了雪，路边的树枝、远处的屋顶上也都是雪。好像所有的一切都陷入了白雪中，到处白茫茫一片，阳光洒落在积雪上，有些晃眼。

还没来得及回复，江为又发来了消息——

J：今天是初雪，顾盛说想去吃火锅。

J：要不要去？

J：顾盛让我叫你们。

江为坐在教室角落靠窗的位置，低着头发着微信，十分投入。顾盛确实打算叫上卢枝和宋初，江为出于私心，也想见到卢枝。

江为侧头看了一眼坐在身边的兄弟，顾盛也低着头，手指在屏幕上不停地打着字。他眼神向来很好，轻而易举就看见了屏幕上的聊天对象。

"你问宋初了？"江为开口问道。

"问了，她说要去问一下卢枝。"

顾盛说着抬头看向江为，身子稍稍朝这边凑了凑，好奇道："你没问卢枝吗？她说来还是不来？"

江为看了一眼还没有回复的聊天框，摇了摇头道："她没回我。"

卢枝挣扎着起身，看了一眼窗外的雪，犹豫了一会儿，手指在手机屏幕上点了点，回复了对面。刚打完字，宿舍的门被人从外面敲了敲，然后便被打开了。

"我还以为你们宿舍有人呢。"宋初走进来看了一眼，发现里面就只有卢枝一人。

"我不是人啊？"卢枝故意呛道。

"顾盛问我们晚上要不要一起吃火锅。我还没答应他，先过来问问你，顺便把你从床上拽下来。"宋初坐在椅子上抬头看她。

"去吧，反正也没有什么事情。"

卢枝掀开被子下床，手机还亮着，停留在和江为的聊天界面上，她的回复清晰可见：好。

气温骤降，卢枝怕冷，冬天出门之前都要穿很多衣服，加厚加绒的卫衣，再套一件黑色大衣，脚上穿一双黑色的短靴，最后再戴上一顶鸭舌帽。傍晚时分两人收拾好下楼，正好看见了楼下正等着她们的两个男生。

顾盛还是一如既往没个正形，半倚靠在江为身上，看着宿舍楼大门的方向。当看见从楼里走出的卢枝和宋初时，他朝着她俩吹了个响亮的口哨，活脱脱一路边调戏小姑娘的小混混。

江为倒是没什么反应，任由顾盛靠着，挺直脊背站着，只不过看见卢枝的时候，眼睛一亮，然后眼神便一直停留在她身上，再未离开。

四个人一起去吃饭，心照不宣地都没点辣锅。没有谁在吃饭之前和其中的一人打过招呼，就是这么神奇，所有人似乎都不吃辣了。

他们几个一起的时候，说话的主要是顾盛和宋初，一个敢说，一个敢应，两人一来一回，你一句我一句，只有彼此身边的江为和卢枝沉默着。

卢枝一边听着他俩说话，一边挑自己喜欢的菜吃，她是有些挑食的。锅里没土豆了，她看了一眼，土豆放在对面，便想要伸手过去拿，但有点儿远，够不到。

卢枝将手中的筷子放下，拿起杯子喝了一口水，再没有什么动作。

几秒钟后，她将杯子放下时，看见了坐在对面的江为将剩下的土豆都下到了锅里。用筷子夹着土豆的手从她的眼前闪过，那双手骨节分明，手指纤长，手背的青筋微微凸起。这一瞬间她突然觉得，这双手做美甲应该也能挺好看的。

卢枝抬头，看向对面的江为。他也在看她，两个人四目相对。

她看见江为在笑。

相处久了，渐渐地，她对江为的这种眼神也习惯了，但还是会忍不住心动一下。

因为她的这张脸，从小到大追她的男生也不少。早上送早餐，晚上送回家，时不时地送杯奶茶，体育课再送瓶水，平时嘘寒问暖。有体贴的，有热情的，有无微不至的，但是她一直都没有什么感觉，不是因为自己的身体，而是戳不中她。

但是仅仅因为江为下土豆的动作，她竟然心动了一下。究竟要怎么解释呢，她也不知道。难道是因为他的脸长得太符合她的标准？不，她不是这么肤浅的人。

这个时候的卢枝并不知道，喜欢一个人是没有什么特定理由的，就算他只是一个普通人，就算他并不优秀，哪怕他平凡到在人群中完全不会被注意。但他就是他，只有他能够让你心动，其他人都不行，谁都不行。

喜欢一个人就是这么奇妙，就是这么没有道理。有些命中注定的缘分，是躲不掉的。

"你俩在干什么呢？"

顾盛看着一旁的两人你看着我，我看着你，不知道在看什么，不说话光瞪眼，眼神交流吗？

宋初听到这话，也看向二人。

卢枝下意识地撇开眼，倒是江为，坦坦荡荡。

宋初没说什么，又看向对面的顾盛，看到他那双眼睛滴溜溜地一直在江为和卢枝身上打转。

"看什么看！"她一巴掌拍到顾盛的头上。

"你打我干什么？！"顾盛吃痛地捂着被打的位置。

"吃你的，瞎看什么？"

"不看不看。"顾盛瞬间蔫了下来，十分听话地拿起筷子低着头吃菜。

江为刚刚放进去的土豆熟了，顾盛伸着筷子准备去夹，突然旁边出现一双筷子，挡住了他的动作。

"老江，你干什么啊？"顾盛满脸的疑惑，"我就是夹个土豆吃。"

江为没有说话，只是看着他，顾盛那举着筷子的手就收了回去，转而夹了一个丸子。

怎么今天一个个都针对他？他也太倒霉了。

江为将锅里煮好的土豆全部捞起，放在了卢枝的碗里。卢枝看着自己面前满满的一碗，突然笑了。

就几块土豆，她怎么就感动了？

她真是太容易感动了。

这样不好。

四个人吃完饭从店里出来的时候，外面的雪已经停了。虽然说海城的冬天下雪很常见，但是没有想到今年的第一场雪就这么大。店外的路上已经形成了一层厚厚的积雪，走在上面，脚下"嘎吱嘎吱"地响。

"今年海城的冬天怎么冷得这么早？"顾盛一走出来，就被外面的冷风吹得打了一个寒战，他一边说着，一边裹紧了自己的外套。

宋初没搭理，转头问身边的卢枝："你冷吗？"

"不冷。"卢枝摆了摆手。因为摆手的动作，她藏在大衣袖子里面的手露了出来，苍白纤细的手在这一片茫茫白色之中没有丝毫的违和。

"今年元旦滨海广场那边是不是有烟花秀？"顾盛突然开口道。

"好像是有吧。"宋初仔细想了想，她好像也听说滨海广场每年都有烟花秀。

"怎么突然问这个？"

"想问问你和卢枝去不去，如果去的话，我们四个一起。"

"时间还早呢，现在就问？"

"这不是提前预约吗？"

"行吧。"

卢枝没有理会那两人的对话，自顾自地走着，踩着路上的积雪，哪里有雪，就往哪里走。她喜欢听鞋子踩在雪上发出的声音，特别解压。

吃完饭出来的时候衣服没穿好，她卫衣帽子有一半掖在了外套里面，没有注意到。走在后面的江为看见了，没有犹豫地靠近她身后，伸手准备帮她将帽子拉出来。

但是没想到卢枝会突然加快脚步，这时江为手已经放在帽子上了，两个人一个力向后，一个力向前，卢枝没反应过来，整个人往后面一仰。幸好江为反应快，在她就快要摔倒的时候，在身后扶了一把。

站稳后她一阵恼火，是谁在后面搜的？结果转头便看见了站在身后的江为。

他这是干什么？又搜又扶的？

卢枝一双桃花眼里满是疑惑，眼中隐约还带着些许怒气。毕竟莫名其妙被人搜了一下谁都会生气的吧。

寒冷的雪夜里，江为就这么静静地站着，脸上的表情无比坦荡，一点儿都没有做坏事被别人发现了的窘迫。

卢枝突然觉得好笑。他总是这样，不知道的还以为是她干了什么事一样，明明她什么都没有做。

她朝他使了一个眼色，询问怎么了。

江为没有立马回答，而是向前一步靠近，抬起手，伸向她的脖子。

卢枝眼睁睁地看着他伸过手来，想要躲开，但是身体却没有任何行动，像是本能地僵住了。直到他的手将她掖在外套里面的半个帽子搜了出来，然后妥帖地整理好。

卢枝这才知道江为要做什么。她想起那天在体育馆门口，他将伞递给自己，伸手帮她整理卫衣帽子的场景。情景重叠，和今天如出一辙。

"你帽子掖在外套里了，我想帮你拉出来。"江为解释他刚刚的行为。

其实完全没有必要，她已经知道了，且是亲眼看见。

明明对卢枝来说是一句"谢谢"就能解决的事，她却没有这么做。她猝不及防地靠过去，此刻两人之间几乎就是一个拳头的距离，眼看着都要贴上去了——

江为没想到卢枝会突然主动，愣了一下，但是很快就恢复了平静，静静地看着她，心脏却早已狂跳不已，血液沸腾。

卢枝其实做完这个动作就后悔了，他总是用那种眼中带笑的眼神看自己，或许是自己被迷惑了，也或许是在一片雪白之中，她有点儿晕了，他的眼神激起了她强烈的求知欲，她只能这么解释。

要不然应该怎么解释她突然的心动呢？

是的，她心动了。

她脑海中突然浮现出很久之前学过的一篇游记，里面有这么一句，"余方心动欲还，而大声发于水上，噌吰如钟鼓不绝"，大概意思是"我正心惊想要回去，忽然巨大的声音从水上发出，声音洪亮像不断地敲钟击鼓"。

莫名有点儿异曲同工之妙。

她正想要逃避，突然看见了江为的眼睛，他眼中情意汹涌，笑意浓烈，明明只是一个眼神，却感觉到自己被他的爱意铺天盖地、四面八方地包裹住。他的眼神似乎会说话。

既然已经这么做了，卢枝也不打算后退了，她硬着头皮，伸手在江为的肩膀上拍了拍。

"这么关注我？第二次了。"她轻笑一声道，"喜欢我啊？"

她确定江为不会承认，所以才这么说，没有什么别的意思，只是觉得刚刚因为失神，面子上抹不开，非要赢回一局。但是没有想到，事情的发展完全偏离了她预估的走向。

江为是多么了解她，在她做出这个行为的时候，就知道她是什么意思。本来是打算随她预想的来，但下意识地，还是给出了不一样的答案。

"是啊。"他是这样回答的，短短的两个字。

两人都愣住了，江为反应快，率先回过神来。说不后悔是假的，他知道卢枝要是不喜欢一个人，只要那个人说了什么想要更进一步的话，她绝对不会再给任何机会。

风险规避，大概就是这个意思。

卢枝也没有想到他会这样回答，彼此的反应都不在对方的预料范围之内。

"呵。"江为先笑了，似乎是在给彼此找台阶下，"走吧，顾盛他们已经走远了。"

见他没有继续追问，卢枝悬着的心也放了下来，她眼睛微微眯起，笑着回答："好。"两人默契到好像完全忘记了刚刚发生的事。

正好这会儿走在前面的宋初和顾盛发觉后面的人没有跟上，双双回头看去，然后便看见了这一幕——

好像是看不见尽头的长街，街两边的店面亮着灯，灯光微微发黄，门口可见顾客进进出出。三三两两的路人成双成对地经过，他们说着话，嘴巴呼出来的气在这初冬的夜晚瞬间凝聚成雾。

那两个人就站在不远处的路灯下，脚下是白雪，头顶是昏黄的灯光，深陷茫茫人海，他们看着对方，在笑。

或许是因为初雪，大家都特别激动。刚一走进学校大门，就看见不远处的小广场上围了不少人。顾盛喜欢凑热闹，拉着三个人就走了过去，奈何人一圈一圈地围着，根本就看不见里面是什么。

"哎，哥们儿，里面在干什么呢？"顾盛拍了拍人群边上的一个男生问。

那男生手里拿着一个粉红色的包，身边还站着一个女孩子，看样子应该是陪着女朋友来凑热闹的。男生没说话，反倒是他女朋友替他回答："表白呢。"

顾盛一听是这个，更起劲儿了，准备围观一下，他太喜欢凑热闹了。江为他们也没走，就站在不远处等着。

很快众人便看见了男主角，长得挺帅一男生，不过不认识。他手里拿一捧红玫瑰，黑色蕾丝包装纸，看着倒不像是表白，像求婚。

看见了男主角的身影，众人纷纷让出一条路，让他走到中间。还是那种很老套的表白方式，用气球和蜡烛在地上摆了一个爱心的形状，最中间的那一圈人应该就是男主角和女主角的朋友，他们手中拿着小礼炮筒，充当着气氛组。

学校小广场的树上常年挂着很多小彩灯，五颜六色的，看着还挺衬现在的氛围。当女主角被朋友拉来小广场时，她脸上的表情就已让众人都能猜到结果。

这种事情无非就是同意或者拒绝。从女主角脸上的笑容可以看出，不出意外就是同意了。

本来兴致勃勃的顾盛此时却突然没了兴致，他从人群中抽身，走到站在广场边缘的三人身边。

"走吧。"他说。

"你不看了？"宋初挑眉看他。

"没意思。"顾盛耸了耸肩，边走边说，"那女生肯定答应和那男生在一起。"

"这么肯定？"

"当然了，看那个女生刚刚的反应就知道了，对于喜欢的男生和不喜欢的男生向自己表白，看表情就很明显了。喜欢的男生和自己表白那叫水到渠成，眼中是高兴，是开心；不喜欢的男生那就是感到困扰。"

"你知道的还不少。"宋初乐了，看样子他还挺了解女生。

"当然了。"顾盛的话刚说完，人群中便传来了小礼炮筒响起的声音。

他闻声看了宋初一眼：看吧，我说得没错。

他一路叽叽喳喳："那个男生的表白套路也太过时了，一点儿都没有新意。"

"是吗？"宋初不置可否。

"你们觉得表白应该怎么样才好？"顾盛忽然问。

身边正好有两个现成的女孩子，而且都不好追，他还真的想知道什么样的表白能打动她们两个。

"这种东西没有什么特定的标准吧，只要是自己喜欢的人，什么样的表白都可以接受。"

宋初觉得这种东西没有必要卡着条条框框来，那这样就没意思了。

"你呢？"顾盛将目光放到了卢枝身上，趁着两个女生没有注意，还朝江为挑了挑眉。

好好听着，哥们儿这是在为你的以后做准备呢。

"谈恋爱啊？"

通往宿舍的路上，有几个路灯坏了，还没修好，朦胧间，江为好像看见了卢枝脸上隐隐的笑容。

"谈恋爱啊，当然是从一束鲜花和一句表白开始的。"

第三章

守护

这年冬天，江为加入了校队，准备参加明年的数学竞赛。除了上课，他其余的大部分时间都待在训练室里，只有晚上睡觉的时候才能在宿舍见到他。顾盛觉得自己和江为的交流都减少了很多。

　　江为甚至连和卢枝见面的时间都没有。晚上回到宿舍，他看着手机里卢枝的微信头像，犹豫了很久都没有点下去。他很想她，想要和她聊天，但是时间又太晚了，怕打扰到她休息。

　　那天下午去上课，江为和顾盛彼此心照不宣地从法学院门口经过。隔着很远的距离，江为看见了卢枝和她身边的宋初。

　　卢枝脸色明显苍白，整个人好像很憔悴。她没有背包，手中也没有拿书，倒是身边的宋初拿着几页资料，两人并肩走进法学院。

　　在法学院门口看见卢枝并不稀奇，但是看见陪着的宋初，就有点儿问题了。什么事情需要她陪着去办？

　　"老江，这两人怎么了？卢枝看着脸色也不好。"

　　"这几天我给宋初发消息，之前还时不时回我几句，但现在干脆都不回我了，也不知道怎么了。"顾盛纳闷，这姑娘怎么不理人呢？

　　"应该是有什么事情吧。"

　　看着已经消失在法学院门口的身影，江为皱了皱眉，突然心一慌，觉得可能有什么事要发生。他心中构想了很多可能发生的事情，唯独避开了最可能的那一桩。

　　接下来的几天，江为几乎每天上课都会从法学院那条路走，只为了能见卢枝一次。时不时也能遇见几次宋初，但每次她都行色匆匆。

　　江为偶尔在微信上联系过卢枝，想要约她出来一起吃个饭，她回复没有时间。他不知道她发生了什么，也没问。

　　以什么身份问呢？江为不知道。

直到那天，顾盛在学校的"表白墙"上看见了一个帖子。那是一个下午，他没课，在宿舍睡了个午觉，醒来后打了会儿游戏，频繁失败让他没了兴致，便转头去刷手机，然后便看见了学校"表白墙"上的内容。

一共两张图片，发帖人是一个大一的学弟，帖子主题明确，表达清晰，内容简练。

第一张图片的文字内容——

本人金融系大一，男，身高一米八二，体重六十五公斤，无不良嗜好，喜欢打篮球，性格乐观开朗，学习成绩中上，家庭条件良好，不缺什么，就缺一个女朋友。

本人对待感情专一、认真，一切以女朋友为重，交往了不会轻易分手。

圣诞节快到了，想要找一个女朋友共度圣诞节，元旦也可以一起过了。

上面附了他本人的一张照片和微信二维码。照片里的男生穿着篮球服，手中抱着一个篮球，站在篮筐下，阳光倾泻而下，他在冲着镜头笑，露出了两颗小虎牙。是属于阳光型暖男那种类型的。

第二张图片的文字内容——

前段时间偶然在学校里看见了这位女生，长得特别漂亮，气质特别好，和心中未来女朋友长得一模一样。不知道这位女生有没有男朋友，可否加个微信？

最后附上了一张偷拍的照片。照片里的女孩头发是渐变发色，或许是时间长了，发尾的颜色基本掉完了，黄黄的，穿着一件黑色的大衣。只拍了一个侧脸，距离隔得有些远看不清，但是顾盛还是认了出来，是卢枝。

卢枝的行情还真是可以，顾盛感叹着，反手一个链接转发给了江为。转发完后他还翻看着底下的评论——

"又一个了。"

"不止看见一次了，没见过有追上的。"

"本人和她一个学院，这位美女法学院大二，名字叫卢枝，特漂亮一小姐姐。"

"发在这里没用的，这位美女好像都不看'表白墙'，之前的几次都没有看见她的回应，她朋友也没有。"

"这位帅哥要是想追，还是直接去找她本人比较好。"

"但是在法学院可能堵不到她。这段时间没怎么见过她去上课，就算去上，那也是卡着点从后门进，偶遇的机会并不是很大。"

"她没有男朋友，帅哥可以去追一下试试，万一成了呢？"

…………

顾盛看完所有评论，放下手机，心中只有一个感受：江为的情敌可真不少，路漫漫其修远兮，他这条路还长呢。

江为看见的时候，已经是傍晚了。他刚刚打开宿舍门走进去，顾盛便对他挤眉弄眼的，生怕他看不见自己脸上的表情似的。

"怎么样？"

"什么怎么样？"江为放下包，将里面的书拿出来放在桌子上，不知道顾盛在胡说八道什么。

顾盛眼神从江为的手上转移到他的脸上，细细打量了一下。他兄弟确实是帅，不过和表白墙那位学弟却是完全相反的类型。

江为属于那种内敛型的人，不善言辞，对别人足够冷淡，但是对于卢枝却尽显温柔，毕竟是他喜欢的人。而那个学弟看着就像一台"中央空调"（形容一个男性同时对两个或两个以上的女性送温暖，表达爱意），完全做不到江为这个程度。

或许是顾盛偏心吧，但是江为看着就是比那个学弟更加适合卢枝。

"你没看我发给你的东西吗？"顾盛默默地打量完之后，琢磨着江为的反应，看样子应该是没看。

"没有，我一直在忙。"江为没有抬头，语气淡淡的，"最近忙完了就结束了，也快期末了，剩下的等寒假回来再准备。"他侧头看了顾盛一眼，问，"你发的什么？"

"你看一下。"他把江为按在椅子上，半是强迫地把手机递到江为面前。

江为拗不过，拿过手机打开了那个链接。

五分钟的时间里，顾盛见江为一直低着头，忍不住问道："想什么呢？"又拍了拍他肩膀，似是感慨道，"卢枝又被人表白了。"

"怎么样，有没有危机感？"好像有点儿幸灾乐祸的味道。

"我告诉你啊，你再不行动，卢枝就和别人在一起了。你看人家，阳光开朗，勇敢追求，再看看你，连和她聊个天都犹犹豫豫的。"

江为依旧没有任何反应，只是握着手机的手微微发紧，渐渐泛白的骨节出卖了他此时不大美丽的心情。

好像真的有很多人喜欢她啊，原来他的小姑娘这么受欢迎。

"说真的，要不要表白？

"快到元旦了，我们不是约着一起去滨海广场看烟花吗？抓住这个机会吧，要不然真的就错过了。"

顾盛也是替江为着急。他自认为谈恋爱最好不要太仓促就表明心迹，会显得不稳重。但是这种事情因人而异，对于卢枝，温水煮青蛙根本不合适，她根本就煮不动，像块石头似的。

良久，江为答道："好。"

后来想想，那天他确实在看见那条帖子的内容时有点儿冲动了。他放在心尖上的女孩子被人表白，自己却什么都做不了，那种深深的无力感一直压在他心上，让他喘不过气来。

丝毫不意外，这条帖子和之前的很多次一样没了后续。但没想到的是，在过了一段时间之后，竟然还有人将这件事情放在心上。记忆力超群的众多吃瓜群众在圣诞节那天发帖，标题是——那位金融系大一的学弟追到大二法学院的卢枝了吗？

此帖一出，之前看过那条帖子的人都来评论，都在等一个答案。

没有辜负众人的期待，故事的男主角亲自出面回应了这件事——

"那天之后我每天都去法学院等她，等了好几天，昨天等到了。

"没追上。

"她特高冷，对人爱搭不理的，联系方式也要不到，但是特漂亮。

"虽然没追上，但是我不会放弃的，我绝对不是一个轻易放弃的人。

"我就是对她一见钟情，二见倾心了。

"此帖为证，我话放在这里，一定会追上她，追不上我就当着全校同学的面倒立洗头。"

众人纷纷收藏这个帖子，有甚者还截图存证。

"收藏了，收藏了，等着你回来兑现。"

"不仅收藏了，我还截图了，说到做到啊，帅哥。"

"加油哈哈哈！"

"期待看见你当着全校同学的面倒立洗头的样子，我一定到场观看。"

"一言既出，驷马难追。"

"我们都等着看呢！"

2018 年 12 月 31 日。

顾盛下午的时候就联系了宋初，问她们俩什么时候准备好，他和江为去女生宿舍楼下接她们一起去看烟花。

宋初回复得很快：我们不在学校，等晚上直接在滨海广场见吧。

晚上，顾盛和江为就坐上了去滨海广场的公交车，是这一天的最后一趟。

海城有一辆特殊的公交车——17 路。17，爱在 17，爱在一起。公交车是双层的，这会儿大部分乘客都是情侣，如果没有猜错，应该都是要去滨海广场看烟花的。

江为和顾盛坐在第二层的最后一排。看着前面的小情侣，顾盛酸了，侧头看一眼坐在身边抱着一束向日葵的江为道："人家表白都用玫瑰，就你用向日葵。"他不知道江为是怎么想的。

17 路公交车是环海公交，会经过很多地方，海城的夜晚不繁华，也不热闹，路边依稀能看见几个小吃摊。没有灯红酒绿，没有车水马龙，有的只是浓浓的烟火气息。

不经意间，江为看见路边有一对情侣在一个摊位前买烤冷面，在昏黄灯光的映照下，他看见了他们因为说话而从嘴巴里呼出来的雾气。

他突然想起那个时候，两个人傍晚去海边散步。那次她看见路边的烤冷面摊位，立马就走不动了，拉着自己的手就那么站着，怎么都不肯离开，眼睛直直地盯着热乎乎的烤冷面。

她身体不好，医生叮嘱过，要少吃垃圾食品，他自然没同意。但是她特别会拿捏他，知道他对她完全没有抵抗力，她想做什么他也阻止不了，只要她轻轻地一撒娇，他立马就会妥协。

她拉着他的手，软软地靠在他身上，语气轻轻地撒着娇："江老师，你就给我买个吧。"

她看着他，那个软软的眼神让江为不忍拒绝，只得笑着摸了摸她被灯光映得发黄的头发，无奈道："好，给你买。"

她立马眼神一亮，几步小跑到摊位前："老板，烤冷面，不加香菜！"

他站在她身后，笑着看着她。

突然，一道刺眼的灯光让江为回了神，怔了怔，他看着窗外，缓缓开口道："她喜欢。"

"你怎么知道？"顾盛觉得自己好像从来都没有听说过卢枝喜欢向日葵。

江为没说话，顾盛便也没继续问，只是看着那束向日葵叹了一口气，纯属没话找话地开口道："你看人家都成双成对的，就咱俩单身狗坐在一起。人家这个车是'爱在一起'，咱俩是'挨在一起'。"言语间满满的嫌弃。

"今天你可要把握住机会，把卢枝拿下。咱俩好歹也得有一个脱单的。"

"我觉得你机会还是挺大的，你看卢枝对你和对待别的男生都不一样，看看我就知道了，她什么时候和我说过话？"

"所以，我相信。加油，兄弟。"

顾盛拍了拍江为的肩膀，伸手做了一个加油打气的动作。

滨海广场距离学校不远，坐公交车很快就到了。两个人到的时候不算晚，跨年烟花秀会在零点整开始。

滨海广场位于海边，前面是沙滩和大海，旁边是广场。冬夜的海风阵阵，海浪拍打着海面，发出阵阵声响。岸边的沙滩上有一排路灯，不算亮。站在滨海广场上，可以看见海城的标志性建筑，也可以看见远处亮着的灯塔。

广场上都是人，大多是年轻人，也有住在附近的居民，大家聚集在这里，看零点的烟花秀。顾盛拢了拢被风吹乱的锡纸烫，忍不住瑟瑟发抖道："她俩怎么还没来啊？"眼看着就要到时间了。

江为没有说话，只是不经意间看向了远处——

广场上灯光昏暗，人头攒动，他眼神越过人群，看见了朝这边走来的卢枝。卢枝穿一件中长款的白色羽绒服，黑色的裤子，黑色的马丁靴，头上还戴着一顶毛线帽，把自己包裹得很暖和。一段时间不见，她好像瘦了点儿，整个人精神也不是很好，江为有点儿担心。

"你们来了！"

顾盛看见走过来的二人，直接将卢枝身边的宋初拉到了自己身边。被突然拉走，宋初像是被电了一下似的，猛地挣脱开，声音拔高道："你干什么？"

"哎呀，有事和你说。"顾盛重新拉住宋初的胳膊，转头朝卢枝说道，"卢枝，你先和江为在这儿待会儿，我借宋初一会儿。"

"老江，你好好照顾卢枝，我们一会儿就回来。"顾盛一边拉着宋初离开，一边朝江为眨了眨眼睛。

滨海广场上充斥着各种各样的声音，江为站在老旧的路灯下，昏暗的灯光有一些晃眼，让卢枝看不清他的脸。她下意识地伸手将戴在耳朵上的蓝牙耳机摘了下来，随手塞进口袋里。

注意到她的动作，江为开口问："在听歌？"

"嗯。"卢枝点了点头，侧过身子看向大海。大海一望无际，入目便是一片漆黑，分不清海水与夜空，天空中稀稀疏疏地点缀着几颗星星。

"什么歌？"

"*Flowers*."

她默默地在心里自顾自地将歌词念了出来——

I'm looking around for the answers.

You decide what we have in the future.

Yeah your grip is too tight and I'm bruising.

Dig your nails in my life and I knew it.

我寻找着未知的答案。

你决定了我们未来的模样。

你紧握的手，我遍体鳞伤。

你早已深陷我的生活，我早就明白。

片刻，卢枝注意到了江为手中的向日葵，她喜欢向日葵，所以忍不住多看了几眼。

江为看到她的眼神，笑了笑，在灯光的映照下，他的笑容显得格外温柔，心也跟着软了下来。

"送给你的。"没有什么多余的话，他直接将花递到卢枝面前。

是她喜欢的向日葵，是她喜欢的包装，一切都是她喜欢的。

卢枝下意识伸手接过，她不喜欢花，却独独喜欢向日葵。

"你应该会喜欢。"江为这样说道。

"应该会喜欢……"卢枝忍不住重复一遍，侧头看他，"就这么肯定？"

"你的微信头像是向日葵。"

他知道她唯独对向日葵情有独钟，只有送给她向日葵的时候，她才会多看几眼。而且，她的头像确实是向日葵，只不过是一枝枯萎了的。

她不会不喜欢的，他知道。

突然想起那个时候，他们两个人刚刚在一起，他并不知道她不喜欢花，就像大部分的男生一样，他给刚刚交往的女朋友买了一束红玫瑰。

她看见玫瑰的时候并没有不开心，反而抱着玫瑰冲着他笑得很甜，眼睛都眯在了一起。但也只是朝他笑，并没有看那束玫瑰一眼。

后来他才知道，让她开心的从来都不是花，而是送花的人。

是宋初告诉他的。

那天卢枝抱着花，和他一起去找宋初和顾盛，准备一起吃饭，中途卢枝去卫生间。一路上都沉默着的宋初，看着卢枝放在位子上的红玫瑰，对他说了一段话：

"她不喜欢花的。

"其实也不算是不喜欢，因为她只喜欢向日葵。

"你看她很开心吧，其实并不是因为收到了花而开心，是因为你。不管你送什么，她都会开心的，前提是那个人是你，送的东西是什么无所谓。

"女孩子其实并不是因为收到了礼物而开心，而是因为送礼物的那个人。

"她把你看得很重要，所以不忍心告诉你，怕你生气，觉得她矫情，所以才会小心翼翼。

"以后记得送她向日葵。

"她会很开心的。"

在后来的那些日子里，他真的就只送她向日葵。他也看见了，她收到向日葵的时候眼中那开心的情绪，不仅仅是因为他，也因为那一束向日葵。

而他，就是想要看她开心。

"观察得挺仔细的嘛。"卢枝手中拿着向日葵，忍不住看了江为一眼，眼中笑意未减。

"是啊。"江为也愿意和她拉扯,"喜欢吗?"

"什么?"卢枝伸手摆弄了一下向日葵的花瓣,状似漫不经心地问。

"向日葵。"

"还行吧。"她向来嘴硬,明明喜欢得不得了,却依旧不承认。

似乎是觉得两个人之间的气氛有点儿别扭,卢枝又缓缓地开口:"但是我不收男生送的花。"

"这是向日葵。"江为强调道,"不一样的。"

向日葵也是花,怎么就不一样?她不明白他是什么意思。或许江为说的话,只有他自己才能明白。

不一样的,因为这一束向日葵,是我送给你的。

即将零点,一直在滨海广场等着看烟花秀的人群渐渐热闹起来,大家等了很久终于要到时间了,自然都非常激动,皆抬头望向天空,期待着新一年的来临。

两人并肩站在路灯下,卢枝抱着花侧头看江为,欲言又止。

"你……"

"砰——"突然,天空中烟花炸开,各式各样的烟花在天空中绽放,五颜六色,炫彩夺目。

卢枝听见声音,猛地抬头看去,烟花在空中绽开的光有些刺眼,晃得她眼睛疼,但她还是一眨不眨地看着,有一些失神。

绽放完的烟花缓缓落下,最后消失在无边的海面上。在漫天的烟花中,卢枝眼睛突然有些酸,她还从来没有元旦在广场上,和很多人一起看烟花。

之前的很多年,都是自己一个人在那个冷冰冰的家里度过,偶尔也有几年在医院度过。她印象很深刻,那个时候病房里只有自己一人,住院部的晚上只有零星几个医生和护士值班,四处都静悄悄的,安静到仿佛能听见自己心跳的声音。透过窗户,她能隐约看见烟花,但她没有下床去看,只是半躺在床上,听着窗外传来的声音,看漆黑的病房,发呆。

"新年快乐。"江为突然开口道。

此时的广场上很是热闹,周围声音嘈杂,但传进卢枝耳朵里的江为的声音,却格外清晰。还是一如既往地温柔,好像从第一次遇见他开始,就是如此。

"新年快乐。"卢枝开口回应，她说话的时候没有看江为，眼睛还是一眨不眨地看着天上的烟花，如痴如醉。

"卢枝。"

"嗯？"卢枝转头看他，然后便撞进了那双含笑的眼睛里。

"这是我第一次送花给女孩子。"

卢枝顿了顿，没有说话。她总觉得他话里有话，但又摸不清他的意思，心想：这也是我第一次收男孩子的花。

果然，下一句，江为的话锋变了："还是自己喜欢的女孩子。"

他不知道应该怎么说，卢枝太特殊，似乎怎样的告白对于她来说都不合适。他心中懊恼又紧张，手足无措，毕竟面前是他一直放在心尖上的女孩子。

明明是表白，但江为却觉得自己像是在走钢丝，身体不停摇晃，摇摇欲坠，可能一不小心就会掉下去，坠入万丈深渊。

既然已经说出了口，就干脆将想说的话给说完。江为身体下意识地站定，有些紧张，喉结上下动了动，垂在身侧的手不断地收紧。

"记得你说，谈恋爱是要从一束花和一句表白开始的。

"我喜欢你。"

他没有问她要不要答应做他的女朋友，只是单纯地告诉她，他喜欢她。

平时遇见这种情况，自己是怎么做的？要么直接无视，要么果断拒绝。但此时此刻的卢枝，却什么话都说不出来。

"你……"她嘴巴张张合合，嗓子仿佛被什么东西堵住了似的，又干又涩，什么话都说不出来。

她心里酸酸涩涩的，怎么办呢？面对异性的表白，还是第一次这么手足无措。卢枝干笑一声，尽量让自己的语气听起来像是无所谓。

"这么突然吗？"她微微抬头看他，尽量让自己表现得自然一点儿，眼睛落在他脖子的位置，喉结清晰可见，她甚至还看见了他脖子侧面的一颗痣，小小的。在昏黄的灯光下，她竟然看得这么清楚。

"我们好像认识了才半年多吧。"

她说这句话的时候似乎忘记了，江为是她第一个关系这么密切的男生，半年，这个时间已经不算短了。

半年，卢枝并不知道，江为这半年是怎么过的，毕竟只有他自己带着从前的记忆。

江为看着她道："你不知道我有多么喜欢你。"似是喃喃自语。

烟花秀结束，空气中除了海水的咸腥味，就是天空中烟花炸开后刺鼻的火药味。卢枝没有说话，江为也没有再追问，两人似乎陷入了一种诡异的沉默。他不知道的是，此时此刻卢枝的心里像是在发生一场海啸，巨浪翻滚，顷刻间大厦颠覆，波涛汹涌，不过她依旧面色平静地站着，什么话都没有说。

宋初被顾盛拉到了广场的另一边，她一头雾水，不知道他要做什么，拉着她一直说着废话，也不让她走。

"你干什么？你们在密谋什么？非得把我和卢枝分开？"

她才不相信顾盛说的有事，他把她拉到这里这么久了，什么正经事也没说，一直在说废话，反反复复没有条理，肯定没存什么好心思。

"哎呀，反正是很重要的事情。"

顾盛抓着宋初的手不放，嘴里嘀嘀咕咕的，最后愣是什么也没说出来。

"到底什么事？你要是不说，咱俩朋友都没得做了。"宋初总觉得不是什么好事情，遮遮掩掩、偷偷摸摸的，肯定没那么简单。

面对喜欢的女孩子的威胁，顾盛实在顶不住了。兄弟和喜欢的女孩，还是先委屈一下兄弟吧，谁叫他本来就是重色轻友的。

顾盛估摸着江为那边也应该结束了，干脆坦白道："就是今天江为想向卢枝表白，我就把你支开了。"

宋初瞬间火了。

"我这不是怕你不同意吗？"顾盛委屈。

"那是她自己的事情，轮得上我同不同意？是她谈恋爱，不是我谈恋爱。"宋初简直气不打一处来。

"那之前你护她像护自己的小崽子一样，看着就像是那么一回事儿。"顾盛顶嘴道。

宋初实在忍不住了，一巴掌拍到顾盛头上。

顾盛捂住头，然后耳边便响起了烟花在空中炸开的声音，他依旧傻乎乎的，呆呆地来了一句："新年快乐。"

新年快乐？她怎么快乐？她能快乐吗？宋初简直无语。

"对不起。"这是卢枝给出的答案。

她穿着一双不加绒的靴子，站得久了有点儿冻脚，只得原地跺了跺脚。她不敢抬头，怕看见江为的眼神，怕稍一犹豫，自己就答应了。

如果问她，喜欢他吗？她的回答是喜欢。但是那又能怎么样？喜欢就一定要在一起吗？

不是非要的。

如果她身体健康，或许会答应。即使她的家庭支离破碎，只要她身体健康，还是会答应的。但是，她就是一个什么都做不了的废物。

"对不起。"她重复道，好像除了这三个字，再也说不出任何话了。

江为看着面前一直低着头的卢枝，他没有什么特别的反应，渐渐地，眼眶红了。夜晚的海风吹在他脸上，像锋利的刀，像破碎的船，像炸裂的玻璃。

其实之前就有预料到她会拒绝，但此时此刻小姑娘站在他面前说对不起的时候，他还是红了眼睛。心里还是喜欢，太喜欢了。

"不用说对不起。"江为轻笑一声，好像安慰她似的，伸手蹭了蹭她的头顶，"没关系。应该是我说对不起，是我唐突了，是我太草率，不应该这么突然。"

明明是他被拒绝了，反过来安慰人的却还是他。

卢枝真的想哭，活了这些年她没怎么哭过，就连生病自己一个人在医院的时候也没哭。可现在，她竟然委屈到想哭。

她是替江为委屈，她第一次觉得自己像一个渣女，简直没脸见他。卢枝转头跑走，只留下还站在原地的江为。

宋初和顾盛赶过来的时候就看见他们两个人面对着面站着，卢枝低着头，江为看着她。

宋初不会认为卢枝真的答应了，肯定是拒绝了，但是远远地看着，她情绪似乎不太好，又看见她转身跑走，抬脚便跟了上去。

顾盛一脸迷茫地来到江为面前，看到他颓废的样子，就知道肯定没成功。但现在说什么也没用，只能拍了拍他的肩膀，以示安慰。

宋初好不容易追上人，拦了下来，她抓着卢枝的胳膊道："你不要命了？跑什么跑？"看见卢枝还死死地抱着那束向日葵，多少年的朋友了，她心中自是了然。

"你喜欢他？"

卢枝没有说话，像是突然承受不住似的，机械般地弯下腰，然后缓缓地蹲在地上。被冻红了的双手捂住脸，眼泪不停地从指缝中渗出。没有任何声音，只有微弱的哽咽声夹杂在冷风中。

她在哭。

宋初站在她的面前，静静地看着，任由她无声地哭泣。

卢枝很少哭，但是今天却因为一个人的表白哭了。

"你知道吗……"手掌下传来她微弱的声音，"很久之前，我想要很多很多的爱，我希望有很多人来爱我，只爱我。后来我发现那是不可能的，怎么会有这样的人呢？

"但是……今天他和我表白了，我想要的表白和鲜花，他都记得。

"从小察言观色，一直活在别人的眼色之下，我早就能一眼看出别人是真心还是假意。他是真的喜欢我。

"初初，他太好了……好到连我拒绝了他，还向我道歉，和我说对不起是他唐突了。"说到这里，卢枝已经泣不成声。

怎么有人连被拒绝了，还会向拒绝他的人道歉呢？这样的人是有多好。

宋初看着蹲在地上泣不成声的卢枝，叹了一口气道："何必呢？"

何必呢？何必为难自己？

从那天晚上的烟花之后，江为就再也没有见过卢枝。尽管他之后无数次刻意地从法学院经过，却也一次都没有见过。她好像一下子消失在了他的生活中。

海大不算小，本来刻意的见面就已经很难，现在她故意躲着，更是难上加难。

顾盛也没再敢给宋初发消息，自从上次那件事后，宋初好像把他拉黑了，其实就算没拉黑，他也不敢再去问关于卢枝的事，怕被骂。

之后的某天晚上，江为一个人待在宿舍里，翻了很久的书都看不进去，满脑子都是那天晚上她拒绝自己的场景，心神不宁，做什么都提不起兴趣。他坐在椅子上，突然觉得心慌，像是要发生什么不好的事情，再加上宿舍冬天暖气开得很足，让他更加烦躁了。

江为拿着手机准备出去透透气，一打开阳台的门，外面的冷风便灌了进来，他衣衫单薄，冬天的风像刀子一样刮在他身上，生疼。

宿舍外面的路上有不少回来的学生，在路灯的映照下，身影模模糊糊的。江为像是对周围毫无感觉似的，在阳台上站了很久很久，直到冻到四肢仿佛失去了知觉，才摁开手机。

他想给卢枝发消息。

他编辑了很久很久，删除又补充，反反复复，最后删到只剩下几个字：最近还好吗？

发完他就摁灭了手机，又站在阳台上看着楼下。

卢枝没有回他。

不知道过了多久，宿舍里传来了开门的声音，其中夹杂着说话声，应该是舍友们回来了，江为转身准备进去。这时手机突然振动，他愣了一下，像是意识到什么，猛地抬起手，看向手机屏幕。

是卢枝。

L：还好。

只有两个字。但对于江为来说已经足够了，最起码他知道她还愿意和自己说话，他们之间还没有连朋友都没得做，他还有机会。

此时的卢枝正躺在医院的病床上。她已经习惯了充斥着消毒水味道的病房，毕竟是医院的常客了。以她来医院的频率，放在哪个店，都能算得上是超级 VIP（贵宾）。

四处都静悄悄的，安静到只能听见自己的心跳声，以及临床阿姨浅浅的呼吸声。她住进来的时候阿姨就已经在了，这几天也没有看见她的家人。阿姨平时挺乐观的，每天和护士说说笑笑，也没把生病当回事儿，心态很好。今天阿姨还给了她一个苹果，说是家乡的特产，她放在桌子上还没来得及吃。

看着窗外发呆的时候，突然收到了江为的消息。她微信里加的人很少，十个手指头都能数过来。对她来说，微信算是很私人的社交软件，平时学校里的相关群聊以及和陌生同学联系都是用 QQ。在这方面她分得很清楚。

所以她查看微信消息很及时。

自从那天拒绝他之后，他们就再也没有见过，也算不上是故意躲着，只是她恰巧犯病了，住了一段时间医院，没有去学校。这会儿突然收到消息，还真是有点儿手足无措，即使现在他不在她面前，她还是觉得自己对不起他。

眼睛突然一酸。

虽然不知道应该说什么，卢枝还是回复了江为。

她还活着，应该算是"还好"吧？

元旦过后，很快就迎来了期末考试。明明考试对于江为来说游刃有余，但他还是总往图书馆跑，平日里本就不喜欢说话，这下话变得更少了。

顾盛知道是因为卢枝，他也不敢问，只是默默地陪着。

直到那天期末考试结束，顾盛和江为从教学楼里出来，刚走没几步，身后就传来一道询问的男声："你俩考完了？"

顾盛转头便看见了刘恺和万旭，他俩是另一个考场的。

"考完了。"

"你和老江什么时候回家？"

"我买了后天的车票。"

"至于老江……"顾盛看了江为一眼，想起之前他买车票的时候问过江为是不是要和他一起回江城。

江为是怎么回答的来着？

他说："不回去，我这个假期还是待在海城。"

"你爸妈又不在？"顾盛觉得应该是这个原因。

"嗯，他们今年大概不会回来，我就自己一个人待在海城吧。"

顾盛并不知道海城和江城有什么区别，反正都是江为一个人，回江城他俩还能一起聚一聚，待在海城和谁玩？这个时候他其实忽略了一个问题——卢枝住在海城。

"晚上聚一下吧，咱宿舍好久没一起聚了。"

男生宿舍的聚会一向很多，但是他们却并非如此。

"行啊，地方你定。"顾盛没有意见，顺便也替江为做了决定。

刘恺定的地方是学校附近一家比较出名的酒吧。晚上的时候，刘恺给顾盛发了定位，酒吧位于他们经常吃饭那条街的尽头，一个挺低调的位置，距离不远，走路就能到。顾盛还是第一次来，应该是新开业，名字挺特别的，叫"Yours"，"你的酒吧"。

装修风格也独树一帜，属于那种美式复古风，乍一走进来，还以为是进了国外的酒吧。里面人不多，不算吵闹，三三两两地几个人一桌，喝着酒，聊着天，光线昏暗，只有那头顶上昏黄的灯光在闪烁。

顾盛和江为找了个位子坐下，刘恺和万旭还没来。台子上有乐队在唱歌，并不是什么美式乡村音乐，反而是现代流行风的，在这个装修的衬托下，奇怪又独特。乐队主唱是个男生，一身黑，头上戴着一顶鸭舌帽，帽檐下的阴影和头顶的灯光交错，模模糊糊。

唱的是五月天的《温柔》。

顾盛打量了江为几眼，只见他拿着那杯刚刚端上来的酒，像是在发呆，昏暗的光线也让人看不清他的正脸，只能透过酒杯的微微反光隐约看见他低垂的眼眸。

"老江？"顾盛伸手在江为眼前挥了挥。

"嗯？"江为回神。

"想什么呢？"

江为将酒杯放下，摇了摇头道："没什么。"他手放在桌子上，手背朝上，四根手指跟随着音乐声，在桌子上有节奏地敲打着，眼神飘忽。

顾盛才不相信这话，看他这个样子，想什么简直一目了然。

"在想卢枝吧？"顾盛语气笃定道。

江为正敲打着桌面的手一时停下，他顿了顿，没有说话。

"我一直不明白一件事。"顾盛端正身体，难得严肃认真地看着对面的江为，"你什么时候喜欢上她的？你们之前见过吗？"

记得当时第一次见到卢枝的时候，江为的反应就不对劲儿，那个时候他肯定对卢枝有兴趣，但是太突然了，那才是他们的第一次见面。

顾盛不相信江为会对一个从未见过的女生一见钟情。

"没见过。"江为答道。

重活一世，他和卢枝之前没有任何交集，那天确实是第一次见。

"一见钟情？"除了这个答案，顾盛再也想不出其他任何理由。

一见钟情？江为不置可否。在上一世他第一次见到她的时候，好像就是一见钟情，至于这次……

哪里是一见钟情，明明是深爱已久。

见江为没有回答，顾盛就默认了。

"就那么喜欢？"

他觉得卢枝其实就长得漂亮点儿，性格特殊点儿，也没什么特别的，而且还不上进，旷课的次数比他还多。江为也不是一个看脸的人，他就奇怪了，怎么就对卢枝这么死心塌地？

"喜欢啊。"江为微微抬头，看着头顶的灯光，五颜六色映在他的眼中。略微晃眼的灯光在他的眼中形成一个又一个的光晕，模糊了双眼。

喜欢啊。

当然喜欢啊。

喜欢得快要死了。

喜欢到没有她就不行了。

他从小到大和大多数普通人一样，没什么特别，没有什么大成就，也没遇到什么坎坷，如果真的要总结他的一生，那便只围绕两个字展开——"卢枝"。

看江为这个发呆的样子，顾盛算是明白了，自己这个兄弟算是栽得彻底，这辈子就在卢枝那个坑里出不来了。他摇了摇头，拿起酒杯喝了一口酒。

爱情这种东西，真是令人难以捉摸，像酒，很上头。

寒假的大部分时间江为都是待在家里，偶尔会出去遛遛狗。七七比较活泼好动，每天傍晚必须带它出去遛一圈。每次散步，他们一定会经过当初捡到七七的地方，即使这样会绕很远，江为也不嫌麻烦，而且七七活泼好动，它也不嫌累。

但一次都没遇到过她。

遛狗回家之后江为偶尔会收到顾盛的组队邀请，他陪着打几把游戏，手机那边时常能听见顾盛撕心裂肺的喊叫声。其余大部分时间他都是看书，生活很枯燥。

最近这段时间气温骤降，江为不出意外地感冒了。本来以为是个小感冒，吃点儿药就好了，但是发烧总是不退，江为这才感觉到严重了，去了医院。

上午十点的市医院人很多，挂号处、取药处都排着长长的队，有抱着孩子的家长，有佝偻着腰排队的老人，也有神色恍恍的年轻人。没有人闲聊，大家都疲惫地排着队。

医院的大厅里很是嘈杂，充斥着各种各样的说话声，有医护人员的说话声，有导诊台处病人的询问声，也有小孩子的哭闹声，以及母亲耐心轻哄的声音。这些声音都被他自动屏蔽了。

这是他重活一次之后第一次来医院。

他至今还记得那一天，像是掉进了冬天的湖水里，湖面上结了一层厚厚的冰，冰冷的水浸湿了他的衣服，刺骨的寒冷渗透到他身体的每一处。那种绝望，让他永生难忘。那种失去自己爱人的撕心裂肺的疼痛。

恍惚间仿佛时间倒流，回到了那年飘雪的冬至。他站在她的病房外，不敢进去，看着进进出出的医生，再到亲耳听见宣布抢救无效死亡。

医生说这句话时的表情和语气他至今历历在目，不管是语气中的平静，还是眼神里流露出的可惜。

他突然又看见医院长长的走廊尽头，窗外一片漆黑，没有一颗星星。那个时候才发现，一直觉得没有尽头的医院走廊，此时此刻却到了头。就像是她的生命，在那个冬天走到了尽头。

"情况不算太严重，烧不退主要是有点儿发炎，先挂个水，最起码得三天，我再给你开点儿药，按照说明书每天吃，过几天就好了。"

江为拿着医生开的单子去缴费，缴完费又去拿药，折腾下来已经两个小时过去了。他拖着疲惫的身子坐在输液室的椅子上，看了一眼自己头顶的药瓶，叹了口气。

"小伙子生病了啊？"说话的是旁边座位上的阿姨。自江为走进来，这阿姨就一直看着他。

白天的输液室里人不算多，现在的年轻人工作忙，连输液都是等着晚上下班再来医院。阿姨难得在白日里看见一个年轻人，难免和他多说几句话。

"嗯，感冒。"江为答道。

"现在气温低了，你们这些小年轻啊，还总是穿一条裤子，多穿点儿没坏处，等着感冒发烧进医院了就后悔了。

"我家那个孙子就是这样，怎么劝也不听。

"多听老人的话，准没错。"

阿姨似乎很有经验，和江为说了很多感冒多发季节应该注意的问题。江为没有打断，也没有厌烦，只是静静地听着，他觉得其实有人说说话也挺好的。

　　不知不觉，药瓶里的药水已经见底了，他的烧基本已经退了，身体感觉轻松不少，没有之前那么沉闷了。江为和护士再次确认了接下来两天的输液时间之后，就拎着一袋子药走出了医院。

　　他没有想到会在医院里遇见宋初。

　　那是第二天的下午了，江为继续去医院输液。下午输完液准备回家的时候，医院里的人已经不多了。他刚刚走出医院，就看见拎着保温桶走进来的宋初。大概是角度的原因，宋初没有看见江为，而江为却看见了她。她是往住院部那边走的，江为下意识地跟了上去。

　　宋初是来给卢枝送饭的。医院里的饭吃多了也会腻，她妈妈便特意做了些饭菜让她送来。

　　宋初走到病房的时候卢枝正在和临床的阿姨聊天。临床的阿姨性子很开朗，身体恢复得也很好，很多来探望她的人送来了不少水果，而这些水果大部分都进了卢枝的肚子。

　　"王阿姨，我桌子上都放不下了，您自己也吃啊。"卢枝看着王阿姨放到她桌子上的各种各样的水果，很无奈，她现在每天吃这些就已经饱了，根本吃不下其他东西。

　　"我过几天就出院了，这些不吃就浪费了。"王阿姨笑着又往卢枝的桌子上放了两个苹果。她很喜欢这个小姑娘，虽然平时话不多，但小姑娘热心善良，有什么事情都会搭把手。

　　但小姑娘住院半个多月了，却没见有亲人来探望过，只有她那个朋友来，那也是一个小姑娘，两人年纪差不多大，也不会照顾人。

　　所以什么事都是她自己来，没有人帮忙。

　　那天王阿姨经过护士台，听几个小护士说小姑娘的病不是很好治。她也是家里有孩子的人，看小姑娘年纪应该还在上大学，年纪轻轻就生了这样的病，怎么这么命苦？

　　"明天下午陪阿姨去医院的花园透透气吧，阿姨都快闷死了。"

　　"好。"

　　宋初一进门，就看见卢枝和临床的阿姨有说有笑的。

"送饭的来了。"她进门朝卢枝扬了扬手中的保温桶。

"今天吃什么？"卢枝半躺在病床上，似乎对宋初手中的饭菜完全不感兴趣，但还是像往常一样开口询问。

"冬瓜排骨汤、青菜和玉米虾仁。"

"啊，能不能来点儿辣的？"

医院的饭菜是清淡的，宋初送来的饭菜也是清淡的，她现在嘴巴里面除了药味儿，别的什么味儿都没有，特别苦。

"不可能，你想都别想。"

宋初将吃饭的小桌板放下，将饭菜一一拿了出来，摆到卢枝面前。然后她拉了把椅子坐下，朝卢枝抬了抬下巴，示意吃饭。

"不想吃，我今天吃了好多王阿姨给的水果，吃不下了。"

卢枝眼睛微闭，言行中都是抗拒。

"不行，吃不下也要吃。"宋初在这方面一向不会惯着她。

王阿姨坐在床上，眼睛微微眯起，笑着看着她们，她就喜欢看这两个小姑娘说话。

"听你朋友的话，多少吃一点儿吧，你现在生着病呢，不能不吃饭。"王阿姨也跟着宋初劝卢枝。

卢枝实在没有办法，起身拿起筷子开始吃饭，刚吃了几口就抬起头，朝着宋初笑眯眯的，眼神中带着讨好。

"明天你来的时候给我带杯奶茶呗？"

"不行。"宋初想都没想直接拒绝，奶茶这种东西还是少喝比较好。

"你不给我带，我就自己点外卖。"

"你看护士姐姐让不让你带进来。"宋初才不怕卢枝的威胁，一点儿用都没有。

卢枝蔫了，肯定带不进来，那几个护士姐姐眼睛尖着呢，看见什么不适合病人的，就给没收了。

可是她这个病也没说不让喝奶茶啊。

江为一路跟着来到了住院部，然后跟到了病房门口。

自从那天之后，他就再也没有看见过卢枝，没有想到再次见到竟然会是在医院。刚刚看见宋初的时候他就有预感了。

他看见了病床上的她——

一身蓝白条纹的病服，半盖着医院的纯白被子。脸色苍白，但是眼中却带着笑意，似乎早就已经习惯了医院的环境。

这种情形江为经历过很多次，每次她都是用那种带着笑意的眼神看着来探望她的人，没有悲伤，没有恐惧。那种带着平淡和坦荡，不在意任何结果的眼神，总是让他心痛。

医院消毒水的味道充斥着鼻腔，江为突然一阵反胃。他猛地转身靠着门边的墙壁，听着里面说话的声音。没有进去，也没有离开。

卢枝吃完饭便赶宋初走。

"你回家吧，再等会儿，天就黑了。"

"我刚给你送了饭你就赶我走，真没良心。"宋初笑着捏了捏卢枝的脸蛋。

"我走了，明天还来。"她收拾好碗筷，拎着保温桶转身准备离开，刚走了几步，还没走到门口，又转头看了卢枝一眼。

"别期待明天的奶茶了，不会给你买。"说完她便无情地离开了。

一直靠墙站着的江为听见宋初出来的声音，急忙躲进了消防通道里。

还是晚了一步。

宋初一出门就感觉有个人影闪过，不过还没看清楚就消失了。经过消防通道的时候她多看了几眼，可里面一片漆黑，她什么都没看见，但总觉得那道身影隐隐约约有些熟悉。

"哎哎哎，你等一下，你是来探望谁的？"江为刚刚经过护士台，就被拦了下来。

"1706，卢枝。"他昨天跟着宋初过来的时候，特意留意过病房号。

"她啊。"这层的医护人员大部分都认识卢枝，是他们住院部的常客了。

护士上下打量了江为几眼，之前从来都没见过除了宋初之外的人来看望卢枝，今天这个是个陌生面孔，还是个小帅哥。

不过等视线转移到他手上的时候，护士皱了皱眉。

"这种东西还是尽量少让她喝。"

之前卢枝偷偷订外卖已经让她看见一次了，怎么现在来探望的人也这么不守规矩？一点儿都没有家属的样子。

"她很久没喝了，偶尔让她喝一次也没事。"

江为将手中拎着的奶茶不着痕迹地往身后挪了挪，躲避开护士的视线。

"你过去吧，医生查完房了，她现在应该在病房。"

没有真的想要为难，本来也没规定卢枝不能喝，只是得少喝罢了。

江为还是像昨天一样，走到了病房门口，站在外面犹犹豫豫的，踟蹰着不敢进去，怕打扰到她。

门没关好，留了一个缝儿，透过缝隙，他看见了病床上的卢枝。她的脸色比之前看到的时候似乎好了点儿，她双腿盘坐在床上，和临床的阿姨聊着天，神色轻松。

站在门口，他在脑海中构想了很多情形，如果他进去了，她会是什么反应？惊讶、疑惑、尴尬，很多很多，但总归不会是高兴吧？

他不打算进去，准备将奶茶挂在门把手上就离开。但是还没来得及动作，就听见了身后那明显降低了分贝的声音，带着一丝惊讶。

"你怎么在这儿？"

江为转头便看见了宋初。他以为她应该会在傍晚才来医院，但是没有想到上午就碰见了。

"我——"江为的话还没来得及说完，就被宋初打断了。

"你跟我过来一下。"

她带着他到了楼梯间。

一进楼梯间宋初就上下打量着江为，怪不得昨天觉得熟悉，原来是他。

"来看她的？"

话中的"她"是谁，两个人心知肚明。

宋初也没有问江为是怎么知道卢枝在这里的，没有必要，反正他都已经知道了。

"嗯。"江为没否认。

"你为什么喜欢她？"

宋初没有问别的问题，她只想知道这个，算是替卢枝问一下，她不觉得卢枝询问过。元旦那天江为的表白很突然，后来事情一团糟，她现在还没有好好地和卢枝聊一聊。

楼梯间没亮灯，一片昏暗，只有门外的光透进来，明暗交织在一起。

江为低着头，宋初看不见他脸上的表情，但是她却感受到了他身上那种紧绷的情绪。

"对我来说，她就像是浑身都发着光的女孩，连指甲都是发着光的。"

江为轻笑，手中拎着奶茶的手微微收紧。他知道宋初并不明白他说的话是什么意思，或许会觉得他是在胡言乱语，但是那又怎么样呢？

"喜欢需要理由吗？"

宋初猝不及防地和江为对视，在这一瞬间，她从他的眼睛里看出了很多情绪，很复杂，但唯一可以确定的是，他没有撒谎。

对啊，喜欢需要理由吗？

她甚至突然觉得江为和卢枝其实是一类人，只是他们两个人的表达方式不一样罢了。

"你想看她可以直接进去，她不会不高兴的。"

江为摇了摇头，眉眼间舒展开来，他还是不打扰她了。

"奶茶你帮我带给她吧，别说是我买的，就当我今天没来过。"

他还是没有勇气走进那间病房。

卢枝正和王阿姨聊天，随后便看见了推门进来的宋初。和上次不一样，她手中拎着的不是保温桶，而是一杯奶茶。

卢枝眼神亮了亮，立马从床上下来，直接接过奶茶，撕开吸管的包装。

"茉莉奶绿加奶冻，半糖！"卢枝喝了一口，脱口而出，"是我喜欢的。"

自从这家店在学校里开业了之后，她经常去喝，几乎喝遍了这家所有的果茶，至于奶茶，她只喝这一款。不过这杯是常温的，她不大喝得习惯。

喝了几口她突然感觉不对劲儿，捧着奶茶的手顿了顿，眼睛眨了眨。这个奶茶……之前是不是谁给她买过？好像当时买的也是常温的。

卢枝记性不差，自然想起来了是谁。她低头喝奶茶的动作停滞了一下，没有人发现。片刻后，她抬头多看了宋初几眼。

"你不是说不让我喝奶茶吗？"卢枝看宋初的眼神中带着隐约的打量，似乎是在辨别对方接下来的话有没有撒谎。

"偶尔一次，下不为例。"宋初言语模糊，那人不让她说出来。

"你真好。"卢枝也没追问，而是接着心满意足地捧着奶茶喝。

宋初拉开一把椅子坐下，看着满心欢喜的闺密，自己在心里组织了很多语言，却还是不知道应该怎么开口。

宋初确实是有私心的，她希望卢枝能找到一个喜欢自己的，并且能照顾自己的男孩子，比如江为那样的。可这对江为来说不公平，卢枝或许并不是一个能陪他到老的人。

但她总归还是向着卢枝的。

"你最近有和江为联系吗？"

卢枝因为这一句突如其来的话，捧着奶茶的手突然顿住了。她没有抬头，只是下意识地将两根手指凑在一起摩擦。

"怎么了？"她反问。

宋初看见了她的动作。她每一次心虚的时候，总是会抠自己的手指甲，从未变过。这次卢枝的手指甲很干净，因为住院，手上的美甲已经卸了。或许她自己都没有意识到自己的动作很明显。

卢枝对江为也有好感，这一点宋初很确定。不然她不会替江为把奶茶送进来，她会直接将人赶走，并且威胁他不许再来。高中的时候也不是没做过这样的事情。

但是江为在卢枝那里是不一样的，所以她不会自作主张。

"你从来只会委屈自己。"

从小到大，卢枝一直都在受委屈。

小时候生病的时候父母离婚，抚养权谁都不想要，无奈之下判给了她父亲，后来卢枝满十八岁上大学之后，自己独立了一个户口本。

她看着很任性，想做什么就做什么，但是每每遇到选择，优先权一定会被她让给别人，因为她觉得自己不配。

"我们之前看过一部电影，虽然不记得名字了，但里面的情节我记得很清楚。

"电影中的男主角明明和青梅竹马的女二号更加相配，无论是从家世、相貌还是能力，没有谁比他们更适合彼此，但是男主角独独喜欢上了一无所有的女主角。

"你和我说是因为编剧就是这么写的，现在的人都喜欢看这种情节。这我不置可否，但是你想没想过，有一种可能，是真的存在爱的。

"女二号再怎么和男主角般配，他们也不相爱，没有爱。

"爱情本就没有什么原则可言，因为在某些时候，对于某些人来说，有爱就已经足够了。"

明明宋初这些话里完全没有提到江为的名字，可两人都心知肚明。她说的就是江为和卢枝。

"但是他很好啊。"卢枝轻笑道，脑海中全部都是江为和她相处的点点滴滴。

"他这个人想要加我的微信都小心翼翼地怕我不开心，他会给我打伞，为我挡雨，陪我吃螺蛳粉、给我整理衣服，也会在我不开心的时候给我买奶茶。

"还特意买常温的。"卢枝说着，看了一眼自己还捧在手中的奶茶。

"他甚至会因为自己被我拒绝了而向我道歉。

"明明他什么都没有做错。

"这个世界上怎么会有他这么好的人呢？"

卢枝捧着奶茶的手紧了紧，将视线转向窗外，太阳还挂在天上，但天空中却飘起了小雪，随着风被吹到了窗玻璃上，然后缓缓坠下。

"就是因为他太好了。"卢枝苦笑，"我不能耽误他。"

"他真的很喜欢你。"

"我知道。"

她从小心思敏感，早就发现江为喜欢她了。那些生活中的点点滴滴，她比谁都看得清楚。

她低头看了一眼手中的奶茶，轻声问："这个是他买的吧？"

宋初没想到她能猜到，但是下一秒，她便解答了自己心里的疑惑。

"茉莉奶绿，加奶冻，半糖，常温，他上次给我买的就是这个。"

也只有他会给她买常温的奶茶。

"对他好点儿，别给自己留了遗憾。"

宋初最后的话一直环绕在卢枝的耳边，直到晚上躺在病床上，伴随着王阿姨浅浅的呼吸声，依旧循环往复。

卢枝掀开被子，轻手轻脚地下床，穿着拖鞋走到窗边。站在窗边可以看见北边的大海、远处的渔船，以及灯塔那若隐若现的灯光。房间里暖气开得足，和窗外的冷空气冷热交替，在玻璃上形成了一层厚厚的雾气。

卢枝用自己的袖子擦了擦窗上的雾气，然后整个脸都贴在玻璃上。玻璃冰凉，温热的脸蛋一贴上去瞬间被冻得发白。卢枝没有任何反应，将双手也贴在了窗玻璃上。

她住的楼层比较高，可以看见医院东面滨海广场的一角。

突然想起了那天晚上他向她道歉。

病情严重的那几年，她也不是没有埋怨过命运不公，自己到底做错了什么？后来时间久了就释怀了，甚至麻木了，习以为常了。

之前青春期的时候读张爱玲，记得有这么一句话："不爱是一生的遗憾，爱是一生的磨难。"

本以为人生就这样了的时候，身边突然出现了一个人，像是一道光，他的出现让她开始想活了。

她想活了，会经历磨难又如何，她不想留遗憾。

这天上午卢枝刚刚送走来查房的医生，返回床上躺着看了一会儿手机，然后便发现了病房门外一片黑色的衣角。

这个时间不会有人来看王阿姨，宋初也不会这会儿来，医院里的人更不会在门口徘徊。所以……

"江为？"卢枝喊出心中的那个名字。

门外的江为本想转身离开，但是却突然听见自己的名字，他身形一顿，愣在了原地，不知道自己是应该进去还是离开。

"进来吧。"卢枝的声音传来，小小的、弱弱的。

江为握住门把手，推开门走了进去。

"坐。"

卢枝看着走进来的江为，一件黑色的长外套，脖子上还裹着一条围巾。她忍不住开口问道："外面很冷吗？"

江为在病床旁的椅子上坐下。他看着躺在床上的卢枝，头发很长了，软塌塌地贴在头上，她本来就瘦，穿着不合身的病号服，更显得衣服下空荡荡的。

"不冷。"他摇了摇头。

卢枝注意到江为鼻尖渗出的汗珠。

"这里暖气开得很足，你可以把围巾摘下来。"

"好。"他很听话地摘下围巾。

"你今天没有带奶茶哦。"

江为的动作猛地一顿，难以置信地抬头看她，一双含笑的眼睛映入眼帘。她很少对他笑，可她笑起来很好看，就像是那天晚上天空中绽放的烟花。

"茉莉奶绿，加奶冻，半糖，常温。"

说着她又补充了一句："只有你会给我买常温的。"

"医生说你不能经常喝奶茶。"江为叹了一口气道。

"江为。"

"嗯？"江为瞬间坐直身体，看着她。

"对不起。"想来想去，最终还是这三个字。

"不用说对不起。"江为觉得她没有对不起他，拒绝一个人的表白本来就是一件很平常的事情。每个人在任何事情上都有拒绝的权利，他不希望这件事成为她的困扰。

"我们才认识半年多……"卢枝似乎是在解释。

"我们，从朋友做起，好吗？"

卢枝轻笑一声，似乎是觉得自己第一次做这种事，有点儿不自然。

"我之前没有接触过别的男孩子。

"我们慢慢来。"

江为没有想到卢枝会这样说。她的意思是，他还有机会，他们慢慢来。江为感觉自己似乎被一个巨大的惊喜砸中了，直接砸到他的头顶，他感到前所未有的欣喜和激动。

他的姑娘说，要和他慢慢来。

卢枝看见了江为脸上的开心，遮都遮不住，在她面前显露无遗。

看到他笑，她也跟着笑了起来，眼睛微微眯起，像月牙儿。

"不过，现在可以给你升级一下，好朋友吧。"思考几秒，她接着开口，"毕竟你既知道我喜欢什么口味的奶茶，又知道了我生病这个大秘密，勉强算好朋友了。"

"荣幸之至。"

第四章

勇气

"你明天还来吗？"这是江为准备离开的时候卢枝问的话。

　　站在门口的江为顿了顿，然后转头看向病床上的姑娘——

　　她身子稍稍朝前倾了倾，双手露在外面，被子被她抓得形成了一段褶皱。她头发披散着，脸色有些苍白，但是眼睛看着他的时候，总是会散发着细碎的光。

　　"来。"

　　"那——我明天想喝奶茶。"似乎是觉得这个要求有些过分，卢枝紧接着开口解释道，"我住院这段时间，他们都不允许我喝奶茶，但是我嘴巴里面都是药味儿，特苦，就想吃点儿甜的。"

　　说完她眼巴巴地看着江为，特委屈。

　　"知道了。"江为笑了笑，"我先走了。"

　　他轻轻地将病房门关上的时候，卢枝还没有反应过来，他这是……明天要给她带奶茶吗？

　　他说他知道了，那应该会给她带的吧？

　　卢枝想吃甜的，江为从医院出来之后，直接去了超市。在里面转了一圈儿，买了一个透明玻璃的保鲜盒，以及很多水果，都是她喜欢吃的。

　　江为想着，将这些水果切成一小块一小块的，整整齐齐地放在玻璃盒里面。超市虽然有那种切好装盒的卖，但里面的水果并不都是卢枝喜欢吃的，现在买回去放到明天也会不新鲜，所以干脆自己买了些，给她切好带去。

　　他没有真的听卢枝的，给她带奶茶。奶茶喝多了总归不好。之前碰到护士，自己已经被说过一次了，如果再被发现，万一不能去看她了怎么办？

　　所以奶茶，还是等她出院之后再喝吧。

　　回到家之后，江为将水果放在中岛台上，先给七七倒了点儿狗粮。

等七七摇着尾巴过来吃饭的时候，江为缓缓地蹲下，笑着伸手，摸了摸七七毛茸茸的脑袋。

"七七，今天她说，我和她可以先从好朋友开始做起。"

无所谓七七是否能听懂，江为只是自顾自地说着。

"之前是我太着急了。

"朋友也好。

"挺好的。"

因为答应了卢枝要去医院，所以第二天江为早早地就起来了。将前一天买的保鲜盒洗干净，水果也反反复复地洗了很多遍，然后切好放进盒子里。

江为切着水果，脚边的七七不停地蹭着他的小腿，毛茸茸的、温热的触感实在是让人难以忽视。江为低头看了它一眼，然后拿了一块苹果喂给它，自言自语道："这是给她准备的水果，你只能吃一块。她生病了，你不能和她抢吃的。"

七七听懂了似的，将那一块苹果吃完之后，就乖乖地回了客厅，跳上沙发，老老实实地趴着，没再去打扰厨房里的主人。

江为切了整整两盒水果，然后放进袋子里装好，接着又往里面放了两瓶原味酸奶。

上午卢枝刚刚吃完医院的早饭，正生无可恋地躺在床上，眼睛睁着，看着头顶雪白的天花板，不知道在想些什么。

江为一进病房，看见的就是这一幕。

听见开门的声音，卢枝一个鲤鱼打挺从床上起来，看向门口的方向，眼神立马被江为手中拎着的袋子吸引了。毫不夸张地说，她几乎是两眼放光。

"过来，过来！"她朝江为招手，但眼睛却一直盯着他手中拎着的袋子，像是粘住了似的。

江为一走近，卢枝立马扒拉着他手中的袋子，打开就伸头往里看。没有看见她喜欢的奶茶，只有两瓶酸奶，还有两个保鲜盒。

卢枝仔细看了一眼，盒子里装着的是水果。

她实在不想看见水果了，这次住院已经吃了太多，全部都来自临床王阿姨的投喂。她现在看到水果就头大。

"你不是说嘴巴里面都是药的苦味儿吗？我就给你准备了点儿水

果。"江为将袋子里的东西拿出来，放在旁边的桌子上。

"住院期间不能总是喝奶茶，等你出院了再喝。"

两个保鲜盒里的水果被码放得整整齐齐的，全部都是自己喜欢吃的，卢枝想，这些看起来完全不像是买的现成的，而是刚切的。

"这是你自己准备的？"

"嗯。"江为点了点头，"我昨天回家的时候去超市买的，今天早上起来切的。"

"还是新鲜的。"

在这个冬天的早上，江为坐在卢枝面前，双手捧着自己亲自切的水果，窗外没有温度的阳光洒在他的身上。卢枝此刻已然将奶茶抛至脑后。

她接过保鲜盒打开，江为递过来叉子。保鲜盒里所有的水果都是她喜欢吃的。

卢枝吃了一块苹果。

"甜吗？"江为问。

"甜。"她点头道。

后来，她依旧清晰地记得，那块苹果是她这辈子吃过的最甜的。

王阿姨这个时候刚好进来，看见了病房里的他们。

"哎哟，卢枝，这是你男朋友吗？"

王阿姨满脸的兴奋，走到江为身边多看了几眼，完全没有给两个小年轻说话的机会，自顾自地说着："你的这个对象长得可真帅哟，阿姨觉得你们两个人真配。"

江为听见王阿姨口中的称呼，顿了顿，立马看向卢枝，想要看一下她的反应。

"不是，阿姨，我们——"

卢枝刚想开口解释，就被王阿姨打断了："哎呀，不用害羞，阿姨也是从这个年纪过来的，两个年轻人谈了恋爱，难道还怕阿姨知道？"

卢枝手上的保鲜盒实在引人注目，王阿姨也注意到了。

"之前给你水果，你都说吃不下。阿姨现在明白了，这个啊，得分人。"

卢枝欲言又止，不知道应该怎么解释才好。病房里面总共就三个人，王阿姨、江为和她，现在前两者都看着她，她瞬间语塞。

幸好解救的人及时到来。

"7床打针了。"护士正好端着医用置物盘进来。

7床是王阿姨，卢枝是8床。

看到王阿姨终于安静下来，卢枝抿唇笑了笑，庆幸自己躲过了一劫。没想到立马就被护士看见了，瞥了她一眼道："你笑什么？马上就轮到你了。"

卢枝脸上的笑容立马凝滞了。

护士给王阿姨处理完之后，眼神瞥到江为身上，注意到了他带来的东西。

"你男朋友这次还不错，没有像上次那样带奶茶进来。"

似乎所有看见江为的人，都以为他是卢枝的男朋友。

江为看着护士将细细的针头扎进卢枝的血管里，而卢枝就好像没有什么知觉似的，看都没有看一眼。

习惯得让人心疼。

这一天，江为在医院里陪了卢枝很长时间，直到她药瓶里的药水见底了才离开。

自从那天卢枝松了口，江为来医院的次数越来越多，甚至比宋初来得还要多，几乎每天都会准时出现在病房门口，风雨无阻，雷打不动。

护士站那边的护士都已经认识他了，甚至已经很熟悉。

宋初连续三次在病房里面看见江为后，实在忍不住了。

"合着我来送饭送了个寂寞？你连这也和我抢？"

宋初说着，看了一眼江为带来的饭菜——肉酱意面、蜜汁鸡翅、水果沙拉，还有一盒巧克力牛奶。再看一眼自己带来的鸡汤，汤上还漂着薄薄的一层油。得，人家每天换着花样来，几乎没有哪一天是重样的。她这鸡汤算是派不上用场了。

"你就惯着她吧。"宋初恨铁不成钢地看了江为一眼。

之前卢枝和江为没和好的时候，只有宋初一个人送饭，她送什么，卢枝就吃什么。现在不仅多了一个人送，还惯着，她在卢枝那边的地位急降。

卢枝现在一点儿都不在意宋初明天是不是还来，反正她现在不缺人送吃的。

之前坐的椅子也被江为霸占了，宋初只能坐在旁边的床上。幸好临床王阿姨前几天出院了，整间病房里就只有卢枝一个人住，要不然她连能坐的地方都没了。

卢枝这几天被江为惯得都挑食了，想当初只有她送饭，吃什么还轮得上一个病人挑吗？她给什么，卢枝吃什么。现在果然不一样了。

这叫什么？有恃无恐。

虽然江为还没转正，但是看这架势也差不多了。

卢枝吃完饭，江为收拾残局，宋初看了一眼正在玩手机的闺密，看见她在看美甲样式，各种各样，花里胡哨的。

"你可省省吧。"宋初伸手将卢枝手中的手机夺过来，将她打开的页面给关掉了。

"之前入院测血氧饱和度，你忘了你的指甲是谁抠下来的了？"

宋初现在都不敢想当时的情况，简直了，完全不想再来一次。

"我给你抠得我自己的手指甲都快劈了，手指头通红。

"别做了啊，这些花里胡哨的，你安分点儿。"

卢枝瘪了瘪嘴，没说话。

宋初临走的时候把江为叫了出去。海城的冬天多雪，医院花坛边的长椅上落上了薄薄的一层雪，半化不化。宋初摘下头上的毛线帽，用帽子将雪拂去，坐在了长椅上。她抬眼看了一眼还站着的江为，问道："站着干什么？坐啊。"

江为像宋初一样，拂了拂雪，坐在了长椅的另一边。

宋初看了他一眼，然后转头看向不远处的那棵树，像是想到了什么似的，自顾自地说道："很多年前，这棵树还没这么高，矮矮小小的一棵，我和卢枝都能够得到树枝，现在都这么高了。"

她眼神落在树上，思绪却渐渐飘远。

江为知道她是在说关于卢枝的事情，所以没有说话，只是静静地聆听。她应该不喜欢被打扰。

"她小的时候住院，医生每天都会在她手背上扎针。那个时候她的手上全部都是针眼，手背上青紫一片。"

虽然当时年纪不大，但是很多事情宋初还记得。

"她爸妈不管她疼不疼的。"

无论什么时候，一想起卢枝的爸妈，她就气得牙痒痒。

"还是医生和护士看不下去了，说可以用那种静脉留置针，这样可以避免重复扎针，她这才不用每天挨扎。

"她手背的血管细，也或许是当时的护士不熟练，怎么扎都扎不进去，只能扎在手腕右侧的静脉血管上。

"我还记得她出院时将手上的留置针摘下来的样子，很大的一个针眼，周围都化脓了。

"那个针眼让她左手腕右侧血管那里留下了一块圆形的疤，直到现在还在。

"后来她再也没有用过静脉留置针。

"明明被扎得手背青紫，也一声不吭。

"我俩从小一起长大的，虽然年龄差不多，但是她就像我妹妹一样。"

宋初侧头看了江为一眼，问："她的身体情况你知道吗？"

"知道。"江为看着医院的花坛，他不会忘记这个花坛，那个时候他经常坐在这里，对着花坛发呆。

他知道所有关于卢枝的事情。那些她们以为他知道的，或者是不知道的。

"她是心脏方面的问题，不比其他的病。"宋初提醒道。她觉得让江为知道这一点很有必要。

"你要是真心想和她在一起，这是你必须面对的事情。"

"我知道。"

江为轻笑一声，说："宋初，我很爱她。"

很爱很爱。

不顾一切。

他能为她生，亦能为她死。

宋初不知道江为所谓的"很爱"是什么意思，他说的"很爱"有多爱，爱到什么程度，但是江为的眼神实在太认真，无论谁都不会觉得是假的。

包括她。

2019年春天，万物复苏，春暖花开，海大开学。

春天的海城温度还是很低，大多数人还穿着棉衣。学校门口开始出现一个个拖着行李的返校学生，食堂也比之前热闹了许多。

江为开学之后就在准备数学竞赛的事情，距离竞赛没剩多少时间了，他们组的成员几乎每天都凑在一起训练。

卢枝也正常开学，第二周有补考，她跟着补考的人一起考上学期缺考的科目。

卢枝最后一科的补考被安排到了晚上的最后一场。开考三十分钟之后才能交卷，她准时在第三十分钟的时候，交上了最后一科的试卷。

走出教学楼，天已经黑透了，法学院这边的小路晚上几乎没有什么人走，一阵冷风吹过，卢枝被吹得打了个寒战，肚子里面空空的。她中午没有吃饭，只在早上去考试的时候顺便和江为一起吃了顿早饭。她现在又饿又冷。

这会儿食堂已经没有什么好吃的了，她便随便吃了点儿，凑合一下就行。

回去的路上收到了江为发来的消息。

J：考试结束了吗？

L：结束啦，哈哈！

自从那天卢枝和江为说慢慢来之后，两人之间的相处更加自然了，再加上她住院的那段时间他天天去医院送饭，他们之间已经没有了之前的那些小心翼翼和犹豫不决，现在完全是好朋友的相处方式。

J：看样子应该考得挺好。

L：当然了，我考试很少有七十分以下，就算是七十分以下，也没有低于六十分的。

她虽然不爱学习，平时看着吊儿郎当的，但是考试考个及格的水平还是有的。

J：明天早晨想吃什么？

L：不吃啦，我明天上午又没有考试，要睡到自然醒。

L：我中午可能会订外卖，所以晚上我们可以一起吃。

J：晚上我应该会很晚，你先跟宋初和顾盛他们一起吧。

L：OK！

果然像江为说的那样，晚饭的时候只有卢枝、宋初和顾盛三个人。

宋初本不想喊顾盛的，是顾盛死皮赖脸非要跟着一起，美其名曰他兄弟有事，他没有人一起吃饭，很孤单。

宋初对此很不屑，都是女生需要找个人一起吃饭，没听说男生也这样的。但是碍于顾盛的脸皮实在太厚，推托不了，干脆就一起了。

晚上八点多的学校食堂已经没有七点的时候那么多了，排队也不需要很长时间，空余的座位也多了。三个人一人一碗面，卢枝和宋初坐在一边，顾盛自己一个人坐在另一边，和宋初面对面。

"别说啊，八点的人就是少，幸好听你们的晚点儿来了。"

"这是常识好吗？七点那会儿很多人下课，还有从图书馆出来的，他们都来食堂吃饭，人当然就多了。"宋初给了顾盛一个白眼。

几个人聊着天，话题就转移到了那个没来的人身上。

"老江这段时间太忙了，我以后晚上都和你们一起吃饭吧。"

"他是快到比赛时间了吧？"出声询问的是卢枝，之前江为和她提过数学竞赛的时间，她一直记得。

"快了，他们团队都挺忙的。"顾盛一边吃着面，一边含混着说着话。

"学数学的男生是不是特多？"宋初好奇道。

顾盛咽下口中的面，随手抽了一张纸巾擦了擦嘴。

"算是吧，但是也有女生学数学学得很好的。就老江他们团队里的那个女生，叫李子卉的，学习挺好，反正比我好，也是一个学霸。"

江为身边的女生……宋初一下子就有了兴趣，她眼神亮了亮，侧头看了一眼卢枝，只见卢枝还在低头吃着自己的面，好像没什么反应，一副不在意的样子。

"他们认识？"

"当然认识了，不仅是一个队的，我们还是一个班的呢。"

顾盛说话间微微抬头，便看见了从食堂门口走进来的一行人。

"老江！"他一边高声喊着，一边朝江为的方向摆了摆手。

顾盛的声音江为自然不会听错，他一眼就看见了那三人，自然也看见了她。

卢枝闻言转头看向身后。或许是备战数学竞赛太累，江为整个人都显得不是很有精神。

两个人四目相对，最后是卢枝先移开了视线。

他一向坦荡，且一直如此。

"老江，你来得正好，坐下一起吃。"

顾盛在看见江为快步过来了之后，就招呼着人坐下，他现在眼里只有江为，根本就不在意旁边那几个人。江为的竞赛团队里有几个人一向瞧不起他们这些学渣，他也没必要去打招呼，何况也不认识。

江为自然要坐下，毕竟卢枝在。他还没来得及说话，只见一直站在身边的那个女生突然开口问："江为，他们是你的朋友吗？"

这个"朋友"，指的自然是宋初和卢枝，毕竟顾盛他们认识。

江为看了卢枝一眼，眼中含笑。

"嗯，好朋友。"他特意加重了"好"这个字。

宋初和顾盛倒是没注意到江为语气的变化，但是卢枝听见这三个字的时候，抬头看了一眼，她觉得他并不是脱口而出，反而是故意的。

随着那道突如其来的女声，所有人的视线全都转移到了说话人身上——

瓜子脸，头发是黑长直，卡其色的大衣里面是一件奶白色的针织裙，脚上是一双短靴。

温柔淑女风，看着还真不像是数院的人，倒像是文学院的。尤其是站在江为身边，乍一看有点儿碍眼，看久了就更碍眼了。卢枝觉得有点儿不爽。

"卢枝、宋初。"江为介绍道。

"他们是我们数院数学竞赛团队的成员。"江为没有说那些人的名字，只是简单带过。

"我叫李子卉，和江为是一个队的。"刚刚出声询问的女生倒是毫不客气，看着坐在椅子上一句话都没有说的卢枝，真是漂亮到扎眼。

"你是卢枝？久仰大名。"

她从刚刚一过来就注意到了，很漂亮是吸引她第一眼的主要原因，另一个原因是，她注意到江为自从一进来，眼神便落在了这个女孩儿身上。她不是没有社交活动，平时也会看学校的论坛以及"表白墙"，这个女生是"表白墙"上的常客了，但至今还没有人成功。

没想到江为竟然和她是朋友。

不，或许不只是朋友。

作为女生，她的第六感一向很准。

因为李子卉的这句话，卢枝难得认真地看了她一眼。

这个人……喜欢江为？卢枝从李子卉的眼神中看出了一丝敌意。

"是吗？"卢枝一向不喜欢和陌生人说话，但是今天却意外开口。手中的筷子在碗里面搅了搅，她微微低着头，一副漫不经心的样子，语气算不上友善，李子卉多看了几眼也没多说什么。

　　顾盛突然不大怎么说话了，卢枝和宋初也没什么笑脸，那一行人没有继续自讨无趣，既然江为要和他的朋友一起，他们便离开了。

　　三个人陪着江为吃完饭之后就回了宿舍。

　　卢枝和江为落在后面，前面的宋初和顾盛也没搭理他们，两个人有说有笑的，看起来关系好得很。

　　"我和她只是普通的同学关系。"江为冷不丁来了这么一句话。

　　晚上的风有些冷，鼻尖被冻得很凉，卢枝下意识吸了一下鼻子。她缩了缩脖子，将双手塞进口袋里面，回道："我知道啊。"

　　江为微微侧头看她，看到她的小动作，轻笑一声道："怕你误会。"

　　"有什么好误会的？"卢枝瘪了瘪嘴，似乎有点儿别扭，声音不大。

　　"卢枝。"

　　"嗯？"

　　"我只喜欢你一个人。"自从那天卢枝松了口之后，江为就不再吝啬自己的表白，说话也变得直白了起来。

　　他的小姑娘吃硬不吃软，有的时候太拐弯抹角了，她反而发现不了。

　　卢枝被这突然的真情表白搞得小脸儿一红，幸好现在是晚上，路灯下她的脸色看不太清。她低着头，嘴角控制不住地扬起一个笑容，藏都藏不住。

　　"知道了。"

　　江为参加全国大学生数学竞赛获得了一等奖，学校公告栏上贴出了喜报和获奖照片。照片中的江为在团队一行人中脱颖而出，他站在中间偏左的位置，明明衣着单调，却格外显眼。

　　卢枝从法学院出来，戴着耳机低着头走路，经过学校公告栏的时候，不经意间瞥了一眼，一下就看见了照片里那个最亮眼的人。

　　说来也奇怪，照片的尺寸并不算大，里面的人也不算少，但是她就是第一眼看见了江为。

　　卢枝下意识地停住了脚步。公告栏前聚集着几个人，她不大喜欢往人堆里挤，等那几人走了之后，才靠近，拿出手机拍了一张照片，直接发给了江为。

　　L：恭喜啊！

　　J：去上课了？

　　他很了解她，如果不是去上课，她是不可能看见公告栏的，去法学院的路上会经过那里。

　　L：是啊，今天上午的这节课老师会点名，很严的，必须去。

　　J：中午一起吃饭吗？

　　L：不了，我要去我们院辩论社那边。

　　J：辩论？

　　L：是啊。

　　卢枝的民法老师是负责学院辩论队的，因为法学院缺人，很多同学不愿意参加，民法老师一拍板，让卢枝去充人数。

　　至于理由，卢枝清楚地记得民法老师是这样说的："我看你整天不上课，理由还一套一套的，说得还挺有道理，干脆你就去参加这次的辩论比赛吧，正好派上用场。"

　　其实还有一个重要原因——卢枝上学期的活动课没有学分，参加校辩论比赛并获得前三名的学院会奖励选手学分。

　　卢枝是法学院辩论队的唯一一名替补选手，负责三辩。

　　至于为什么是替补？

　　因为她不服管教，整个人在训练期间就不认真，干脆让她当替补。而且她确实不大怎么听安排，在场上会发生的变数比较多，太不稳定。

　　民法老师虽然整天训她，但其实挺喜欢卢枝这种性格的，也愿意给她这个学分。

　　前期晋级赛，卢枝一直坐在台下观看，完全没有上场的必要。他们法学院的好像天生就有辩论的优势，能说会道。在这次比赛中可谓一往无前，基本没有能与他们对抗的对手。

　　每次卢枝都会拿到辩题，却从来没有上过场。这次的辩题她在拿到手的时候，不由得多看了几眼——"爱而不得和得到了又失去哪个更遗憾？"。

　　法学院抽到的是正方：爱而不得更遗憾。

　　挺大众的一个辩题，却是当下人们都很喜欢讨论的一个问题。

卢枝虽然没有被安排上场，但是准备过程都是跟着辩论队来的，没有缺席过，资料她也准备了一份。这是作为一名替补的基本素养。

江为在学校公告栏贴出照片的第二天也上了一次"表白墙"，内容是这样的：偶然看见学校公告栏上面的照片，这个学长也太帅了吧，在人群中脱颖而出。有谁知道他有女朋友了吗？

后面附上了公告栏上贴的那张照片，其中还特意将江为圈了起来。

"数院的学长！"

"这个男生我认识，学霸，长得帅，学习又好。"

"谢邀，和他同班，人家没女朋友。"

"但是听说有喜欢的人了。"

"他不好追的，我们班有一个美女追过，没追上。"

"长成这个样子，算得上是数院的院草了，毕竟在大众的眼中，数院大多'地中海'。"

…………

江为的消息向来在顾盛那边传得飞快，再加上顾盛这个人本来就特别喜欢关注学校各种八卦。

江为一向低调，"表白墙"上从未出现过他的名字，这次凑巧了，参加比赛获奖，获奖照片还被贴在了公告栏上，别人想看不见都难。

此时的顾盛和江为正在学校室外篮球场上打球。顾盛下场喝水，坐在场边的台阶上，一边喝着，一边刷手机，他仔仔细细浏览了一遍帖子，突然笑出了声，毕竟是真的稀奇。

顾盛停下手中的动作，抬头看向场上的江为。江为运球的动作简单干练，三分也准，很少失手。他突然觉得，如果那个时候江为代表数院参加篮球队比赛，那么他们也不一定会以小比分输了，赢面或许会很大。

江为下场，顾盛顺势叫他。

"怎么了？"他坐过来，拿起另一瓶还没有打开的水，拧开瓶盖，喝了一口。

"你看看，你上'墙'了。"顾盛很激动，就好像是自己上了一样。

江为算是给顾盛面子，低头看了一眼，不过也就是短短的几秒钟，就移开了视线，继续喝水。

顾盛甚至怀疑他到底有没有真正地看。

"之前是一直看着卢枝待在'墙'上，现在咱也是在那上面留过名的人了，你和卢枝也算是彼此彼此了。

"但是吧……"

顾盛仔细想了想，道："卢枝上的次数比你多，还是她略胜一筹。"

这事儿还分是不是略胜一筹的吗？

江为并不在意。他将手中的水放下，刚刚起身，就看见了拐角处的一道人影——

一头栗棕色的头发，在阳光的映照下泛出淡淡的金黄色。

她染头发了。这是江为的第一反应。

不远处的那两人有目的似的，直直地朝这里走来。

"你叫的？"江为问身边的人。

她们两个不会无缘无故就过来，除了顾盛，江为实在想不到其他理由。

"我就刚刚休息的时候问她俩要不要一起吃晚饭。"顾盛无奈地摊了摊手，随即轻笑一声，凑近江为，"这不是为了给你找更多的相处机会吗？"

话毕，他看到那两个人已经走近，用手肘顶了顶江为的腰，道："来了。"

卢枝恍然发现，自己之前只是见过江为穿着球衣拿着篮球，但没看到他在球场上那种意气风发的模样。

"江为。"

"嗯？"

"我从来都没有见过你打篮球。"

她高中的时候经常被宋初拉着去篮球场看男生打球，每次宋初都以让她多出去走走作为借口，实际上就是自己想要看帅哥，非要拉个人一块儿，但每次卢枝也都跟着去了。

卢枝看过太多次男生打篮球，即使上了大学，在经过球场的时候，她也会在旁边停留片刻。

但她从来都没有见过江为打篮球。

"想看？"

"可以吗？"卢枝满眼期待。

"可以。"

江为伸手将球朝顾盛那边一抛。顾盛条件反射地接住，满脸疑惑。

"咱俩打一场。"江为示意他上场。

"不是，我们不是要去吃饭吗？"顾盛不懂对方的意思。

"她想看。"

虽然就三个字，顾盛还是迅速明白过来了。他兄弟就适合这种直白的表达方式，拐弯抹角的那种不合适。

就是卢枝想看呗。

少年意气风发，傍晚的彩霞洒在江为身上，将他映出淡淡红光。

卢枝坐在旁边的台阶上，她看不清他的脸，却能够看清楚他所有的动作，上篮，投球，防守，以及最后球进了的时候，他转头看她的样子。

这个时候她心动了。

但是仔细想一想，自己究竟是什么时候对他心动的？

肯定不是这一次。

还要更早。

4月25日是卢枝的生日。

4月24日是周三，学校这一周有活动，她这几天都没课，干脆回了家，在家里整整睡了一天，直到傍晚才醒过来。她刚刚起来没多久，宋初就拎着一堆吃的来了她家。

两个人从小一起长大，宋初对卢枝家已经是轻车熟路了，就像是自己家一样，进门换鞋，然后走到厨房。

再说，卢枝家里常年就只有她一个人，宋初进出更加自然了。

没有买什么复杂的晚餐，宋初在来的路上经过一家快餐店，便打包了些汉堡和薯条。卢枝中午睡觉之前给她打过电话，非要吃汉堡，说是一天都没吃饭，就等着晚上她带过来。

本来宋初不想买，想着在家里让妈妈做些饭菜自己打包送来，结果今天她爸妈都有事，她只能在外面买点儿了。偶尔吃一次这种高热量食物应该也没事。

宋初看着一脸迷糊的卢枝，没有睡醒似的，半睁着眼睛啃着汉堡。

"现在还没到夏天，清晨会非常冷，你真的想去看日出？"

她显然并不赞成这个想法，但是如果卢枝坚持，她也不会阻止。

因为之前的辩论赛，卢枝查了很多资料，看了很多爱情电影做参考。她在一部电影中看见了一个日出的片段，那种周身都被光包裹着的感觉，卢枝很想要感受一下，所以便准备在生日那天去看日出。

最后宋初还是妥协了，但不能很早就去，大概凌晨四点那会儿最合适，这样既能看见日出，又不需要在海边挨冻。

25日凌晨，宋初准时被闹钟喊醒，她这天晚上住在卢枝家。待到她穿好衣服走到客厅的时候，就看见了正在看电影的卢枝。

卢枝没有什么特别的爱好，就是喜欢看电影。她生活中不是在睡觉、吃喝玩乐，就是在家里看电影。

看她这会儿的状态，应该一晚上没有睡。

两个人穿好衣服便去了海边。这个时候几乎没有人，海风裹挟着咸腥的气息，吹乱了卢枝的头发，那些碎发全部沾在她脸上，卢枝戴上卫衣帽子，将抽绳拉紧、系好，脸被包上了大半，只有眼睛、鼻子和嘴巴露在外面。

她裹紧外套，坐在沙滩上。时间一点儿一点儿过去，她完全不困，看着无边无际漆黑的大海，听着海浪拍打着岸边的声音。

虽然穿着很厚的衣服，但是在海边待久了，还是会冷。卢枝四处张望，随后便在沙滩上发现了一点火光。

不远处有一个人，只能看出是一个黑色的人影，以及那香烟燃烧的火光。那道人影站在原地不动，卢枝并不知道他是什么时候来的，似乎一直在抽烟，她不知道他发生了什么事，但总觉得那个看不清的身影有些悲伤。毕竟除了她，谁会大冷天地来海边看日出？

卢枝推了推身边昏昏欲睡的宋初，伸手指了指不远处道："那边有个人。"

宋初本来迷糊的状态因为这话瞬间清醒过来，朝着卢枝手指的方向看过去，确实看见了一个模糊的人影，在抽烟。

"竟然有人和你一样，这么冷的天来海边，我还以为就你一个奇葩呢。

"应该是半夜出来散心的，没事。"

宋初多看了那人几眼，没放在心上，海城的海边晚上都会有保安巡逻，他应该不是什么坏人，或许是什么失恋的人，又或许有什么别的原因。毕竟，每个人都有自己的故事。

"枝枝。"

"嗯？"

"你和江为，你们两个之间……你打算怎么办？"

这个问题还真是把卢枝难住了。

"我也不知道。"

"你确定喜欢他吗？"宋初问得直白。

"喜欢。"卢枝也回答得坦然。

"你别总是想太多。"宋初叹气道。

卢枝没有再说话，抬头看向远处的海面，不知道在看些什么。宋初拿出手机，给她拍了一张照片，没有开闪光灯，照片很模糊，发给了江为。

自从重来一回，失眠仿佛已经成了江为的常态。他经常做噩梦，每次都会梦见卢枝躺在冰冷的病床上的场景。

他被噩梦惊醒，一看时间，才凌晨四点多。学校的活动周他也回了家。

江为掀开被子下床，去客厅倒了一杯水，他一边喝，一边拿出手机，刚好看见宋初发来的消息。

他加宋初的微信很长时间了，想着有什么关于卢枝的事情可以和她说，但是自从两个人加了好友之后，并没有联系过。

入目便是一张漆黑的照片，仔细看可以看出是在海边，照片里的女孩子面容模糊，但他还是认出来了是谁。

宋初的消息也很简洁，直接告诉了他地点。

江为迅速回复了三个字：马上到。

他动作很快地换了衣服，出门前还特意用保温杯装了热水带着，手中还拎着一件厚外套。

他刚一到海边，还隔着很远的距离，就看见了迎面走过来的宋初。

"来了？"

"嗯。"

"你过去吧，她在沙滩上。"宋初指了指身后的一个方向。

"你来了我就撤了，冻死我了。"她不停地跺着脚，走远了也没有回头，因为对于江为，她很放心。

江为和宋初打了招呼之后，马上朝着前面走去，然后便看见了坐在沙滩上、整个人都蜷缩成一团的卢枝。

他踩在沙滩上的脚步很轻，卢枝没有意识到身后的来人。等到江为将带来的外套搭在她身上的时候，才反应过来。

"你怎么来了？"

"这不应该我先问你？你怎么在这儿？"江为的语气稍稍有些生硬。

有人这么冷的天跑到海边来吗？她是不是根本就不在意自己的身体？

"看日出啊。"卢枝笑嘻嘻的，"宋初呢？"她回头没有看见宋初的身影。

江为看见她露在外面的一截手冻红了，无奈地在她身边坐下，将特意带来的热水拿了出来。

"我刚刚碰见她了，她说她先回去了。"

"哦。"卢枝觉得这确实是她能做出来的事情。

卢枝在海边冻了几个小时，突然有人送来了热水，她简直都要眼泪汪汪了。

"对我这么好？"她接过，拧开杯子，热气瞬间涌了出来。

她小心翼翼地抿了一口。

"甜的！"

"嗯。"

江为笑着将衣服给卢枝披好。

他往水里加了蜂蜜。小姑娘不喜欢喝白开水，加点儿蜂蜜她喜欢。

江为就坐在卢枝身边，静静地陪着她。即使是凌晨，两个人也丝毫没有困意。

卢枝看过很多次日落，但是却从来都没有看过日出。之前宋初约她，她都嫌要熬夜，不想去。

从海平面有一点儿光亮开始，渐渐破晓，朦朦胧胧，整个天空都成了灰色。时间慢慢过去，天越来越亮，渐渐地，东方慢慢射出一丝丝金色的光，海平面处浮出了一点儿猩红。随后便像是杨万里写的那首《日出》一样："散云作雾恰昏昏，收雾依前复作云。一面红金大圆镜，尽销云雾照乾坤。"

卢枝披着江为的外套站起来，看着缓缓升起的太阳。

经过几个小时冷风的吹拂，她浑身冰凉，但是当那金黄色的光将她紧紧包裹住的时候，她感觉周身一片火热。

"生日快乐。"

她听见他说话的声音，伴随着海浪声和风声，传进她的耳朵里。

"谢谢。"她回头看他。

她没有追问他为什么会知道自己的生日，这还是第一次除了宋初之外有人祝她生日快乐。

"没有礼物吗？"

"有。"

他确实准备了礼物，但是出来得匆忙，没来得及带。

"下次给你。"

"真的？"

"真的。"

卢枝转头，看着海平面上已经完全升起的太阳。

当被阳光包裹住的时候，她突然觉得，江为在自己身边时，她总是会很开心。

她有一套自己的行事法则，虽然逻辑不通，却是属于她一个人的。她一直都觉得，找一个陪你看日落的人很容易，但是想要有一个人陪你看日出，却很难。

这一刻，卢枝希望江为能永远陪在她身边。

突然，卢枝的手机振动，是宋初发来的消息：生日快乐。

辩论赛在学校二号大厅举行。

作为唯一的替补选手，卢枝没有换衣服，辩论队的其他成员已经换好衣服离开了，她给宋初发了条消息，准备去大厅观看。

刚刚走出休息室，就看见了迎面走过来的宋初，身后还跟着顾盛和江为。

"你们怎么来了？"

怪不得刚刚宋初问她在哪里。

"你们这次的辩题这么有趣，我当然要来凑凑热闹了。至于他们——"宋初转头看了一眼站在自己身后的两人。

"他们两个是我在路上碰见的，听说我来看辩论赛，便也跟来了。"

"我也是来看辩论赛的！"顾盛立马将自己划分在了宋初的队伍里，"至于老江——"他的眼神在江为和卢枝之间转了转，他这棵墙头草自动倒向了宋初那边，"那我就不知道了。"

江为走上前，看了卢枝一眼，她今天扎着一个高马尾，长长的头发垂下来，发尾软塌塌地搭在肩膀上，一身简单的卫衣搭牛仔裤。

"走吧。"

"好。"

"卢枝！卢枝！"来人是辩论队的领队，是一个女孩子，平时工作能力很强，做事有条有理，从容不迫，但是现在却满脸的焦急。或许是因为着急，又或许是因为小跑着过来的，她叉着腰大喘着气。

"怎么了？"卢枝扶着她的胳膊。

"三辩突然拉肚子，进了卫生间就出不来了！她脸都白了！"领队尽量说得简单，"林老师让我把你叫过去顶一下她的位置。"

"啊？"卢枝没反应过来，比赛一路下来她都没有上过场，这么突然的吗？

"没办法，你快去换衣服，林老师他们都在等你。"领队推着卢枝就往休息室走，没再给她说话的机会。

卢枝被推进了休息室之后，门就被关上了。

在场的其他三个无关人士也听见了对话。

"那咱先去坐着等她吧。"顾盛开口说，"去晚了就没有座位了。"

"就一场辩论赛，你以为是周杰伦演唱会啊，一票难求？"

"这次的辩论赛在论坛上已经有了帖子辩开了，毕竟现在的大学生对于谈恋爱这种事情非常感兴趣。"顾盛不懂，明明是女生比较喜欢的话题，怎么放在宋初这里就不好使了？

"快走，快走！"他突然拉住她的手。

被顾盛拉住手的一瞬间，宋初好像被烫了一下，瞬间甩开。

"走就走……别动手动脚的。"宋初不容易脸红，但是害羞的时候，耳朵会红。似乎是怕被看出来，她甩开顾盛的手就往前走，头也不回。

"我什么时候动手动脚了？就拉了一下，还没上脚呢！"

顾盛快步跟上，又一边转头看向落在后面的江为，冲着他道："老江，你快点儿！"

"你们先过去，我等一会儿。"江为依旧站在原地，没有要离开的意思。

"行，那我们先走了，给你占着座。"

等顾盛和宋初已经完全消失在江为眼前的时候，他才转头看向紧闭着的休息室的门。手不自觉地伸向外套口袋，摸到了里面的东西。

卢枝匆忙换好衣服出来的时候，门口已经只剩下江为。

"他们呢？"

"先过去了。"

江为打量着她身上的衣服，一身黑色的制服，白衬衫，西装外套，搭配半身格子裙，很中规中矩的打扮，再加上她今天扎的马尾辫，显得她整个人很精神，很有气场。

"那我们快走吧。"卢枝刚迈出一步，手腕就被人从身后握住。

她的体温偏低，而他的手掌温热。卢枝好像感觉到江为手上的热度顺着她手腕处的血管传输到身体的各个部位，细密地蚕食着她所有的理智。

"怎么了？"她回头，但是却没有挣脱开。

"有个东西要给你。"江为说着，松开手，将口袋里的东西拿了出来。

"本来想这次辩论赛结束之后给你的，但没想到你要上场，还是决定在你上场之前就送给你。"

卢枝看见了他手中拿着的长条形状的盒子。

走廊的尽头是一扇窗，阳光透过窗户照进来，洒在长长的走廊上。江为背对着窗户，整个人就好像是镀上了一层光。

他打开盒子，卢枝看见了里面的东西，是一条水晶手链，很细，但却很精致。江为身后的阳光有一些晃眼，在阳光的映照下，这条手链更加耀眼了。

"在你比赛前送给你，希望它能给你带来好运。"

江为语气温柔，像暖春的微风轻轻拂过，吹起卢枝额前的碎发。

"而且这个本来就是想送给你的生日礼物。"

"没想到你还记得。"卢枝笑了笑，那天在海边他确实说过要送她生日礼物，"我以为你忘记了。"

"怎么会？"关于她的事情，他从来都不会忘。

江为还一直举着盒子。

"给我戴上吧。"卢枝伸手道，"不是说想要给我带来好运吗？那也得戴上了才行。"

"好。"

江为从盒子里取出手链，小心翼翼地戴在卢枝手上。大小正合适，她的手腕纤细，不过总是空荡荡的，从来都不戴什么饰品。现在这条手链在她的手腕上，很漂亮。

"好看。"卢枝抬起手，轻轻晃了晃，仔细地看了看。

"我也这么觉得。"

江为和卢枝来到候场的位置时，法学院辩论队的成员正在等着她。

两人还未走近他们，江为突然喊道："卢枝。"

"嗯？"

卢枝刚刚转过头，江为伸手帮她整理了一下衣领，她这才发现自己的衣领没有弄整齐。

她发现他好像总是喜欢给自己整理衣服。

"加油。"

"好。"

江为是从大厅的后门进去的，刚一进门还没看见顾盛，对方就已经先发现了他。

"这儿呢！"顾盛招招手。

江为一坐下，就听见了顾盛的碎碎念：

"我就说人肯定多吧，幸好来的时候还有剩余的位子。

"这个厅本来就不大，站在台上，一下子就能看见最后一排。

"也不知道学校是怎么安排的，这次比赛这么多人看，还安排了最小的厅，一点儿都不人性化。"

江为倒是没有搭话，只是宋初轻哼一声反问道："有本事你给换？"

这一句堵得顾盛说不出话来，只能转移话题："卢枝打比赛行不行啊？法学院堪称不败神话，万一要是输了，肯定就上学校论坛了，而且是个热帖。"

"她行不行关你什么事？"宋初眼神一凛。

"我就是好奇，毕竟从来没见过她打辩论，平时也不怎么说话。"顾盛嘟嘟囔囔的。

"她从小就伶牙俐齿。"宋初似乎想到了什么，"只是她没有什么可以说话的人，所以才看着比较沉默。"

确实是这样。

江为还记得，那个时候他们刚在一起，卢枝很活泼，只是之前没有能让她亲近的人罢了。

手机突然振动，江为摁开，看见了消息，他下意识地朝台上看了一眼，比赛双方还没上场。

"江为？"旁边突然传来一道女声，温温柔柔，轻声细语，语气中还带着一丝明显的激动。

江为闻言，微微侧头，看见了来人，是之前数学竞赛团队的成员——李子卉。

"你旁边这个位子有人吗？"李子卉指了指江为身边的空位问。

"没有。"他虽然不大喜欢别人坐自己身边，但也不至于撒谎。

得到了答案，李子卉才心满意足地坐了下来。她今天穿的是半身裙，一坐下就将背着的包包拿了下来，然后小心地放在腿上。

李子卉侧头看了一眼江为，她还是第一次这么近距离地看他，之前在团队里，即使刻意和他搭话，距离也没有这么近。现在坐在他身边，她甚至可以看见他的眼睫毛，很长，很少会有男生会有这么长的眼睫毛。他身上还有一股淡淡的、很好闻的味道。

"你也是来看辩论赛的吗？"

"嗯。"江为没有什么别的反应，只低头看着手机。

他在和卢枝发消息。

L：快要开始了。

J：紧张吗？

L：我才不会紧张。

J：那就好。

L：你们坐在哪里？

J：倒数第二排。

L：OK！

李子卉见他一直在低着头打字，不知道在和谁聊天，有点儿尴尬。

"我也是。"她声音有点儿小，语气有些低落。

顾盛和宋初自然也注意到了这边的情况，两个人的反应倒是不一样。

顾盛摇了摇头，同情地看了李子卉一眼：没用，我兄弟不吃这一套，哪一套都不吃，除了卢枝。

宋初听见了李子卉的那句话，心里忍不住吐槽：坐在这里当然是看辩论赛的，要不然还能来干什么？

辩论赛很快开始，观众早已经坐好，评委老师也一一落座。

主持人开始宣布辩题，法学院是正方，论证"爱而不得更遗憾"；外语学院是反方，论证"得到了又失去更遗憾"。

主持人介绍了双方代表队，以及各自的队员之后，又介绍了评委及点评嘉宾。评委和嘉宾都是学校的老师。

比赛这才正式开始。

从双方一辩开篇立论陈词。

开始，卢枝表现得中规中矩，一切都是按照计划来的，也算是从容不迫。她的队友实在厉害，她反倒表现平平。

卢枝不经意间看了观众席一眼，眼神直接看向倒数几排，一下子就看见了江为。他个子高，很容易就能被人看见。当然，也看见了他身边那个很难让人忽视的女生。

或许是江为向她示好特别明显，又或许是她早就已经被打动，此时此刻看到他身边突然坐着一个女生，她那从未出现过的占有欲突然冒了出来。

在此之前，卢枝一直不知道自己内心竟然还有占有欲这种东西，冷不丁地，她还感觉到有些稀奇。

她想起了这次他们正方的辩题，好像还挺应景。

果然对于卢枝还是不能抱太大的期望，本来一直表现正常的她，在自由辩论环节却出了问题。

对方似乎是做足了功课，超常发挥，甚至连卢枝都觉得他们说得还挺有道理，就快要被对方说服了。

但辩论这种东西，本来就是双方都有理，就是得看哪一方说得更有理，哪一方能揪着对方的漏洞咬着不放，而且还听着很有道理，让评委也觉得很对才行。

对方三辩是一个女生，从一开始好像就看卢枝不爽似的，一直咬着不放，无论卢枝说什么，她都有理由反驳。

卢枝坐在椅子上，很无语地看着对方三辩。

"当然是得到了又失去更加遗憾。失去本就是很遗憾的事情，那种温暖你体验过之后又从你的手中流走，这加重了人们的痛苦，所以更加遗憾。"

"我不能同意对方辩友的说法。"卢枝站起来。

"得到过，最起码你享受过那一刻的温暖；而从未得到过的，却连那种温暖是什么样子都不知道。"

卢枝越说越偏，好像完全忘记了自己是在辩论。

"所以说爱就应该努力争取，连爱都不敢说出口，难道要眼睁睁地看着自己爱的人和别人在一起吗？

"我们每一个人都应该尝试去得到，因为得到了才不会有遗憾。

"喜欢就应该告诉他，万一他也喜欢你呢？"

"对方辩友也说了，是万一，那万一他不喜欢你呢？"

卢枝觉得对方三辩是在死缠烂打，虽然自己也差不多，两人完全是半斤八两的程度。

她越看对面的人，越觉得很不顺眼，再加上想起江为身边的那个女孩，心情更加不爽了。

"对方辩友听过梁静茹的《勇气》吗？

"爱真的需要勇气。

"就像我喜欢倒数第二排最右边那个穿黑色卫衣的男生，我就是要告诉他，万一他被别的女生捷足先登了怎么办？那我不得后悔死？"

倒数第二排，最右边，黑色卫衣。

只有一个人——

全场一片哗然，几乎所有的人都齐刷刷地转头朝后看去，就连场上的老师和台上的其他辩手也一样。

整个厅里所有人的眼神都锁定在江为的身上。

这种场面真的很少见，毕竟不是谁都像卢枝这样大胆，完全不顾后果，竟然敢在比赛中说出这样的话。

不过即便在场所有的视线都集中在江为身上，他也还是像完全感受不到似的，眼睛死死地盯着台上的女孩。

他千算万算，也算不到今天卢枝的行为。他上次的表白太仓促，本打算等他们之间的关系更加稳定一点儿，两人更加靠近一点儿，选一个合适的时机再和她表白的，没想到还是她先开了口。

虽然卢枝看着吊儿郎当的，但以他的了解，她说这话是真心的。江为神情有些恍惚，身体里的那种突然沸腾的血液一下子直冲大脑，传遍四肢百骸。

主持人的临场应变能力很强，很快就将众人的视线重新拉回到了比赛上。

其实卢枝说完就已经后悔了，刚刚实在是看对方辩友不爽，再加上看见江为身边的李子卉，一下子没控制住。

她性格一直都有些冲动，只是之前从来没有人做过威胁她的事情。

或许是从小失去的太多了，对于那种明显属于她的人或者东西，她总是想要看得紧紧的，只属于自己，别人都不可以靠近。

在那一瞬间，卢枝好像看见有同类在她已经圈好的领地旁徘徊，危机感逐渐逼近，她要是再不做出点儿什么行动，那块领地就将被别的动物占领。

"物竞天择，适者生存"是大自然的法则，放在卢枝这里同样适用。

但或许是自知刚刚的行为有些过激，随后她便一直没有看向观众席，整个人收敛了起来，老老实实地坐着。

江为失神片刻，顾盛大力拍打着他，唤回他的神志。

顾盛力气很大，完全没有分寸地拍在江为腿上，看起来比被表白的男主角还要激动，不知道的还以为他才是那个当事人。

"卢枝太牛了，真的太牛了！"他从来都没有这么佩服过一个人。

之前认识的卢枝，一直都是不苟言笑，就好像是另一个江为，感觉挺疏离的，不大怎么好接近。

他给他们两人制造过太多机会，每次四个人结伴出行，总是想办法让他俩一起。虽然他也有自己的私心，但主要还是想为兄弟助攻，奈何卢枝实在太难搞定。

本以为江为这条追人路还有的走，没想到今天卢枝先表白了，而且还当着这么多人的面。

他真是开了眼。

"卢枝就是我的女神！"

江为似乎是被拍清醒了，心底一股强烈的冲动让他坐不住。

"我出去一下，结束后你让她先等我一会儿，我很快回来。"江为起身，弯着腰从后门走了出去。

顾盛一脸蒙，转头看向面色不佳的宋初问："他这是干什么去？"

"我哪知道？你不是他的好兄弟吗？"宋初脸色有点儿黑，并不是因为卢枝刚刚出众的行为，她能这样，自己还挺开心的。但江为是什么意思？这就跑了？

好兄弟就知道他去哪儿吗？顾盛真是敢怒不敢言。他侧头看了一眼还在座位上的李子卉，她脸上乌云密布，简直要滴出墨来。

顾盛没再继续看她，毕竟谁在意呢？

李子卉觉得自己像是一个小丑，好像从一坐下开始，江为就没有正眼瞧过她。他是真的喜欢台上的那个谁吧？

她刚刚听见了江为的自言自语："傻瓜，这些应该我先说的。"

她输了，很彻底。

仔细一想，其实也算不上输，她在他们的故事中根本就没有留下过一个脚步、一道身影。甚至对方从未把她当作过对手。因为江为自始至终，眼神和心都放在卢枝身上。

之前他们属于一个竞赛团队，默契无比，配合无间，她觉得自己和他是相配的，他们有共同语言、共同的兴趣爱好，在颜值方面，她自诩也不差，她很自信。

直到看见了卢枝。她那个时候才发现，原来喜欢这种东西，是与所谓的兴趣爱好和共同语言无关的。

爱情从来都没有什么适不适合，只有喜不喜欢。

这么劲爆的消息，学校论坛上已经有人传开了——震惊！法学院美女卢枝比赛现场当众表白数院才子江为！

内容详细，该博主洋洋洒洒几百字，详细说明了现场的情况，不过十分钟，帖子的浏览量和讨论量暴增。

"活在'表白墙'上的两大人物竟然出现在了同一个帖子里？"

"据悉该学姐极其高冷，没想到还有这样的一面。"

"情况来得突然，卢学姐表白得也很突然，我们连视频都来不及录，现场真的很劲爆！"

"听说这次辩论赛的观众很多，我嫌人多才没去，后悔了。"

"他俩完全不搭边，怎么认识的？"

"天，不得不说，这俩确实很配。"

"郎才女貌。"

…………

随后该博主又发了一个帖子——被当众表白的数院才子江为竟然愤然离席？

里面还配了一张图，图片不清楚，但仍然可以看出是江为从后门离开的背影。

"江为被表白之后就离开了。"

"这算是拒绝吗？"

"这样很尴尬吧，这么多人呢，而且还在比赛中，我觉得卢枝做得有些过了。"

"应该是不喜欢的，要不然不能当众就离席了。"

"完了，我女神的心碎了。"

"这肯定是明确的拒绝啊。如果没有拒绝，他绝对不会走，相信我，作为一个男生，我肯定能够理解他的行为。"

"卢枝那么不好追，他就这样拒绝了？"

"楼上这就不对了，江为长得帅，学习又好，看不上卢枝也很正常，毕竟听说那个卢枝只是长得好看而已，但她逃课太多，每次期末考试都是踩着及格线过。"

"但人家也考上了海大，不至于学习不好吧？只是不想学习而已，楼上不至于了。"

…………

虽然这次比赛因为卢枝出了一个小插曲，但法学院还是不负众望地拿下了胜利。

法学院在这方面向来是强项，已经蝉联几年辩论赛的冠军了，每个队员的实力都很强，要赢并不难。卢枝的小插曲也并没有给法学院的夺冠路造成什么阻碍，就算有一点儿，她的那几个队友也能力挽狂澜。

结束后，卢枝去换衣服，宋初和顾盛站在休息室的门口等着。她换衣服的速度很快，同时也无视了那几个想要向她打听点儿什么的队友。

卢枝换好衣服出来，一只手拿着手机，另一只手抬起，绕到脖子后面，将掖在卫衣衣领里的头发拉出来。

"走吧。"她表情没什么特别的，和往常一样，神色淡漠。

宋初和顾盛不由得多看了她几眼。毕竟江为听了她的表白就跑了，也不知道她是怎么想的，但是看着似乎没什么反应？

奇怪。

几人走出大门，室外的阳光瞬间将他们包裹住。5 月的阳光很是温柔，卢枝感觉身上暖洋洋的。但即便这样，她心里还是感到难过。

他为什么走了？

她从小到大都没有喜欢过什么男生，高中的时候，那些在篮球场上挥洒汗水、掀开衣服下摆露出隐约腹肌的，教室里面穿着干干净净的白衬衫认真学习的……这些都是高中女生会喜欢的类型，可她从来都没兴趣。

可能初次见面会惊艳，第二次见面会多看一眼，但是再往后，就没有什么感觉了。

但是江为不一样。从见他的第一眼开始，她好像就被他眼中那浓烈的感情和笑意给融化了，好像只要待在他身边，她就感到很开心、舒服。

本以为自己这辈子都不会交男朋友，但是遇见了他，她所有的规则和框架都被打破。她妥协了，向她喜欢的人低头了。

就像张爱玲说的："不爱是一生的遗憾，爱是一生的磨难。"

但是当她低头的时候，他却不见了。她突然感觉有些喘不过气，像是失去了什么特别重要的东西，像是十六岁那年站在医生办公室里，听完医生的话的感受一样。那种失去所有的感觉。

也是她错了，是她冲动了。但是，爱又有什么错呢？

此时此刻她突然明白了，为什么那些爱情电影里面的女主角总是患得患失，胡思乱想，踟蹰不前。

"卢枝。"

突然有人喊她的名字，是熟悉的声音，熟悉的语调，熟悉的感觉。

阳光洒满了学林路，她抬头，看见了站在前面的人——

卢枝看见了江为，他一身黑，手中拿着一束向日葵，极致的黑和亮眼的黄，形成强烈的反差。他逆着光，站在不远处看着她。

他在朝她笑。

卢枝看着他，突然也笑了，她就知道他不会无缘无故地离开。

江为在被顾盛拍清醒的那一刻，看着台上的卢枝，脑海中突然想起了之前她说的一句话："谈恋爱就是要从一束花和一句表白开始的。"

所以他才着急地一路小跑了出去，在学校门口扫了一辆共享单车。

学校距离他想去的花店有点儿远，他怕在辩论赛结束的时候赶不回来。

江为骑车的速度很快，5月的风吹在他身上，透过薄薄的衣料渗入皮肤，有一些凉，但是他却完全感觉不到似的。此时此刻，他脑海中只有一件事情——要买一束花，再向她告白一次。

离学校大门两条街处有一家花店，名字很简单，就叫"Flowers"，开了有几年了，江为上次送给卢枝的向日葵就是在这里买的。

江为急匆匆地进店，急匆匆地买花，买到之后又急匆匆地往外走。

共享单车没有位置放下向日葵，怕花被弄坏，他放弃了骑车，而是直接抱着花朝学校跑去。上学的这些年，他几乎没有参加过学校的运动会，偶尔的长跑也是参加一千米体测。

但此时此刻，他好像用了自己这辈子跑得最快的速度。

他生怕时间来不及，生怕会错过。

她心思敏感，如果他没有及时出现，她会多想。

还好，他及时赶了回来。在路上的时候，他一心只想赶紧去到她身边，但现在真正站在她面前了，竟然不知道应该说什么。

一步，两步，三步……

江为走到了卢枝面前。

"我……"江为瞬间说不出话来。

"我刚刚去给你买花了。"

他看着她，看着阳光洒在她身上，看着她眼中映着的光点，以及她眼中的自己。

江为突然笑了，眼神温柔，像是暖春和煦的阳光，又像是山间潺潺的流水，缓缓地流过。

"卢枝。"

他的语气突然变得郑重了起来。

"我一直觉得，表白这件事情是要男生来的。

"女孩子天生就是等着男孩子表白的。

"尤其是我喜欢的小姑娘，我放在心尖上的人，从来不需要做这样的事情。

"这些事情都应该是我做的。

"上次被你拒绝之后，我也没想过要放弃，总想着我还会再向你表白，等到时机成熟的时候。

"你说我们先从朋友做起，后来我们关系转变成了好朋友。我从来都不觉得自己追不上你，或许你不明白，可我知道，我们一定会在一起。

"我一直都记得你说过，谈恋爱就应该是从一束花和一句表白开始的。"

他低头看了一眼自己手中的花，笑了笑。

"所以我跑去买了你喜欢的向日葵。"

他将手中的向日葵递到她面前，一字一顿——

"卢枝，我喜欢你。

"做我的女朋友好吗？"

一束花，一句表白。都有了。

所以，我们能谈恋爱了吗？

"哦，好吧。"

卢枝语气平淡，言语简单，但其实她心里早就掀起了万丈波澜，像是沸腾的海，像是崩塌的雪，像是漆黑的夜空中突然炸开了绚烂的烟花。

但她还是表现出一副平静的样子，接过了江为递来的花。

手中的向日葵生机勃勃，面前是自己喜欢的人，好朋友在身边。在这一刻，卢枝突然觉得自己好像又活了过来，她想活，很久很久。

他们眼神相触，彼此都在笑。

真好啊！

这个时候，二号大厅门口已经聚集了不少人，大家都是刚刚出来，然后便看见了门口这一幕。这戏剧性的转变让所有人都措手不及，这一天学校的论坛里涌出了太多的帖子。

标题：惊天大反转！江为手持鲜花反向表白！

"绝了！太牛了！"

"没想到，是真的没有想到，之前说人家江为看不上卢枝的现在被打脸了吧？人家喜欢得很！"

"我在现场，亲耳听见江为说之前他向卢枝表白过一次，被拒绝了。"

"这确实是双向奔赴了。"

"原来这就是爱情！什么是爱情？这就是爱情！"

"太甜了，我的天！"

"家人们！这才是校园爱情的典范好吗？"

"江为简直是神仙男友。"

"呜呜呜，他们好配！"

"呜呜呜，我好爱！"

标题：请广大男同胞都向江为学习好吗？！

"江为对卢枝说，他一直觉得表白就应该是男孩子做的事情，女孩子天生就是等着被表白的，尤其是他喜欢的女孩子！"

"看看人家这个觉悟！看看！"

"请上天也给我一个这样的男朋友，好吗？！"

"这种男生是真的存在的吗？"

"我现在分手还来得及吗？"

"这样的男朋友只能是卢枝的了，毕竟几乎没有男生能做到像江为这样。"

标题：他们在看着对方笑，明明没有什么亲密的动作，但我却觉得，他们是这个世界上最亲密的两个人！

"说得好好！"

"对的，就是这种感觉，他们之间好像都不需要什么语言了。"

"就是那种不用说话，就能明白对方想说什么！"

"他们之间的眼神交错，都让我感觉是他们在接吻！"

"明明他们才刚刚在一起，可感觉已经相爱了好久。"

"可以写一本小说了。"

"楼上！笔给你！"

阳光洒满了学林路，两个人牵着手走在路上，仿佛仅仅是牵手便可以让他们心灵相通。

顾盛和宋初识趣，早早就离开，让他们两个人能单独相处。

卢枝一只手拿着花，另一只手被江为牵着，时不时侧头看一眼他的侧脸，又低头看一眼花。

"唉。"她突然叹了一口气。

"怎么了？"江为听见了她叹气的声音。

"没什么。"卢枝轻笑一声，"就是觉得……"

她顿了顿，又继续道："原来谈恋爱是这种感觉啊！"说这句话的时候她没有看他，而是看着那条很长很长的路，眼中渐渐有了焦距。

"什么感觉？"

"我也不知道应该怎样形容。"她组织了很多的话，但还是觉得并不贴切，"像是在夏天吃到了冰激凌，在冬天喝到了热可可，在吃火锅的时候喝到了冰镇酸梅汁。像鱼突然遇到了水，快要融化的冰块被放进了冰箱。"

"你这是什么形容？"江为笑着看她。

"卢枝的形容啊。"她没有解释，他也不需要懂。

这个时间段正好刚下课，路上有不少学生。按照现代大学生上课的情况以及他们的"吃瓜"（网络流行词，用来表示一种事不关己、不发表意见仅围观的状态）速度来看，江为和卢枝的事情应该已经传遍整个校园了。

果不其然，卢枝感觉到几束投向她的视线。那些眼神让她有一些不舒服，她下意识地靠近江为。

彼此之间肩膀和手臂的轻微触碰让江为注意到了她的动作。他没有说话，只是握着她的手紧了紧。

卢枝嘴边的笑容逐渐扩大。江为这个人，总是行动胜过语言。她突然发现，有的时候语言真是一件很没有用的东西，真正能给人带来安全感的，只有行为。

"我在辩论赛上……"现在想一想，卢枝还是觉得有些不好意思，"大家应该都知道了吧？"

虽然她没有看论坛上的东西，但是根据大家看她的眼神，以及她对他们学校消息传播速度的了解，这件事应该已经传开了。

是她冲动了。

本来一直比较低调，现在倒好，全校都认识她了。

"那又怎么样？是我先向你表白的，也是我先喜欢你的。"

江为不觉得学校里面的人会怎么看她，她也没有必要在意别人的眼光。

"哇！"卢枝突然觉得他有点儿不一样了，目光一直放在他身上，久久不愿移开。

"嗯？"

"突然觉得你有点儿……"

"什么？"

"帅……"

江为被逗笑了，他敢肯定，卢枝脑子里想的，和嘴巴说出来的肯定不一样。

江为原本想要将卢枝送回宿舍，但没有想到她中途接了一个电话。卢枝接电话不方便，他便松开她的手，顺手将她手中的花接了过来。

"喂？"

"卢枝，你来我办公室一趟。"

"好。"

挂断电话，看了一眼自己身边的江为，卢枝耸了耸肩，看吧，被叫到办公室了。

两个人距离很近，江为自然也听清了电话里面的内容。

"走吧，送你过去。"

经过一路的注视，卢枝终于到了办公室门口。

"我进去了。"

她刚刚转身，手臂就被人从后面拉住，力道不轻不重。

"嗯？"

江为没有说话，只是抬手给她整理了一下卫衣帽子。

"我发现，你好像总是喜欢给我整理衣服。"

已经多少次了？她都数不过来。

"我的荣幸。"

卢枝进去不到十五分钟就出来了。林老师没有说她什么，只是让她以后做事情注意一下场合和影响，毕竟是比赛，还好最后赢了，没有因为她造成什么不好的后果。

或许是已经确定江为是她那块领地里的人了，卢枝的话也多了起来。

"我之前被老师叫着去了那么多次办公室，就这次最心虚。我以前向来坦坦荡荡。"

"为什么？"江为明知故问。

"因为我当众向我男朋友——"

她刚刚说出口，就听见了身边那人的笑声。

"卢枝。"

"嗯？"

"我很开心。"我很开心你能给我机会，很开心你能做我的女朋友。

听到江为的话，卢枝心里突然一酸，原来她让他这么没有存在感啊！

"我也是开心的好不好……"她小声道。

猝不及防地，她被人拥进怀里，动作间带起一阵微风，携带着两个人身上的香味，交融在一起。

两人之间隔着鲜花，江为抱着她。

在这一瞬间，似乎所有的声音都被放大了，鲜花包装纸被挤压的声音、周围路人说话的声音、耳边的风声、树枝上的鸟叫声、两个人明显的呼吸声，以及那难以掩饰的强烈的心跳声。

卢枝轻微挣扎了一下。江为感觉到她的反应，立马松开了抱着她的手，虚拢着她。

他语气中有一些懊恼："抱歉，我有点儿着急了。"

卢枝"扑哧"一声笑了，觉得现在的江为可爱又可怜。

"不是，我没有拒绝的意思，我是说……"她垂眸看了一眼两个人中间的花，笑了笑，"花要被挤坏了。"

江为听见这句话才放松下来，突然悬起来的心此时也落了地，他缓慢地松开她。

"江为，我们现在是男女朋友了吗？"

"是。"他点头道。

"那不就得了，拥抱不是很正常的事情吗？你干吗这么……小心翼翼的？"

小姑娘看着他的眼睛都亮晶晶的，充满着神采，满是期待。

"我们是男女朋友的关系，你随时都可以抱我的。"

她觉得自家男朋友真的是一块木头，说什么他都不主动。卢枝将花塞进他手里："拿着。"

江为照做。

"手抬起来。"

江为也照做，将拿着花的手微微抬了起来。

看着他言听计从的样子，卢枝很想笑，但是心里总觉得不是滋味。

江为原本并不知道她是什么意思，但下一秒，他知道了——

她扑进了他怀里。

是的。

她头靠在他的胸口，双手从他的腰侧伸到他腰后，然后紧紧地抱住他。

是一个很用力的拥抱，两个人的体温交错在一起，即使隔着衣物，也能感受到彼此的温度，这种融合交错的温度顺着两个人的皮肤，沿着血管蔓延，渗透到身体的每一处。

他身上清新的洗衣液味和她身上淡淡的茉莉花香融在一起。

在这个他们走了无数次的路口，在春日的阳光下，他的小姑娘抱了他。他的心脏开始跳动，血液开始流淌，所有的细胞都开始沸腾。

那是什么？

是爱。

"春水初生，春林初盛，春风十里，不如你。"

第五章

相依

两个人自从谈恋爱之后，并没见过几次面，江为是课太多，卢枝则是太懒不想出门。

　　按照宋初的说法，他们俩完全变成了网恋，整天在手机上聊天，一点儿都没有现代年轻人谈恋爱的样子，一点儿都不朝气蓬勃。

　　卢枝对此不发表任何意见。

　　至于江为，女朋友的意思就是他的意思。

　　卢枝在上午九点准时醒来，她睁开眼睛，摸到枕头旁边的手机就看见了江为半个小时之前发来的消息。

　　J：中午想吃什么？

　　看到消息的卢枝瞬间清醒过来，猛地一起身，震得床"咯吱咯吱"响，幸好现在宿舍里面就她一个人，要不然得把别人吵醒。

　　卢枝翻了下身，顶着一头乱糟糟的长发，趴在床上给江为回消息。

　　L：你不是在上课吗？

　　J：我十点下课。

　　J：想吃什么？下课买了给你送过去。

　　L：嗯……

　　L：想吃三食堂二楼角落窗口的那个小笼包，要香菇鸡丁馅的，还想要一杯奶茶。

　　J：好，下课给你去买。

　　和江为聊完，卢枝将手机随手放下，然后躺在床上打了个滚，卷着被子扑腾了一下。随即又拿起手机，看了一眼她和江为的对话框，她还没有给他改备注。

　　卢枝举着手机想了想，然后手指在屏幕上点了点，给江为换了一个备注——我的男朋友。后面还加了个向日葵的小图案，因为她男朋友太喜欢送她向日葵了。

看了一会儿自己新改的备注，卢枝便挣扎着下床了。

顾盛看着正低头发消息的江为，心中不由得感慨道：果然是谈了恋爱的男人啊！他好奇，凑近道："老江。"

"嗯？"江为没抬头。

"问你个问题呗？"顾盛放低语气。

"问。"

"谈恋爱……是什么感觉？"不怪顾盛问这个问题，作为一个从未谈过恋爱的单身男大学生，他整天看着自己的好兄弟和女朋友发消息，还满脸笑容，自然好奇。

江为难得抬头，转头看了他一眼，只见他双眼放光，像是对什么特殊的知识求知若渴。

江为突然感觉有点儿好笑，难得起了逗一逗他的心思："你不曾感受到的感觉。"

听到这话，顾盛满眼的震惊，不可思议。他这活脱脱就是过河拆桥啊！他难道忘了是谁为了他和卢枝的事情忙前忙后？

果然是谈了恋爱就忘了兄弟。

好不容易挨到下课，顾盛拉着江为准备去食堂吃饭，结果人家撇下他就去了三食堂旁边的奶茶店。江为从来都不喝奶茶，现在突然去那儿，顾盛自然明白他是要买给谁喝的。

顾盛一路跟着，看到江为买了卢枝喜欢的奶茶。江为买奶茶的次数多了，连他都记住了卢枝的喜好——茉莉奶绿，加奶冻，半糖，夏天去冰，春秋常温，冬天温热。

买完后他又跟着江为去了三食堂，买了卢枝喜欢的香菇鸡丁包子和椒盐排骨。

顾盛跟了一路，等到他跟着江为走出三食堂的时候，才反应过来。

"哎哎哎——"他伸手拦住准备离开的江为，"你不吃饭了？"

"等我把东西先送给她。"刚买的还热乎着，得赶紧送过去。

"那我帮你先买一份吧，给你带回去，等你给她送完，直接回宿舍就行了。"

江为跑两趟实在太麻烦。

"好。"

等江为到了卢枝宿舍楼下，给她发消息的时候，她人已经从床上起来了。卢枝洗漱完毕坐在椅子上刷手机，跷着腿，有一下没一下地晃着。

她刷着手机，正好看见了江为发来的消息。

J：我到楼下了，你下来吧。

L：好！

卢枝回复完就出了宿舍。她穿着拖鞋，快步下楼，下楼梯的时候发出"啪嗒啪嗒"的声音。

这个时间段下课的人不少，女生宿舍下面更是人来人往。因为之前江为和卢枝的事情在学校论坛上传播了几天，两人现在也算是海大的名人了，虽不至于全校皆知，小范围出名还是有的。

江为站在宿舍楼下的路边，手中拎着给卢枝买来的食物，看着门口的方向。即使已经等了有一会儿了，却依旧没有一丝的不耐。

未见其人先闻其声，还没有看到人影，江为就听见了下楼的脚步声，拖鞋和楼梯台阶相触，可以很明显地感受到来人的急切。然后他便看见了卢枝的身影，一身奶白色的家居服，长袖长裤，脚下是一双亮黄色的拖鞋。十个脚指头上涂着暗红色的指甲油，很显眼。

她好像总喜欢在指甲上花心思。

看见站在门口的江为，卢枝朝着他飞奔过来，像撒了欢的小狗狗，许久未见自己的主人，摇着尾巴，扑过去。

"等一会儿了吧？"她挽住江为的胳膊，动作亲昵地靠在他身上。

像是被什么东西晃了一下眼，江为不动声色地看了一眼卢枝环在他胳膊上的手，五个手指甲贴满了亮片，在春日阳光的映照下闪闪发光，十分耀眼。

"嗯。"他笑着将手中拎着的吃的、喝的递给卢枝。至于那只空出来的手，则缓缓地抬起，在卢枝疑惑的眼神中，摸了摸她的头顶，将她头上翘起来的头发抚平。

卢枝顺从地任由江为动作着，低头看了一眼手中的东西，有奶茶和香菇鸡丁包。咦？还有她喜欢的椒盐排骨！

两人四目相对。她看见了他眼神中的温柔和笑意。

"男朋友还挺有觉悟的！"她拍了拍他的肩膀。

"当然。"小姑娘太可爱了，江为实在忍不住，伸手捏了捏她的脸颊。

卢枝很少害羞，她就站在原地，让江为捏，甚至还配合着仰起了头。

周围的学生越来越多，江为也没让人在楼下多待。他站在门口，看着她拎着东西进宿舍楼。本已经要走进去的卢枝却突然转身："江为——"

"嗯？"

没有任何防备，江为直愣愣地看着卢枝走到自己面前，站定。

她仰头看他道："我发现你好像一点儿都不主动。"

"嗯？"他一头雾水。

卢枝轻笑一声，另一只空着的手从江为的腰侧伸向后面，轻轻抱了抱他，脸颊轻贴在他的胸口，听见了他心跳的声音，"怦怦怦"。

"江为，你的心跳很快哦。"说完，她转身离开，脚步轻快地走进了宿舍楼，没有回头。

站在原地的江为低头，看着自己左胸口的位置，抬起右手缓缓地抚了上去，那温软的触感好像还停留在这里。

那种缥缈的虚幻感此时此刻终于落地，有了实感。

他们在一起了。江为低头轻笑，幸福感满溢。

江为回到宿舍之后，顾盛正在吃打包回来的饭，看见他开门进来，便伸手指了指道："我把饭给你放在桌子上了。"

"谢了。"江为坐在椅子上，没碰那饭，而是低头刷着手机。

顾盛看到他这样，将叼着的筷子拿了下来，问："老江，你俩这是谈的什么恋爱？"

"怎么了？"

"整天在手机上聊天，跟网恋一样。"

还真没有见过这样的情侣，要是异地恋也就算了，整天抱着手机聊还说得过去，但他俩现在是同校欸，而且卢枝还这么闲，有必要吗？

"你看人家谈恋爱，轧马路，一起上课，看电影，约会，你俩这是干什么呢？"顾盛对他俩简直恨铁不成钢，两个奇葩，真真是让人无语。

江为笑了笑，没有说话，低头看着卢枝发来的消息。

L：呜呜呜！椒盐排骨好好吃！

L：香菇鸡丁包太好吃了！

L：啊！奶茶也好好喝！

江为笑得无奈。

J：好吃就多吃点儿。

卢枝放下手中的奶茶，将两条白皙细长的腿全都盘在椅子上，两只手在手机屏幕上不停地打着字，手指甲和屏幕触碰发出"嗒嗒嗒"的声响。

片刻，江为那边就收到了回复。

L：忘了告诉你哦，刚刚你耳朵红了！

他知道她说的"刚刚"是什么时候，是她抱他的时候。这小姑娘，还学会撩他了。

江为想起顾盛说的话，顿了顿，低头打字。

J：明天有课吗？

卢枝还是第一次被他问这种问题。她退出聊天界面，去相册里面翻找课表的截图。她向下翻了几页，找到了，看了一下日子，明天有课。

L：有课的。

J：我陪你去上课？

L：啊？明天是早课。

J：总是旷课，不怕挂科？

L：不怕，嘿嘿嘿！

她的任课老师都不算太严，只要不太过分，还是给期末考试资格的。况且她不算经常旷课，只是不去上早课而已，该上的专业课还是会去。不知道江为为什么会觉得她是经常旷课且会挂科的人。

L：单纯是去上课吗？我觉得你不单纯哦。

J：主要是想见你。

嗷！卢枝看见这句话，瞬间将手机丢在桌子上，双手捂住脸。

她男朋友什么时候学会撩人的？！

第二天早上，卢枝准时被闹钟叫醒，枕头底下的手机还在不停地振动着，"嗡嗡"作响。

这还是她第一次这么早起床。整个人迷迷糊糊的，神志都有些不清楚。她顶着一个鸡窝头，动作慢吞吞的，用胳膊肘撑着床起来，在起身的下一刻就想要接着躺回去。但想着和江为的约定，她还是挣扎着从床上起来了，觉睡不够的感觉特别痛苦。

随着卢枝起床弄出的声响，室友们都齐刷刷地转头看向她那边，大家都很是惊讶。

"卢枝，你今天怎么起来了？"

"上课。"她声音闷闷的，有些沙哑。下床后穿着拖鞋就去洗漱了。

她一边慢吞吞地刷着牙，一边看着镜子里面的自己，眼睛半眯着，头发乱糟糟的，随便扎在脑后，睡衣也松松垮垮的，脸色还有些苍白。

她伸手使劲搓了搓自己的脸颊，试图让脸上看起来有些血色，但是没用，便想着待会儿化妆的时候抹点儿腮红吧。

心中有些懊恼，她实在太困了，早知道昨天不应该头脑一热就答应了，她当时就是被江为的花言巧语迷惑了。

但起都起来了，还是去吧。

今天一大早，海大学子还在吃早饭，甚至有的还在睡梦中没有醒过来，学校论坛上突现一个帖子——女生宿舍楼下惊现数院院草！

配图是江为拎着纸袋子站在树下。

"一看这个楼主就不是住8号宿舍楼的，但凡住在那里的，肯定不会对这个情况感到震惊。"

"这难道不是常态吗？我都看腻了，怎么还有人发帖子？"

"哈哈哈，楼上说得对。"

"江为经常出现在8号宿舍楼下面的，经常给学姐送东西。"

"一般都是中午，今天竟然是早晨，想来今天学姐是早起了。"

"楼上竟然把时间都摸透了，厉害啊！"

"过奖过奖，主要是院草来得太频繁，规律都被我摸清了。"

"院草对学姐太好了吧，天天来，美慕！"

"不用羡慕，你要是能有学姐的美貌，你也能体会到这种感觉。"

8号宿舍楼里不断地有人出来，拿着书的、背着包的，有人步履缓慢，有人行色匆匆，但江为却一直都没有看见卢枝的身影。

虽说她昨晚是答应了他，但指不定今天早晨就起不来了。临上课还有一段时间，他不着急，再等一会儿。

来往的学生渐渐减少，江为以为卢枝没能起来，便拿出手机想给她发个消息。刚刚点开对话框，突然闻到一股淡淡的茉莉花香，随即自己的视线里出现了一双白色的帆布鞋。

他缓缓抬头，然后便看见了站在面前的卢枝。她穿着印着小熊的白色卫衣，破洞牛仔裤，扎着马尾辫，手中拿着一本书，在冲他笑。

"等急了？"

"没有。"江为接过她手中的书。

卢枝走在一旁，单手挽住他的胳膊，举止熟练亲密，边走边说："我舍友下来的时候偷拍了你的照片发给我，让我快点儿，说你已经在下面等很久了。"

"舍友？"江为完全一头雾水。

"嗯，她们应该没和你打招呼。"

"嗯。"他一直站在楼下，确实没有人和他打过招呼，倒是有很多人看他。

估摸着上课时间快到了，江为有些着急："快走吧。"

"急什么，还早。"卢枝挽着他胳膊的力道微微大了些，"踩着点到就行了，没必要早去，又不是没有座位。"

江为顺势看一眼挽在自己胳膊上的手，手指纤细白皙，指甲闪闪发光。

"好。"他应道。

路上多是行色匆匆的学生和老师，唯独他们两个不慌不忙。

两人是踩着点从教室后门进去的，坐在后排的几个同学看见了，不由得多看了几眼。本来只是想安安静静上完这节课，但卢枝似乎忘记了这节课的任课老师是谁。

卢枝的大名早就在法学院办公室里传开了，大部分老师都已经认识她，但一般不会过多地去和她交谈，不过这节课的老师不一样。是林老师，教卢枝的专业课，之前辩论赛也是由她带队。

林老师平时看见卢枝都会调侃几句，更何况现在正好被她抓住了，而且身边还跟着那次事件的另一个当事人，她更是得好好说几句。

"卢枝来了？"刚刚打开教学幻灯片的林老师抬头便看见了从后门进来的二人。此时卢枝正拉着江为的手，准备在最后一排坐下，就被点了名，抓了个现行。

前面的同学纷纷转头向后看去，正是学校最近的两大红人。

卢枝扯着嘴角笑了笑，特敷衍，没带什么感情，是那种礼貌又尴尬的笑容。

废话，被这么多的人看着，她能不尴尬吗？

"行了，赶快找个位子坐下，还有一分钟就迟到了。"林老师也算是给卢枝面子，没继续调侃她，更何况人家还牵着男朋友呢。

卢枝和江为坐在最后一排靠窗的位子，卢枝坐在里面，江为坐在外面。

江为一身黑衣黑裤，靠着椅背，身体微微后仰，腿上放着一个牛皮纸袋，看不清里面装的是什么。他一路上拎着，卢枝也没问。

已经开始上课，放在他们身上的视线也少了，毕竟相比于八卦，还是讲台上的林老师更有威胁力。

江为将袋子里的东西拿了出来，动作很轻，没发出什么声音。

原来是早餐。

卢枝单手撑在桌子上，托着脸，侧头看着他将东西一个一个地拿到自己面前。

他带的是三明治和酸奶。

卢枝看着他骨节分明的手指，然后是微微凸起青筋的手背和手腕，最后视线逐渐移到了他的脸上。

她一直觉得江为长得很不错，但是今天，他迎着光，她看着他，她发现，自己真的是捡到宝了。

"你真好。"卢枝双手托腮，眼睛一眨不眨地看着，眼中冒着小星星。

江为被逗笑了，他伸手揉了揉卢枝的头顶道："傻。"语气宠溺，满脸温柔，"快吃吧。"

"不好吧？"卢枝装作一个好学生的样子，好像她从来都没有在上课的时候吃过东西似的。

"没事。"江为也懒得拆穿她。

他其实有过顾虑，所以才没给她带味道比较重的早餐，即便他知道她喜欢三食堂的香菇鸡丁包，可怕她在课上被人围观，所以没有买。

卢枝本就饿了，也没顾虑太多，撕开了三明治的包装就开始吃。她吃东西很斯文，小口小口的，手指捏在包装纸的边缘，很小心地没有让任何残渣掉到桌面上。这是她吃饭的习惯，不脏手，不脏桌。

不过江为还是默默地抽出一张纸巾，拿在手上小心地垫着，准备接住可能掉下来的残渣。

就这样，一个人吃着早餐，另一个人伸手接着。两个人即使坐在最后一排，强烈的存在感也还是让人难以忽视。

后排的其他同学很轻易地就能看见他们的动作，再加上是阶梯教室，讲台上侃侃而谈的林老师也看见了。林老师上课的规矩不算多，对于上早课的学生，在课上吃早餐她一般都睁一只眼闭一只眼，但卢枝和江为，实在过于明目张胆了。

"喀喀喀，最后面那两位同学，注意点儿影响。"

这话一出口，教室里所有人再次纷纷转头看向最后一排，这一次众人的眼神中带着的更多是调侃和戏谑。

突然被点名，突然被这么多人眼神扫射，卢枝第一次觉得浑身发麻，嘴里嚼三明治的动作都停下了，有些抬不起头来。然后她便以一种缓慢的、机械性的动作，低下了头。似乎她不看他们，他们也不会看见她似的。

掩耳盗铃。

相对于卢枝的尴尬，江为倒是落落大方，任由众人打量着。他靠坐在椅子上，一只手搭着卢枝的椅背，另一只手还拿着纸巾，占有欲十足。

可能是海大的学子太无聊，繁重的学习完全没有给他们造成什么压力，所以他们才会整天活跃在学校论坛上。

标题：法学院教室惊现卢枝身影，男友陪伴身边！

也不知道发这个帖子的是不是学新闻的，标题起得一套一套的，特吸引人。

"本人亲眼所见，江为陪卢枝去上法学院的课，姗姗来迟被老师点名不说，刚开始上课就光明正大地吃早餐，然后又被老师点名。"

"你们学姐不到二十分钟被点了两次名。"

"原来学姐也会上课迟到，上课吃早餐，上课被老师点名。"

"卢枝吃早餐的时候，江为还伸手在下面托着！"

"就是那种手给她托着，眼睛看着她，满眼的温柔都快要溢出来了的感觉，两人超级好！"

"卢枝被点名之后还害羞了，像是不好意思，江为单手搭在她的椅背上看着周围的人，那种眼神好像在说让他们别看他女朋友。"

"那种护犊子的样子太帅了！"

在众多帖子中，突然出现了一个与众不同的——

标题：还记得那个在"表白墙"上说追不到卢枝，就倒立洗头的金融系学弟吗？默默地问一句：他洗了吗？

旧事被重新提起，现在卢枝和江为在一起了，那个金融系学弟注定是追不上了。

"哈哈哈！竟然有人还记得！"

"我都快忘记了！我还有截图呢！"

"那位金融系学弟呢？有没有认识他的？快让他出来！"

"他上哪儿去了？我们手中还有证据呢，他不出来我们告他诈骗！"

"楼上是法学院的吗？"

"这位学弟可能对法学院的人有阴影了。"

"学弟，要敢作敢当啊！"

"别找了各位家人，那位学弟已经'社死'了，肯定不会出来的，别为难人家了！"

"学弟指不定在哪个犄角旮旯哭呢！"

顾盛看见这个帖子的时候刚刚从床上爬起来，江为在他的对床，他一睁开眼就没看见对面人的身影。现在这个时间点，他们并没有课，他记得很清楚。

顾盛迷迷糊糊地打开手机，随便刷了一下学校论坛，毫不意外地看见了那几个热帖。

哦，原来是陪女朋友去了。

哼，有女朋友了不起啊！

随即他便点开了和宋初的聊天对话框，狗腿子般地输入：吃饭了吗？需不需要送餐服务？

晚上四个人难得有空一起吃饭，宋初和顾盛先到，他俩在学校三食堂靠窗的角落找了个位子。卢枝尤其钟爱三食堂，所以他们经常光顾。

正值傍晚，天色已经稍稍有些昏暗，远处夕阳似火，整片天空像是发生了一场燎原大火，正尽情燃烧着。

宋初坐在椅子上，长发随意地扎起，后背靠着，单手拿着手机不知道在看些什么，时不时地点击一下屏幕；跷着腿，一条腿小幅度地摆动着，活脱脱一副大佬的模样。

坐在她身边的顾盛跟小跟班似的老老实实的，宋初脾气差，他便没敢和她多说话。

时间渐渐过去，好奇心使然，顾盛忍不住拉着椅子朝宋初靠近了一点儿，探头想要瞅一瞅她在看什么。可还没看清楚手机屏幕，椅子突然被人踹了一脚，力气很大，刺耳的"刺啦"声响起。

顾盛没有防备，一下子没坐稳，摇摇晃晃就要摔倒。幸好他平衡性还不错，脚下后撤一步，及时稳定住了，才没有摔倒在地。坐稳了后才看见环抱着双臂看着他的宋初，眼神冷冽，但还不至于是真的生气。

"干什么？"

"没干什么，就好奇你看什么呢，这么认真？"顾盛干笑着。

宋初眼睛微微眯起，伸出一只手，摆出射击的姿势，指着正打算往她这边挪动的顾盛，朝他抬了抬下巴，示意坐到对面去。

顾盛敢怒不敢言，他举起双手，摆出一副投降的姿势，乖乖地听话去了对面。

宋初这才满意地点了点头。

卢枝下午睡过了头，匆匆忙忙地出门，看见了在楼下等她的江为。一看到人，她就像刹不住车似的，直直地扑进了他怀里。力道稍稍有些大，冲撞的力度让江为下意识地后撤一步，才堪堪稳住了身子。

搂住扑到自己怀里的女朋友，他低头便看见了她凌乱的头顶，像是起床之后并没有梳。江为无奈地伸手，笑着帮她顺了一下头发。

随后便听见了卢枝的声音。

小姑娘在他怀里蹭了蹭，声音闷闷的："江为，我睡过头了，你等很长时间了吗？"

"没有。"他安慰地摸了摸她的头，又给她顺了顺头发，"走吧，他们还在等我们呢。"

"好。"卢枝挽着他的胳膊，脚步轻快。

刚走几步，江为便停下了脚步。

"怎么了？"卢枝不解。

他没有说话，但是当看见他的动作时，卢枝便明白了他要做什么。

她的鞋带松了。

8号宿舍楼下绿树成荫，枝叶繁茂。此时两个人就在树下，卢枝站着，低头看着半蹲着的江为。他手指细长白皙，骨节分明，手背青筋明显，卢枝觉得，这样的一双手，应该很适合弹钢琴吧？但是现在，在宿舍楼下的树下，江为在给她系鞋带。

卢枝的脸突然发烫，其实她并不是一个容易脸红的人，但现在……

"你……你起来啦……这么多人呢……"卢枝伸出手想要拉他。

现在正是下课的时间，很多学生回宿舍，当然也有很多出来吃饭的，人来人往。但凡经过这里的人，都能看见这一幕——

男生半蹲在地上，给女生系鞋带。夕阳落在他们的身上。

"好了。"江为系好鞋带，顺着卢枝递过来的手起身，反握住继续往前走。

二人姗姗来迟，宋初大老远就看见了他们。洒满了夕阳的小路上，江为牵着卢枝的手，两人十指相扣，走得不紧不慢，不知道是在说些什么，准确一点儿说，应该是卢枝在和江为说着些什么。

她很少看见这个样子的卢枝，大概是遇到了很喜欢很喜欢的人吧，所以才会流露出这样高兴的神色，才会缠着一个人叽叽喳喳地说个不停。

江为侧头看着，静静地听着，丝毫没有掩饰眼中流露出来的温柔和爱意。宋初觉得，好像从看见他们两个人的身影开始，到最后消失在她的视线里，江为的眼中都是带着笑的。

宋初有些惊讶，惊讶江为对卢枝的感情，但是想一想，这样不是更好吗？自己最好的朋友找到了一个很喜欢她，甚至可以说很爱她的人。

她很开心。

"你俩是什么大忙人啊？我和这家伙都在这儿等你俩好长时间了。"宋初故意埋怨道。

"她午觉睡过头了。"江为说完踢了踢顾盛的椅子。

第二次被踢椅子的顾盛抬头看了一眼，但也仅仅是一眼，立刻就明白了他兄弟的意思，立马起身，谄媚地给卢枝让位。

"卢枝，你坐这里吧，我去对面坐，你和老江一起。"说着，顾盛就屁颠屁颠地跑到宋初身边拉开椅子坐下，看着宋初的眼神中还带着些无辜，像是在说"你看，我总不能让人家小情侣分开坐吧"。

四个人边吃饭边聊天，聊着聊着，宋初就聊到了卢枝身上。

"周末去图书馆吗？"

"不去。"卢枝想都不想就拒绝了，图书馆？那是她去的地方吗？

"我是医学院的，宝贝儿，学业繁重得要死。"

宋初觉得卢枝真是不知道学习的痛苦，明明法学院也很忙，但她偏偏就是那一股清流，整天吃喝玩乐。

"一个人没意思，一起吧？"

"行啊，行啊，一起啊，我也想去学习！"顾盛附和着。

江为不可思议地看了他一眼，这家伙不是只在期末考试的时候去图书馆吗？再一看宋初，瞬间就懂了。

可以理解。

第二天是周六。

图书馆里除了昨日说好的宋初和顾盛外，还惊现了卢枝的身影，以及她身边的江为。当然并不是上午，而是在快中午的时候，他俩才两手空空地来了，完全没有要学习的意思，好像就是来走个过场。

宋初看了一眼两人，问道："你俩是来干吗的？"

"单纯只是来看看你，带着我的男朋友。"卢枝挽着江为的手，得意地说道。

"你俩赶紧走吧，看着太碍眼，影响我学习。"宋初摆了摆手，示意他俩赶快离开。

在图书馆里发愤学习的海大学子们，看见了近期学校论坛里的红人，颤抖的心无法停止，拿起手机就开始拍照，发帖。

现在是网络时代，人们都喜欢躲在背后敲打键盘，一旦有人将偷拍的照片发到学校论坛上，就会吸引来很多人围观。

"这两人谈恋爱谈到图书馆去了？"

"图书馆啊，卢枝陪江为学习去了吗？"

"什么学习啊，两人谁都没拿书。"

"应该是有朋友在图书馆，我看见他们过去打招呼了，说了几句话就走了。"

"你们是没看见，他俩一副人人唾弃的小情侣的样子。"

"楼上就是酸了。"

"什么小情侣啊，说实话，你们见过江为亲卢枝吗？"

"没有，没有。"

"对于别的小情侣来说，亲吻是常态，他俩怎么不亲呢？"

"人家亲不亲还得让你看见？说不定人家躲在小树林后面亲呢。"

但谁都没发现，图书馆的角落里，有个人从江为和卢枝一进来就看着他们，看着他们走过来，看着他们说话，最后看着他们手牵着手离开。

李子卉把目光从学校论坛的帖子上移开，转头看向窗外，枝繁叶茂，一片绿色，那树枝上偶尔会有鸟儿落下，鸟叫声断断续续，隐隐约约。

明明即将入夏，天气特别暖和，但对于她来说，却是异常地寒冷。

她和江为是同班同学，从入学第一天她就喜欢上他了。

她会在上课的时候偷偷坐在他身后，或是斜对角；会在下课的时候偷偷地跟着他，看着他的背影；甚至会在学校食堂，不经意地从他身边经过，看他吃的是什么，喜欢吃什么。

她学习成绩不算太好，但是为了他，她夜以继日地努力，整天泡在图书馆里，只为了能和他参加同一个比赛。他们会一起讨论题目，一起解决，一起上赛场，一起拿下冠军。他的身边没有别的女生，她觉得，总有一天自己能追上他。

但是后来，她看见他身边出现了一个女孩子，很漂亮，连她都忍不住承认，是真的很漂亮。后来听到了一些传言，又觉得他们并不合适，一个空有其表的女孩子，他怎么会喜欢呢？

后来事实证明，是她错了。

他真的很喜欢很喜欢那个叫卢枝的女生。

李子卉看见江为给卢枝打伞，即使自己淋湿了半个身子也无所谓。

而江为看见卢枝的时候，眼睛里会发光，就是看见自己喜欢的人的时候那种眼神，李子卉太熟悉了，和自己看向他时如出一辙。

那一天卢枝当众向他表白，他的欣喜若狂，他的手足无措，她全都看在眼里。

她看着江为去给卢枝买花，听到江为对卢枝说"表白怎么能让女孩子来"，尤其是他喜欢的女孩子。

是啊，卢枝是他喜欢的女孩子，所以他舍不得。

李子卉第一次发现江为是一个这样温柔的人。他会每天在卢枝宿舍楼下等她给她送餐；会笑着摸她的头给她整理头发，整理衣服；也会半蹲在地上给她系鞋带。

那些隐藏在心底的爱意，全都被压在了心底，未曾表露，小心翼翼。

他不喜欢自己，不是他的错，也不是自己的错。

江为只喜欢卢枝而已。

江为和顾盛不知道从哪里弄来了两辆电动车，两个人骑着电动车停在女生宿舍楼下，大摇大摆的，生怕别人看不见似的。

卢枝刚刚下楼，走出宿舍大门，就看见了这一幕——

江为站在电动车旁，一身黑衣，头上戴着一顶黑色的鸭舌帽。在卢枝从宿舍楼出来的那一刻，他的眼神便粘在了她身上。

"男朋友！"

卢枝一看见他，整个人就好像化身一只小花蝴蝶，朝着他飞奔过去。

江为配合着张开双手，迎接自己的女朋友。然后卢枝便无误地落进了他怀里，小狗似的蹭了蹭。

宋初实在没眼看，偏过头，眼神一瞥，便看见了一旁的顾盛。

顾盛坐在电动车上，刘海儿似乎有点儿长了，差不多和眉毛齐平，一副不着调的模样。当两个人的眼神交错在一起的时候，他冲宋初挑了挑眉，微微侧过身子，拍了拍自己的车后座。

看，这是小爷给你安排的。

没有在意周围路过的人看他们的眼神，卢枝神色中满是兴奋，但宋初的眼神中却全是无奈——实在是太招摇了。

傍晚的马路上很是热闹，一辆接着一辆的车从他们身边经过，只留下淡淡的汽车尾气，却又很快随风飘散。路边各色灯光闪烁，有些晃眼，卢枝坐在江为的车后座上，抱着他的腰，将脸颊贴在他后背上，隔着一层薄薄的衣料，感受着他身上的温度。

卢枝披散着头发，在夏季晚风的吹拂下，头发逐渐变得凌乱起来，遮挡住了她的视线。她抬起一只手，将吹到脸上的头发拨到耳后。

正在骑车的江为马上就感觉到了卢枝的动作，他顿了顿，将车靠边停了下来，一只脚落地支撑着。他微微侧身转头看向身后，询问的声音温柔，在这夏夜的微风中飘散开来："怎么了？"

这一声询问夹杂着路边汽车的鸣笛声传进了卢枝的耳朵。

"没什么，只是头发被吹乱了，我整理一下。"卢枝一边说着，一边继续整理头发。

江为看在眼里，随即伸手将自己头上的鸭舌帽摘下，直接戴在了卢枝头上。帽子稍微有点儿大，卢枝戴着的时候稍稍有些往下掉，风一吹便能吹走，并不牢固。

江为拿回帽子调整了一下帽围，然后重新帮卢枝戴好，顺便给她整理了一下两侧的碎发。

"这样就不会乱了。"

两个人整理好之后，卢枝再次双手抱上江为的腰。江为收脚，准备继续朝前骑行。他抬头，正好对上了前面顾盛和宋初看着他们的眼神，毫不掩饰的嫌弃。

不知道那两人是什么时候停下来的，也不知道看了多久。

"你俩到底行不行了？大马路上还得腻腻歪歪。"前面传来顾盛气急败坏的声音，以及宋初的催促声："行了，快走吧！"说着她拍了拍顾盛的肩膀，示意别多管闲事。

以江为的颜值，走到哪里都不缺仰慕者。这不，四人刚到夜市入口，不远处就有两个女生打量着江为，犹犹豫豫着不敢向前。

最先注意到的是宋初。

江为和顾盛在路边停车，宋初拉着卢枝在不远处说话。

宋初对于眼神特别敏感，说话间不经意地看了一眼正在停车的两人，随即便感受到了两股强烈的目光，然后她便瞥到了更远处的两个女生。她们正对着江为的方向窃窃私语，看那副蠢蠢欲动的模样，大概是想要过来。

宋初轻拍了卢枝一下，示意她看去。

以两人的默契程度，卢枝很快就明白了。她微微侧头看向那两个女生，却没有任何动作，只是站在原地默默地看着，她想看一看自己的男朋友是怎么解决这种事情的。

那两个女生中长头发的那一个，似乎是受到了同伴的支持和鼓励，拿着手机便朝江为走去，神情间满是雀跃和欣喜。不知道和他说了些什么，只看见他们纷纷转头看向卢枝的方向，然后那两个女生落荒而逃。

江为走过来的时候，卢枝忍不住多看了他几眼。

"怎么了？"他注意到她的眼神，牵起她的手，稍稍摩挲了一下。卢枝的手有些凉，他便换了一下角度，将她整只手都包裹进自己的手里。

"刚刚，你和那两个女生说什么了？"本来是想忍住的，但她终究……

"说了什么啊——"

江为想起刚刚的场景，本来是在和顾盛停车，突然身边多出两个女生，其中一人朝他开口道："你好。"

他皱了皱眉，先是看一眼顾盛，后又看了那个女孩子一眼，似乎确定了对方是在和他说话，才道："你好。有事吗？"

"是的。"那个女生走近几步，拿出自己紧握着的手机，露出屏幕上显示的二维码，"能不能加个微信？"

很唐突的一个行为。

似乎是怕江为不同意，她又紧接着补充道："没别的意思，就是想要认识一下。"

江为在女生向前的时候，下意识地后退一步，和她保持了一个安全距离。顺着她的动作，他看见了她手上的美甲，第一反应就是，不如他女朋友的好看。他又抬头看了一眼不远处的卢枝。看到她半躲在宋初身后，特意回避着自己的视线，一副小心翼翼又别扭的样子，像一只小仓鼠。

他知道她一定看见了。

夜晚的路灯光线柔和，江为突然想，之前遇见这样的情况，他都是怎么做的？那个时候他只说："抱歉。"

但是，今时不同往日了。

江为轻笑一声，缓缓开口，声音很轻，却又很绝情："抱歉，我有女朋友了。"话是对面前的女生说的，但眼神却是看向卢枝。

在场的所有人，包括那个想要微信的女生，都顺着江为的眼神看过去，在路灯的照射下，只能看见卢枝的侧脸。

"嗯，我说我已经有女朋友了。"

江为在说话间似乎看见了什么，握紧卢枝的手就带着她向那儿走去。

卢枝还陷在江为的那句话中，还没来得及做出反应，就被带着掉了个方向。她不知道他要做什么，任由他拉着，直到两人走到一个卖花的摊位前。

是附近学校的学生在摆摊，卖着各种各样的鲜花，每一束都很小巧。

这边聚集的大部分都是大学生，情侣很多，没有一个男生会拒绝给自己的女朋友买花，在这里卖花基本稳赚不赔。

"一束向日葵。"江为开口道。

不过是一束十块钱的向日葵，但对于卢枝来说，却是她的快乐。

跟在二人身后的宋初看到了，不满地轻"啧"一声。顾盛以为她也想要花，便也上前买了一束，不过买的是满天星。

"给你，你也有。"

宋初没拒绝。

"喜欢？"江为见卢枝一直小心地将向日葵抱在怀里，笑着问道。

"喜欢。"她最喜欢向日葵了，一直都喜欢，且只喜欢。

她侧头看他，语气中带着一丝愉快："怎么突然送花？"

"你不是喜欢吗？"江为笑着摸了摸卢枝的头发。

他喜欢摸她的头发，软软的、滑滑的、香香的。

"而且——"他顿了顿，"给你买花，让别人知道你是有主儿的。"

虽然路上并没有和卢枝要微信的男生，但他这是前车之鉴，有备无患。

"突然这么上道？"身后传来宋初的声音。

"当然了，谁叫女朋友太抢手。"江为回答道。

四个人简单地吃了饭之后，就回学校了。

回去的时候再次坐到江为的车后座，卢枝就没有那么小心翼翼了，江为骑电动车很稳，她完全不担心会掉下来。

卢枝一只手搭在江为的肩膀上，看着明显已经超出他们很长一段距离的顾盛和宋初，她一向不怎么显现的胜负欲被激了出来。

她拍了拍江为的肩膀，大声喊道："男朋友！追上他们！"

去的时候一直落在他俩后面，回来的时候小姑娘倒是着急了。不过江为也喜欢纵容她。

"好。"他的声音在空中随风飘散。

江为握紧车把手，加快速度，一点儿一点儿地追上了前面的人。耳边的风声越来越大，卢枝眯着眼睛，搭在江为肩膀上的手慢慢展开，拥抱这夏季夜晚的风。

"啊啊啊！开心！"

"开心？"耳边传来江为略带笑意的声音。

"当然开心啊！"

卢枝说完，将手重新搭回江为的肩膀上。她缓缓凑近他耳边，嘴巴张张合合——

"One minute with you is more than absolutely everything to me."

与你在一起的一分钟，比世上的一切都珍贵。

2019年夏天，这个暑假卢枝不再是一个人待在家里。

她有男朋友了。

和江为在一起之后，江为没有像宋初那样处处约束她，对她的标准放宽了很多，反而处处依着她，但是原则性的问题，并不会惯着。

所以她才会坐在江为家的院子里，等着他的烧烤。

暑假之后，顾盛没有立刻回江城，而是在海城玩了几天，其间一直住在江为这里。回家之前，他提议开一个烧烤派对，美其名曰为他送行，就在江为家的院子里。

卢枝半躺在躺椅上，看着不远处在帮顾盛烧烤的江为。他一身家居服，眉眼柔顺，院子里的灯光映照在他的身上。他侧脸凌厉，但是映在她的眼里，却满是温柔。

卢枝笑着侧头，伸手拿起桌子上的杜果汁，是江为准备的。院子里本没有桌子，但他特意给她从屋子里搬了一张出来。

突然感觉到自己搭在椅子上的手被人握住，温温热热的，带着她熟悉的温度。卢枝侧头，抬眸看他，微风裹挟着他身上淡淡的清香。

"怎么了？"她问。

只见江为拉过一把椅子，在她身边坐下，依旧握着她的手，没有松开。

"顾盛嫌我动作慢，把我赶到这边了，他说自己一个人就行。"

卢枝闻言，看向正在烤肉的顾盛，与刚刚不同的是，在一旁帮忙的人变成了宋初。

不知道顾盛说了什么，宋初抬脚轻轻踢了他一下，明明不是什么很大的力气，他却龇牙咧嘴。两个人互相看了对方一眼，然后双双笑了。

并排坐着的卢枝和江为看见这一幕，对视一眼，彼此都明白了对方的意思。

这天晚上，身体原因卢枝吃的烤肉并不是很多，倒是吃了不少江为亲自切的水果。趁着他收拾东西的时候，她参观了一下他的卧室，当然，经过了卧室主人的允许。

他的卧室和她想象中的一样，主色调是黑白灰，没有什么特别出挑的颜色，房间里面陈设简单，就是床、书架、书桌、衣柜，书架上有一个相框，里面是一张一家三口的照片，看样子，应该是江为高中的时候拍的。照片中的江为穿着一身蓝白相间的高中校服，站在一对夫妻中间，搭着他们的肩膀，看起来关系颇为亲密。

卢枝知道，照片中的这对夫妻，就是江为的父母。

原来和爸妈站在一起拍照是这个样子啊。

她不禁伸手，在照片中江为的脸上轻轻摸了摸，眼神温柔，仿佛想要感受一下他当时的心情。

房间门没关，江为一进来便看见了卢枝的动作。

"这是我高中开学第一天在学校门口拍的。"江为不知不觉站在了她身后，看着那照片，缓缓地开口道。

"嗯，能看出来。"卢枝说着话，眼神却还停留在照片上，似乎是在自言自语，"我从来都没有拍过这样的照片。"

她好像自始至终都是自己一个人。

江为知道她这话是什么意思。他叹了一口气，道："现在我在你身边。"他握住她微凉的手，"你一直都不是自己一个人。"

她的身边有她最好的朋友宋初，也还有他。他会一直陪在她身边。

"江为。"

"嗯？"

"你怎么对我这么好？"

"因为你是我的女朋友。"江为笑着说，"我当然会对你好。"

"一直对你好。"这句话很轻很轻，好像是在说给自己听。看似再普通不过的一句话，在江为这里，却是他对卢枝的承诺。

江为握着的手微微收紧。

他知道，以他们现在的年龄说承诺太草率。其实一句承诺谁都说得出口，但真正做到却很难。在往后的日子里，他会用行动来证明。

顾盛不知道从什么地方弄来了一些仙女棒，仗着江为家的院子大就肆无忌惮起来，和宋初一人捧着一大堆，放在院子里的桌子上。

"老江！卢枝！你俩在上面干什么呢？快下来！"

外面传来顾盛咋咋呼呼的声音。

卢枝和江为走到阳台，扶着栏杆朝院子看去。

"你们从哪里弄的仙女棒？"卢枝惊讶地问道。

她很久都没有见过这种东西了，记得上次还是在刚上高中的时候。

江为从顾盛手里抢过唯一的打火机，帮卢枝点燃。打火机的火苗一接触到仙女棒，瞬间绽开，随着"吱吱"的声响，卢枝看见自己手中绽放开耀眼的火花。

江为站在她对面，两个人隔着火花四射的仙女棒，在朦胧中看着彼此的脸。

卢枝突然眼眶一酸，笑了。她本不爱这个世界，但她突然发现了，这个世界上还有值得她留恋的人。

…………

后来顾盛回了江城，卢枝依旧喜欢窝在家里看电影，除了宋初经常来投喂她，江为也几乎大部分时间都待在卢枝家。

所有的事情好像都在朝着好的方向发展。

一切都很好。

9月初，海大开学。

一届新人换旧人。学校里里外外都是来报到的新生，一个个都拖着行李箱，朝气蓬勃，带着对未来的无限期待和憧憬，踏入海大的校门。

卢枝一身清凉的装扮，背着一个只能装下手机的斜挎小包，手中捧着冰果茶，提着两个行李箱的江为跟在她身旁。

两人穿过人山人海的学校大门，迎来了新的学期。

9月份的海大很热闹，开学典礼、新生军训、迎新晚会，一个接着一个。卢枝并不是一个喜欢凑热闹的人，但刚刚开学这段日子江为很忙，陪她的时间不多，所以她经常一个人去操场上看新生军训。

骄阳似火，操场上密密麻麻的都是人，那些新生明明刚开学时还朝气蓬勃，一到军训就蔫了，个个垂头丧气，双眼无神，满头大汗，无一幸免。

卢枝没有参加过军训，大概是不能感同身受了，但其中的痛苦，倒是听过。

　　因为新生开学，她已经有半个月没进过学校的任何一个食堂了，不是订外卖，就是江为打包好给她送来，或者是出去吃。她无法做到和新生抢饭吃，因为她最讨厌的就是排队，简直是噩梦。

　　开学热潮过去之后，学校各个地方便看不见身穿迷彩服的身影了。卢枝的生活还是和之前一样，吃药，上课，睡觉，吃喝玩乐，还有陪江为。

　　新生军训之后的第一个周六，学校东门那儿有乐队表演。江为牵着卢枝来到演出场地时，一首歌已经结束了。

　　学校东门靠海，不远处就是沙滩和一望无际的大海，连着天。傍晚的时候，快要落下去的太阳还稍稍地留了一个尾巴，海天相接处散发着橙红色的光。

　　远处的沙滩上，一个推着推车的大爷在卖冰糖葫芦，夕阳映在他的身上，只能看见一个黑色的身影。

　　乐队成员们将乐器随便摆放在马路牙子上，贝斯手、键盘手、鼓手、主唱，一个乐队该有的配置倒是都不少。周边围绕着不少学生，大多是来凑热闹的。

　　当江为牵着卢枝走近时，乐队已经换了一首歌，是周杰伦的《七里香》。周杰伦的歌百听不厌，无论哪一首，拿出来都是青春的感觉。

　　整个乐队的成员都很低调，即使这样，卢枝还是注意到了那个主唱，穿着黑色的短袖和长裤，寸头，头上有一道疤。这道疤很引人注意，看起来是一个有故事的人。

　　这个不知名的乐队将《七里香》以另一种形式呈现了出来。围观的人似乎都被这气氛感染了，一起跟着唱了起来。到了歌曲的副歌部分，有意无意中，隐隐约约地，卢枝好像听见江为在跟着哼唱。

　　声音不大，很小，很低沉，那些不甚清晰的音节好像都粘在了一起，游荡在跑调的边缘，却意外地很有感觉。

　　"雨下整夜，我的爱溢出就像雨水，院子落叶，跟我的思念厚厚一叠，几句是非，也无法将我的热情冷却，你出现在我诗的每一页。"

　　卢枝侧头看了他一眼，只见他的眼神依旧停留在乐队上，那几句不自觉的轻哼，似乎连自己都没注意到。

　　两人围观了一会儿就离开了。

不远处有一个卖花的摊位，江为注意到有向日葵，便买了一束。卢枝一路上都抱在怀里，心满意足。牛皮纸包裹着简单的黄色向日葵，在茫茫夜色中一点儿都不暗淡，格外显眼。就像卢枝一样，在黑夜中依旧发着光。

　　像往常一样，江为将她送回宿舍。从学校东门回宿舍的路上会经过一个小花园，这里是很多情侣晚上约会的必选之处，他们坐在花园的长椅上你侬我侬，卿卿我我。

　　卢枝握着江为的手紧了紧。

　　"怎么了？"他低头看她。

　　"时间还早，我们在这里坐一会儿吧。"

　　今天是周六，这会儿正是晚上七八点的时间，花园的长椅上还没有人。

　　"好。"江为自然同意。

　　两个人坐在长椅上，卢枝单手抱着江为的一只胳膊，头靠在他肩膀上，轻轻地蹭着。两人有一搭没一搭地说着话。

　　卢枝眼睛微微闭着，感受着这夏日夜晚难得的微风。

　　隐约间，似乎听见了什么声音，她皱了皱眉，缓缓地睁开眼睛。

　　这边有两排长椅，东、西边各一排，隔得不近，中间是一个长满了杂草和野花的小花坛。远远看过去，对面一排的长椅上好像坐着人，应该是一对小情侣。距离稍稍有些远，看不清他们在做什么。

　　这边只有一盏路灯，在入口处的小路上。隐隐约约地，她好像看见那对小情侣慢慢地将头凑在了一起，发出窸窸窣窣的声音。

　　她一下明白了他们是在做什么，挽着江为的手顿了顿，突然想起那天宋初和她的对话。

　　宋初问她："你俩进行到哪一步了？"

　　"什么哪一步？"她装傻。

　　"你知道我问的是什么意思。"

　　"没哪一步。"她觉得自己和江为之间的事情，有些不好意思说与他人听。认识这么多年，明明从未在宋初面前忸怩过，谈恋爱之后竟然还变得矜持起来了。

　　"就……抱一抱……"

　　"抱一抱？"宋初有些惊讶。

　　"怎么，还不让抱啊？"

"不是……"宋初有些无语。

他俩就抱一抱？没别的？

"你俩可真是……纯情啊……"宋初已经不知道该用什么词来形容这两人了，交往也有一段时间了，就只抱？效率也太低了吧，最起码也得……亲一亲吧……

卢枝起初以为是嫌她和江为进展太快，没想到竟是嫌弃他们亲都没亲过。

"他也不主动啊，总不能我主动吧。"她觉得自己有点儿无辜。

"你怎么就不能主动了？"宋初觉得这种事不存在谁先主动。

当时的谈话言犹在耳，卢枝侧头看去，巧的是她看的人也在看她。两人四目相对，彼此眼中想的什么，很容易看出来。

卢枝看到江为略显仓皇地躲开她的视线，轻笑一声，缓缓地开口道："江为，你想亲我吗？"

"我……"江为刚想要说些什么，就被她手疾眼快地捂住了嘴。纤细柔软的手就这么贴在他唇边，一股茉莉花香在他鼻腔中散开。

卢枝微凉的手和江为温热的嘴唇相触，像是被烫了似的，她下意识地想要将手缩回，却被江为按了回去。

似乎听到一声轻笑，卢枝感觉自己手心中江为的嘴唇微微动作，随后便听见他说："想。"

怎么不想呢？怎么会不想？但是重来一回的他总是小心翼翼，怕她不开心。

他是想亲她的啊。卢枝心念一动。

隔着她的手，卢枝直直地就吻在了自己手背上。两人鼻尖相贴，四目相对，彼此呼吸交缠。即使是一个简单的隔手吻，也让她有些晕了。他的呼吸像是迷药，让她在他构建的世界里浮沉。他的眼神似乎会勾人一般，让她深陷其中，无法自拔。

卢枝觉得自己应该是晕了，所以才鬼使神差地将按在他唇上的手拿了下来。江为也被搞蒙了，一瞬间手失了力。

两人之间再没有任何阻碍。

江为感觉到了，卢枝的唇是甜丝丝的水蜜桃味儿，夹杂着她身上淡淡的茉莉花香。他按住她的肩膀，将她彻底扣在怀中，逐渐深入……

他想，他大概是疯了。

因为那天晚上卢枝的主动，两人之间的关系更加亲密了，至少江为不会再像之前那样小心翼翼。不过大多时候还是卢枝主动，主动要抱，要亲，江为乐在其中。

时间一天一天过去。都说物极必反，却没有想到竟会来得这么快。

那天是一个周末，卢枝在家，睡了午觉之后准备起床化妆。晚上他们四人组约好了一起吃饭、看电影，等会儿江为会来接她。

此时时间尚早，她半躺在沙发上，随便刷着手机。她之前从来都不看学校论坛，但和顾盛认识的时间久了，在影响之下，闲来无事也会看一下，消磨时间。但没有想到的是，她竟看见了两个和自己有关的帖子，还是今天才发的。第一个——

标题：真的，卢枝和江为也太高调了吧！

里面的内容并不长，卢枝大致浏览了一下，大约是在说她和江为行事高调，处处都能看见他俩的影子。

她仔细想了一下，高调吗？

他们之间的相处模式和普通情侣一样，并没有什么特别的，她陪着男朋友上课，他们一起吃饭，抱抱亲亲，这很高调吗？

卢枝不明白。

当然了，心理正常的人自然也是这样想的。

"没什么吧，人家情侣之间的事情，怎么还轮得上外人管了？"

"大概是嫉妒，毕竟郎才女貌。"

"对啊，情侣之间亲密一点儿也没什么啊，至于这样苛刻吗？"

"散了散了，楼主纯属是没事找事。"

…………

这个帖子没掀起什么大浪，但第二个就不是了——

标题：扒一扒法学院卢枝

简单粗暴，直接明了，但点击量、浏览量和讨论量很高，已经有了"hot"的标志。

卢枝看着这个标题，心中突然涌现出了一种不祥的预感，总觉得事情没有那么简单。

果不其然，她点进这个帖子之后，仅仅看了几眼，就愣住了。洋洋洒洒上千字，字字句句完全不提她的名字，但人人都知道文中的"她"就是自己。

这篇文章的作者很会引诱人心，每一个桥段都把握得恰到好处，先是第一段用江为和卢枝的恋情，吸引了众多"吃瓜"群众的目光，随后是大篇幅地揭露了卢枝那所谓的不为人知的"另一面"。

说她整天不务正业，在法学院那种地方整天逃课还不被挂科，期末考试直接不去，结果新学期开学法学院竟然给了她补考的机会，完全不合规定。这个后门开得实在太明显了，这对所有法学院的同学不公平。

然后就说到了卢枝的身体情况上，说她得了难以医治的病，所以军训的时候才会独自一人在树下休息。具体病情不方便多说，反正不是什么能治好的。

最后又绕回到二人的恋情上，说她隐瞒自己的病情属于欺骗行为，或许江为根本就不知道她得了病，她是故意的，一个有病的人还去拖累人家。

这个帖子长篇大论地列举了两人不合适的点，字字句句，真情实感。

卢枝一字不落地看完了，整个人像是置于冰窖之中，从头到脚，寒冷刺骨。

这篇文章说得并没有错，她确实经常逃课，但每次都是控制在一定范围内，她去上课的次数并不少，只是去得晚、走得早罢了。

至于期末考试，成绩都是她凭自己的本事考出来的，补考是因为她提前提交了延期考试资格的申请。

当然，有几个老师确实知道她的身体情况，有时候对她也有所宽容，但远远未到走后门的程度。

至于她的病，确实没有告诉江为实情。他知道她身体不好，知道她生了病，知道她的病有些严重，也知道是心脏方面的。但好像她从来都没有明确告诉过江为自己的病情到了什么程度。

这确实是她的私心。

时间好像在此刻暂停，卢枝脑海中一片空白，恍恍惚惚。突然，她浮现出一个想法，没有再犹豫，穿上外套就夺门而出，连手机都忘了拿。

外面已经开始下雪，雪花纷纷扬扬地从空中落下。这是今年冬天的初雪。

她走得匆忙，帽子、围巾都没有戴，走到一半的时候，就已经浑身上下冻得发抖。但此刻她却无心在意这些，一心只想到江为家，去找他。

　　雪天路滑，卢枝一不小心摔倒了，膝盖重重地磕了下去，冰冷的路面、薄薄的裤子，以及瞬间渗透到身体各处的冰凉让她瞬间清醒。卢枝好像被冻住了似的，一下子有些起不来了。

　　她呼吸渐渐有些急促，喘不过气。卢枝有些慌了，她在地上坐了一会儿，才勉强好了些，但脸依旧白得像一张纸，没有一丝血色。

　　从小到大她深知一个道理，摔倒了必须自己爬起来，她也一直是这样做的。但是现在，在这个冬日初雪的日子里，她摔倒了，却好像爬不起来了。

　　可是，她心里装着一个人，所以即使再怎么疼，她也挣扎着站起来了，因为还有人在等她。

　　等到了江为家门口，她却犹豫了。里面亮着灯，她知道他在，但所有的勇气都好像在刚刚用完了，她不敢敲门了。面对喜欢的人，自己任何难以言说的问题都不想在他面前暴露。

　　她总是会忍不住地想：他会介意吗？

　　她知道他不会，因为他是一个很温柔、很善良的人，但她还是没有勇气。

　　正和宋初在一起的顾盛也看到了那个帖子。对于卢枝生病这件事，他并没有多在意，他也知道。让他生气的是，发这个帖子的人说话实在不好听。

　　宋初看完的第一个反应则是"不好"。她知道对卢枝来说，生病这件事被曝光不算什么，已经发生过很多次了，但这次似乎有些不一样，因为牵扯到了江为。

　　卢枝把江为看得太重了，所以一直没有说过自己的病。可能她有想过他知道，但一直不愿面对，从未和他好好沟通。这是她的心理阴影。

　　卢枝也怕，她怕江为离开她。

　　宋初没停顿，直接给卢枝打了电话，没有人接。连续打了三个之后她也没了耐心，又给江为拨去。

　　不到一分钟的时间里，宋初就已经将事情简单地告知了，虽然语气慌乱，但是好在言语逻辑通顺，江为很快就明白了她的意思。

　　门打开的瞬间，风卷着雪花落了进来，落在地上，又瞬间化开。而下一秒，他就看见了蹲在自己家门口的卢枝——

她小小的一只，头低得很低，几乎要埋进膝盖里，身上落了一层雪，昏暗的灯光打在她身上。

江为心突然抽痛了一下，对还在通话中的手机缓缓开口道："她在我这里。"说完便挂断了。

他下意识放轻脚步，似乎怕吓到她，一步一步走到她面前。卢枝大脑一片混乱，隐隐约约听见脚步声，浑身一怔。

这个声音她太熟悉了。

她不敢抬头，但是身体下意识的行为，却让她缓缓地抬起了头。她看见了她面前踩在雪中的鞋子，再顺着往上，看见了江为。

他也在看她。

江为没有问发生了什么，只是眉头紧蹙，弯下腰，一只手穿过她的膝盖，另一只手搂住她的腰，把她从雪地里抱了起来，回了家。

屋子里很暖和，刚一进来，落在卢枝身上的雪便融了。江为一直没有说话，只是默默地帮她把外套脱了下来，然后拿了一条毛茸茸的毯子，将她整个人都包了进去。做完这些，他转身去厨房倒了杯热水。

卢枝看着一声不吭，却处处为她忙碌的江为，张开嘴巴想要说些什么，却还是什么话都说不出来。

"男朋友……"她哑着声音，将已经回暖过来的双手从毯子里面伸了出来，朝江为伸出手，"抱抱……"

卢枝现在的眼神实在可怜，江为不忍心，似是轻轻叹了一口气，在她身边坐下，缓缓地将人抱进怀中。

被拥住的一瞬间，卢枝收紧了自己的手臂，她很缺乏安全感，用这种方式似乎可以证明江为还在她的身边。她仿佛用尽了全身的力气，来感知他的存在。

不知道抱了多久，卢枝埋在江为的颈窝里，感受着他身上的温度，缓缓地开口道："男朋友，你生气了吗？"声音闷闷的。

她并不清楚江为有没有看到那个帖子，心里总是七上八下的，但又不知道怎么问。

"嗯。"

她心里"咯噔"一下，果然……

"我不是故意不告诉你的，我……"

卢枝心急了，想要解释，但话还没说出口，就被江为打断了——

"我生气天这么冷你就这么跑出来了？

"帽子没戴，围巾也没有。

"你知不知道现在室外是多少度？

"我在门口看见你的时候，你脸色煞白你知道吗？

"你是要气死我吗？"

激动的声音中夹杂着一丝颤抖。失去她这件事，他不想要再感受一遍。

刚刚开门看见人的一瞬间，江为心里的火气就上来了，她是不知道冷吗？他很生气，又很心疼，所以才一直没有和她说话。

卢枝没有想到他是因为这个才生气，蒙了一瞬，但很快就反应过来，抱着江为的手更紧了。

"对不起啊，男朋友，我出来得着急，没顾得上。"说着，她在江为的脖颈间蹭了蹭。

"下次不许这样了。"江为也没有真想和她计较这些，只是看到她冻得手和脸蛋通红的样子就心疼，她一点儿都不知道照顾自己。

他们就这样静静地抱着，谁都没有再说话，像是永远都抱不够，一直没有分开。直到脚边传来毛茸茸的触感，两人才回过神来。

卢枝低头看了一眼脚下的七七，才想起来还有正事没和江为说，她重新趴到了他的肩膀上，蹭了蹭。

"我有一件很重要的事情要告诉你。"也没管对方说没说话，想不想听，她自顾自就说了起来。

故事要从什么时候说起呢？卢枝都已经快要忘记了。

她从一出生就住在一条巷子里，街坊邻居很多。从记事起，她就知道自己身体不好，整天整天地往医院跑，学校里也经常请假，老师对她也关照甚多。稍稍长了几岁后，知道父母关系不好，天天吵架。

后来父母做了生意，家里搬进了高档小区，她也有了花不完的零花钱，但他们之间的关系好像变得更加糟糕了。

然后他们在她中考结束、进入高中之前的那个夏天和平离婚了。谁都不要她，因为她生病了，永远都治不好的那种，而且他们以后也会各自组建新的家庭。于他们来说，她只是个累赘罢了。

她没哭也没闹，很平静地接受了。然后那个大房子里，只剩下了自己一人，还有每个月都花不完的钱。

那对不称职的父母，双双再婚生子，好像完全将她忘记了，大概只有每年那几次的汇款，是他们证明她还活着的证据。

"我的病是从小就有的，治不好。"

"先天性心脏病，室间隔缺损，缺损较大，基本没有自愈的可能。"

卢枝趴在江为的肩头，缓缓地说出了这句话，然后便一动不动，仿佛是在等他的回答。像被审判的犯人等待着最后的结果。

片刻后，江为发出一声轻轻的叹息，吓得卢枝一抖。直到江为缓缓地拍了拍她的背。她太瘦了，他完全不敢使力，只得用自己最轻的力道安慰着她。即使再怎么心疼，此刻最重要的还是安慰她。

"我没有生气……"每说一个字，江为都觉得自己的心像是被一刀一刀地凌迟，每一刀下去都会带出鲜红的血，"我只是……只是在想，我现在去买杯奶茶还来不来得及？毕竟，我真的不知道应该怎样安慰我的女朋友。"

卢枝怔了怔，似乎完全没想到他会是这样的反应，但回头仔细一想，江为就是这么好的一个人。她眼眶一酸，眼中的泪悄无声息地流了下来。她没有发出任何抽泣的声音，只是在默默地流泪。

江为太了解卢枝了，抚在她背后的手缓缓地挪了位置，扶着她的肩膀转动身子，两个人面对着面。看见卢枝眼角的泪时，江为没有犹豫地凑近她，将那滴泪水轻吻了去。他小心翼翼，动作轻柔，语气倒是难得的严肃认真：

"那些都不是你能决定的。

"生病，家庭，所有这一切，都不是你能决定的。你没有任何错，你是所有事件之中最无辜的一个。

"我不知道是什么让你产生这种错觉，觉得我会生气。

"我怎么会生气？

"枝枝，我们彼此相爱。

"除此之外，其他任何都不足以成为我们两个人之间的阻碍。

"你没有必要去在意别人说什么，那些人只会躲在网络背后指指点点，就像跳梁的小丑。一旦暴露在阳光之下，他们就会无所遁形，然后仓皇而逃，而我们依旧过着自己的生活。

"你不需要在意别人是怎么评价的，那是他们的言论自由，我们无法阻止，无法干涉，无法左右。我们不赞同他们的言论和行为，但那是他们的事情，我们只需要顾好自己。

"我的家庭很简单，父母算是科研工作者，一年也见不到几回，他们从来都不干涉我的任何决定，尤其是另一半这种事情，更不会插手。所以，那些外界的声音，都不足以让你有任何顾虑，你只需要知道，我在你的身边。

"你只需要相信我。"

"嗯。"卢枝看着江为，机械性地眨了眨眼睛，睫毛忽闪忽闪的，努力将眼泪憋了回去。

"好。"她轻声道。

两个人窝在沙发上，卢枝盘腿坐着，身上盖着毛毯，软塌塌地靠着江为，整张脸都埋在了他怀里。江为也任由她这种缩头乌龟的行为，只是手有一搭没一搭地捋着她的长发。

"江为。"

"嗯？"

"江为。"

"嗯。"

"江为。"

"我在。"

一室的寂静。

"枝枝。"

"嗯？"

"枝枝。"

"嗯。"

"枝枝。"

"我也在啦！"

就像是林俊杰歌里唱的那一句，"有一种踏实，当你口中喊我名字"。

在喊出你名字的那一刻，正是我最踏实的时候；当你回应我，我才感受到身边的一切都是稳定的。

这天卢枝没有回家，而是在江为这里住了一晚。在情绪稳定之后，她给宋初回了电话。宋初一直在担心她，但她出门匆忙，忘了带手机，只能用江为的手机打过去。宋初得知之后也没多说什么，只是叮嘱江为好好照顾她。

一夜无梦，这大概是卢枝睡得最安稳的一觉了。第二天清晨从江为的床上醒来，阳光透过窗纱洒进卧室，卢枝微微侧头，半埋进枕头里，深吸一口气，鼻腔里全部都是江为的味道。等她收拾好出去的时候，早餐已经准备好了。

江为昨晚是在客房睡的。

卢枝"嗒嗒嗒"地从楼上下来，没穿鞋，光着脚，一双白生生的脚丫踩在木地板上。她穿着江为的家居服，衣服实在太大了，裤腿和袖子那儿挽了好几道才堪堪露出脚踝和手腕。

"早餐做好了啊！"她凑到江为身边，没看桌上的早餐，白嫩的手臂从空荡荡的衣袖里直直地伸向他，抓住他的衣领，将人拉到自己面前，然后在他侧脸上亲了一口，发出响亮的一声。

江为顺势搂住卢枝的细腰，将她整个人都扣在了自己怀里，两个人贴在一起。

"不够。"

"什么？"

"再亲一下。"

"干吗？"

"亲一下。"

卢枝心念一动，原本准备落在江为侧脸上的吻突然改变了方向，直直地落在了他的薄唇上。

一时间，两个人呼吸交错。

江为这次没有放过卢枝，扣着她腰的手骤然收紧，亲吻如同狂风暴雨般而来，完全没有给她任何反应的机会。卢枝根本招架不住，沉溺在他带来的温柔中，无法自拔。

江为倒是也没过分，很快便放开了她，掐着她的腰将人提了起来，放到椅子上。看到卢枝老老实实地吃着早餐，他无声地笑了笑。果然，亲一下就老实了。

吃完饭之后，卢枝突然开口道："男朋友。"

"嗯？"

"你陪我去个地方吧？"

"好。"

卢枝带江为去了一家文身店。店很低调，在一条小巷子里，也没有特意取店名，只在门口上挂着一个摇摇欲坠的牌子，上面用黑色的笔写着两个大字——"文身"。

店很小，但里面五脏俱全，只有一个文身师，应该就是老板了。

卢枝简单说明了诉求，他们要文一个情侣文身，在手腕上，要求图案简单。

老板对于这种成双成对来的已经习惯了，但还是忍不住开口问："你们可得想好了，这可是将彼此的名字文在了身上。要是有什么意外情况发生，这可不是轻易就能洗掉的。"

很多情侣来文身都特别草率，处于热恋期的人最容易头脑一热，但是等到了分手那一天就后悔了。

出于职业道德，老板还是忍不住提醒。

卢枝没有在意这话，而是转头朝江为说了一句：

"我们会一直在一起。"

论坛上的那个帖子还在不停发酵。或许是嫉妒心作祟，或许是现在的人都太无聊，喜欢多管闲事，所以他们躲在网络的另一边疯狂叫嚣着，肆意散布着充满恶意的言论，不管真相是什么，他们只想相信自己所相信的。

同时，帖子讨论的重点也从卢枝的背景，转移到了她和江为的恋情上。

"卢枝配不上江为吧。"

"这个倒是没有错，除了脸，其他的确实配不上。"

"江为是怎么看上卢枝的？"

"或许就是脸吧，江为也是一个看脸的人。"

甚至有人列举了十点两人不般配的地方。

最终这场闹剧在江为出手后，被炒到了热度巅峰。其实也不算是澄清什么，他只是破天荒地发了一个朋友圈。

江为的微信里加了不少人，大多是同学。他一般很少发朋友圈，往前翻一翻，也基本是转发文章之类的。除了 2018 年 6 月 5 日那天，他破天荒地在深夜发了一个向日葵的表情，就再没有其他。

这段时间江为在学校论坛上本就是名人，有很多人在盯着。所以这条朋友圈一经发出，不少看见的人都纷纷截图发到了论坛上。

是一张照片。

照片中的两只手掌心朝上，十指交叉，暧昧丛生。很明显，这分别是男生和女生的手。男生的手骨节分明，青筋显露；女生的手纤细白皙，微微泛着淡粉色。更明显的是两个手腕处的文身——

Lu Zhi。

Jiang Wei。

卢枝。

江为。

字体飘逸，即使凌乱也能看清是他们两人名字的拼音。他们彼此将对方的名字文在了自己手腕上。没有什么花里胡哨的设计和颜色，只是简单的名字。

两个名字的拼音最后一个字母都是"i"，文身师将上面那一点改成了爱心的形状，里面填充了红色。

江为配了一句话：She said we would always be together.

她说我们会一直在一起。

论坛上顿时沸腾了，但大多是不好的声音。

"江为发这个，看来是真爱啊！"

"他知道卢枝是什么样的人吗？"

"还一直在一起呢，卢枝毕竟是个病秧子，这个能实现吗？"

"我看江为是昏了头了。看着也不是什么不聪明的人啊，及时止损不明白吗？"

"卢枝到底有什么好的？不学无术，整天吃喝玩乐，竟然能让江为这么死心塌地？"

"像卢枝这样的人，就不配找男朋友，自己一个人不是挺好的吗？何必拖累别人？"

其中也夹杂着一些中立的言论——

"说话不要这么难听，再怎么样都是别人的事情。"

"那些匿名的，你们就是看不惯别人谈恋爱吧，就算他俩分了，也轮不上你们啊！"

"卢枝这是得罪了谁？"

"各位三思而后行吧。"

"天，怎么回事？"

"能别吵了吗？你们是哪儿来的那么多时间管别人的闲事？"

江为这一次也算是变相地通过别人的手表达了自己的意思。但不少人还是不依不饶，不知道的还以为这些人都是他的朋友，处处为他"着想"。

宋初一直在围观，一度想要直接和那些人理论，但都被顾盛拦住了。在论坛上对骂完全没用，纯属浪费时间，不如想一想如何去澄清这件事，以及如何让这个莫名其妙的帖子消失掉。

这件事影响不小，涉及了法学院内部补考安排事宜，在联系到当事人，并进行了短暂的谈话之后，法学院就此次事件进行了回复。

首先便是澄清了卢枝是否走后门。法学院将卢枝之前的成绩单以及到课率的统计图直接发了出来。从图中可以很明显地看出，卢枝到课率不高，大多是卡着线飘过的，但这个百分比完全在合格的要求范围之内。

至于成绩，就更加一目了然，每一科大多在七十分以上，零星有几个六十几分的。

在拥有众多学霸的法学院中，卢枝确实算不上优秀，甚至有些拖后腿，但也从来没有挂过科。至于补考，法学院也直接展示了当时她延期考试的申请，在原因那一栏打上了马赛克，保护了她的个人隐私。

没有任何偏袒的意思，拿证据说话，完全公正透明，证明了卢枝的清白。

最后，在法学院的声明中有这么一段话：

"群众从未渴求过真理，他们对不合口味的证据视而不见。假如谬误对他们有诱惑力，他们更愿意崇拜谬误。谁向他们提供幻觉，谁就可以轻易地成为他们的主人。谁摧毁他们的幻觉，谁就会成为他们的牺牲品。"

这句话引自法国社会心理学家古斯塔夫·勒庞的《乌合之众》，学过心理学的都读过这本书。

这条声明一出，那些疯狂叫嚣的人一时间统统闭上了嘴。

后来学校也曾问过卢枝，是否要找出背后诋毁她的人，毕竟每个人都要为自己做过的事情付出代价。

　　卢枝拒绝了。算了，何必不依不饶。

　　这只是第一次，如果再有下一次，她会让他们付出代价。

　　再后来，学校论坛上的相关帖子也被管理员删掉，讨论的人渐渐越来越少，后来就很少再有人提起了。

　　时间可以冲淡一切，让人忘记一切。

　　卢枝和江为在学校里被人提及的次数也逐渐减少。即使再有人遇见他们，也没有了之前的打量和讨论，就好像是普通的学生一样。但所有人都忽略了一点，他们本来就是万千学子中普通的两个罢了，并没有什么特别。

　　但在一个阳光明媚的午后，卢枝正靠在江为的肩膀上睡觉，他放在桌子上的手机突然振动了一下。

　　江为收到了一条陌生手机号发来的短信，手机号的归属地是海城，但他确定自己没见过这个号。内容只有短短的一行字——我不会祝福你们的。

　　江为看了一眼便删除了这条莫名其妙的短信。毕竟谁会在意一个陌生人是否祝福自己？无所谓。而且他的小姑娘情绪比较敏感，他不想让她看到心里不舒服。

　　卢枝和江为之间依旧，并没有受到那件事情的影响，女生宿舍楼下还是经常能看见他拎着早餐等人的身影。他们互相陪着对方上课，数院和法学院的每一处都留下了两人的足迹。

　　法学院卢枝和数院江为。

　　他们的故事可能不被后来的海大学子熟知，可在那个寒冷的冬天，江为的一条朋友圈在学校里又传开了。

　　那一天下了很大的雪，白雪覆盖了整个海城，到处白茫茫一片。江为发了一张图片，是一张朋友圈的截图，但从头像可以看出，并不是他的。

　　江为给那个人的备注是"我的小姑娘"，头像是一幅油画像—— 一束枯萎的向日葵。谁都能认出这是卢枝的朋友圈，她发了两张照片—— 一张是在雪地中，江为牵着卢枝那戴着毛茸茸手套的手；另一张是她拿着一串冰糖葫芦。配文：今年的糖葫芦，被江同学承包啦！

江为截图，然后发在了自己的朋友圈里，配的字是：这辈子的糖葫芦都被我承包了。

他们不需要人人称道的爱情，不需要得到别人的祝福。他们需要的只是彼此。

你在我的身边，便是爱情最好的样子。

过了年后，卢枝病情反复，虽然不需要住院，但还是逃不了经常往那儿跑。自从上次两人把话说开，陪着她去医院的也变成了江为。

年后的医院人不算多，比之前熙熙攘攘的情况好了不少。卢枝穿着一件中长款的深棕色羊羔绒外套，双手插在口袋里，站在医院小花园的树下，时不时跺跺脚。

现在刚刚开春，树上的叶子还没长起来，树枝光秃秃的。冷风呼呼地从卢枝的领口灌进去，让她忍不住打了个寒战。

口袋里突然传来一阵振动，卢枝缩着手将手机拿了出来。

"什么事？"她一边说着话，一边看着医院大门的方向，不停地将半露在外面的手往袖子里缩。

"今天你不是要去医院吗？"电话那头传来宋初的声音。

"是啊。"

"你已经到了？"宋初听见了卢枝那边传来的风声，以及救护车的声音。

"是啊。"

"怎么没叫我？"

"江为陪我来的。"她当然不是一个人来的，她有人陪。

听到这里，宋初才放下心来。想想也是，卢枝怎么会自己一个人去医院？

"行吧。那明天一起吃个饭，我们好久没一起吃饭了。"

"好。"

卢枝刚挂断电话，就看见了那道身影，他手中拎着一杯奶茶和一袋糖炒栗子。迫不及待地，她一看见江为就朝着他小跑过去，然后完全没有给对方任何说话的机会，直接撞进他怀中，像是撒娇一般地往他胸口上蹭。

"男朋友……"她声音小小的、闷闷的。

"嗯？"江为伸手摸了摸她的头顶。

"我是不是太任性了？天气这么冷，还让你去给我买奶茶和糖炒栗子。"卢枝自知最近这段时间确实有点儿任性了，总是使唤江为给她干这干那，多少有点儿恃宠而骄的意思。

"不是应该的吗？你是我的女朋友。"江为轻笑道，胸腔的振动通过衣服传到了卢枝的耳朵里。

"我这算是恃宠而骄吗？"她忍不住问道。

"我宠的，我愿意。"

来医院前，卢枝就已经预约好了，很快就轮到了她。一系列检查的程序下来，江为都寸步不离地陪在她身边。

病情还是老样子，医生也还是老一套的叮嘱，又给卢枝开了药。

拿完药两人就回家了。

刚刚过去的一整个冬天，卢枝都喜欢待在江为家，她那个冷冰冰的房子，待着让人感到窒息。她只好逃出来，逃到有江为的地方，逃到那个海边小洋房。

她很喜欢这里。

江为也宠她，她喜欢，便纵着她住过来，还把主卧也让了出去，自己则睡在次卧。

回家的路上，两人顺道去超市买了点儿菜。到家之后江为先洗了袋水果，切成小块给卢枝放在客厅的茶几上，然后便开始准备做饭。

"小朋友不能进厨房，油烟味重。自己乖乖地待在沙发上，有什么事情叫我。"

"好！"卢枝换了件宽松的家居服，缩在沙发上，旁边趴着七七。她一边看电影，一边吃水果。

片刻后，不知是想起了什么，她在沙发上扑腾了一圈，伸着脖子朝厨房喊："男朋友，帮我拿瓶酸奶！"

厨房里的江为刚刚挽好袖子准备切菜，就听见了客厅传来的声音。他放下手中的菜刀，打开冰箱拿了一瓶酸奶。

"酸奶是凉的，你放一会儿再喝。"

"知道了，知道了。"卢枝敷衍道。

江为无奈摇头。

等他回到厨房继续的时候，卢枝悄悄伸头看了一眼。现在正是傍晚，天色微暗，夕阳透过厨房的窗户洒进屋子，落在他身上，好像他整个人都沐浴在傍晚的夕阳中。

江为微微低着头，在切菜，他动作有条不紊，一切井然有序。

他一直都是这么温柔的一个人啊，她真是太幸运了。

卢枝这段时间住在江为家，完全掌握了使唤他的秘诀。其实也算不上是秘诀，就是只要她一喊，他每次都会立刻回应。

卢枝懒得动弹，一吃完饭就又回到沙发上窝着，摸着七七，看着电影。江为收拾完之后，拿着一个盒子下楼来。卢枝被电影情节吸引住了，没怎么注意，直到江为在她面前蹲下，她才回了神。

她在沙发上半躺着，江为则在一旁蹲着，两人一上一下。

"嗯……"

卢枝心念一动，作恶的双手捧上江为的脸，手腕稍稍用力，往中间一挤。一瞬间，江为那原本抿得直直的嘴唇微微嘟了起来。

他看她的眼神中，带着只有她才能看到的温柔。那些之前她梦寐以求都得不到的、独属于自己一个人的偏爱和温柔，她从江为这里得到了。

从此，她的人生一片晴朗，再也没有乌云蔽日。

江为看着一直托着他脸傻笑的小姑娘，并没有打扰，也没有将贴在他脸上的那双手挪开，而是任由她动作，然后缓缓地伸手，将一直拿着的那个盒子打开。

盒子里是一条链子——细细的玫瑰金蛇骨链，上面坠着一个小小的红色水晶，颜色特别扎眼。

"手链？"卢枝放下一只手，摸了摸那条链子。

"你上次送给我的，我还戴着呢。"说着，她伸出手腕在他眼前晃了晃。

江为没有说话，而是自顾自地拿起那条链子，温热的手掌突然握上卢枝蜷缩在沙发里的脚踝。

卢枝穿着一双毛袜子，她手脚常年发凉，即使屋子里面开足了暖气，也难以焐热。江为下意识地用手焐了焐，想要焐热她的脚。

他微微俯下身，将手中那条链子小心翼翼地戴在了卢枝脚踝上。她的脚踝纤细白皙，像是浸了牛奶般，薄薄的皮肤下是青色的血管。细链子戴上去，大小正合适。

卢枝这才明白过来，江为送给她的不是手链，而是脚链。

脚链有一个含义——拴住今生，系住来世。

男孩子如果给喜欢的女孩子戴上脚链，下辈子还会跟她结缘，冥冥之中他还会找到她。

当天晚上，卢枝的微信朋友圈里又更新了一条动态。是一张照片——纤细的脚踝上戴着一条细细的链子，很小巧精致，白皙的皮肤和红色的水晶形成了鲜明的对比。

配文：他送的。

卢枝的微信里只有几个熟悉的人，朋友圈并没有设置权限。

最先点赞、评论的是宋初：衬你。

随后便是顾盛：老江眼光不错。

顾盛从卢枝的朋友圈里出来之后，便点开了江为的头像。

顾盛：老江，挺会啊，今儿也不是什么节日，还送起礼物来了。

阴阳怪气的，语气中充满了浓浓的"单身狗"嫉妒的味道。

J：送礼物还分时间？想送就送了。

顾盛：你好牛哦。

顾盛：卢枝没送你什么？

J：不用。

顾盛：？

J：她肯当我的女朋友，就是送给我的最好的礼物。

J：她之于我，如获珍宝。

顾盛：不愧是你。

第六章

深裳

时间过得很快，眨眼间几人就升入了大四。

大四这一年，卢枝过得并不平坦。但是幸好，自己喜欢的人和好朋友都在她的身边。对于她来说，这样已经很好了。

心脏病向来是医学难题，室间隔缺损的患者，若是缺损较小，风险还是比较小的。但卢枝的缺损程度达到了中型，8毫米左右。早期她做过手术，但效果不是很好。保守治疗治愈的概率太小了，所以目前住院治疗是最好的办法。

卢枝是在11月7日，也就是立冬那天住进医院的。至于为什么非要选立冬，她是这样解释的："既然早晚要住院，肯定是要选一个比较记得住的日子，就像结婚都要选一个良辰吉日一样。"

在此之前，她已经办好了休学手续。本来不打算办的，能否毕业这件事，对于她来说其实不重要，即使顺利毕业了，她也不会参加工作。以她的身体情况，大概胜任不了任何职位。但宋初执意要求，她便去办了。

卢枝正式住院的那天，顾盛发现了一个问题——宋初和江为似乎对她住院这一套流程很熟悉。

宋初不用说，两人从小一起长大，她陪了卢枝这么多年，了解也很正常；倒是江为，竟然也已经这么熟悉了。

之前并不知道卢枝生病，他当时也只希望自己的好兄弟能和喜欢的女孩子在一起。后来知道了，说心里没有什么想法是假的，偶尔也会觉得他们两个人并不是很合适。虽然相爱，但总有一种走不到底的感觉。

但是站在他的立场上，他又能说什么呢？劝江为好好考虑一下？

江为会听吗？不会。

这毕竟是他们二人之间的事情，感情也是。旁人是插不了手的。

他现在只希望卢枝身体能够康复，这是再好不过的了。

目光捕捉到不远处面不改色，甚至脸上带着笑意的卢枝，顾盛突然感觉到一股悲凉。

他之前看过悲情电影，但那些毕竟没有真正发生在自己身边。此时此刻算是感同身受了，那种由内而外散发出来的、从骨头里渗出来的悲凉。

为卢枝，也为江为。

为他的朋友们。

如果卢枝没有生病，他们应该是他见到过的最完美的情侣了。

卢枝住的是单人病房，有一扇很大的窗户，朝北，正好可以看到海，可以看见海上翻涌的浪花、航行的船只，也可以看见海岸边的沙滩上散步的人。甚至每天清晨的时候，还可以看见太阳慢慢地从海平面露出头来，阳光慢慢地渲染了整片天空。

卢枝从一开始就是在这家医院进行治疗，没有什么别的原因，只是因为医院建在海边，她可以看见海景，甚至不需要出门，站在窗边看着窗外的风景都能令她心旷神怡。

生病已经很痛苦了，她想在一个自己喜欢的环境中接受治疗。

十几年下来，卢枝也是这家医院的常客了，几乎每个科室都有医生认识她，这一次住院，经常有医生过来和她打招呼。

卢枝住院观察治疗，生活完全可以自理，所以不需人照顾。但江为还是几乎每天都待在这里，学校、医院两头跑。

她想吃什么，他一定会给她买来。

卢枝也有和他说过，不用这么紧张，生活还在继续，每个人都应该去做自己的事情，该干吗干吗。

江为这次难得地没有听她的话，别的事情他都无所谓，但这个绝对不可以。他已经多了一辈子的时间，不想再错过。

那段时间，江为的情绪变化很不明显，好像已经坦然接受了这一切，在卢枝面前，他永远是温和且带着笑容的，对她一如既往地温柔体贴，细心照料着。

但谁都不知道的是，江为其实曾崩溃过。

那天他出去给卢枝买奶茶。当他步履匆匆地回到医院，走出电梯，看着面前那漫长的走廊那一刻，一直隐忍压抑着的情绪瞬间崩溃了。

四周洁白一片，走廊长到好像看不见尽头，鼻腔里全都是消毒水的味道。左侧的墙壁上方挂着电子钟，那几个红色的数字在这个环境里格外显眼，好像让人看到的并不是时间的流逝，而是预示着倒数。

他感觉他所珍惜的一切好像都在慢慢地失去，就算再来一次，他还是什么都改变不了。

那种什么都做不了的无力感弥漫全身。

江为眼前突然一片模糊，耳鸣阵阵。恍惚间，似乎有人想要过来扶他，但还未碰到，就被他挡开了。

"我没事。"

江为踉踉跄跄地推开安全门，整个人贴在楼梯间的墙上，大口喘着气，似乎快要呼吸不过来。天旋地转，喉咙间弥漫着淡淡的铁锈味。

昏暗的楼梯间内光线微弱，狭窄逼仄。稀薄的空气压迫着他，挤压着他，江为像是脱力般顺着墙壁缓缓地蹲了下去。但即使身形踉跄，他也将那杯奶茶妥帖地护在了怀里。

如果这个时候恰巧有人经过，会隐约地听见急促的呼吸声和充满了悲伤的叹气，满是绝望。

但是并没有人看到。医院里的每个人都来去匆匆，手里拿着一沓一沓的单子，挂号，缴费，拿药，化验，陪床，根本无暇关注其他。他们心中都装着自己关心的人，为了那个人在奔波。

谁没叹过气？谁没痛哭流涕过？谁没在昏暗无人的角落里崩溃过、无助过？或许每个人的人生轨迹完全不同，但是在某一刹那，人人都是一样的，都会为了自己爱的人伤心难过。

没有人会在意午后的那个楼梯间里发生了什么，人们只是看见从里面走出来一个英俊的男生，原本颓废的神情在他走出的那一刻恢复自然，就好像什么都没有发生过一样。

所有人都不会知道，他刚刚经历了一场怎样的伤心绝望。

只有他自己知道，可他谁都不会去说。

顾盛找到江为时，看到他半敞着黑色的羽绒服，露出了里面的毛衣。他坐在冰凉的长椅上，头垂得很低很低，那双被冻得通红的手捂在脸上，看不清神色。

这是顾盛见过的江为最颓废的样子，现在的他在自己眼里，仿佛失去了所有希望，只剩绝望。

顾盛走过去，轻轻地拍了拍江为的肩膀，叹了一口气道："老江。"

江为没有什么反应，但他知道来人是谁。

"天这么冷，怎么在下面坐着？"顾盛不知道他这是在折腾什么，刚刚卜来的时候，卢枝还问他去哪儿了。

这两人……

顾盛没办法，只能静静地陪在江为身边，直到他开口说话——

"顾盛，我以为一切都会好的。

"找到她的时候我欣喜若狂，一心只想着好好追她，好好对她，好好和她在一起。

"我知道她的一切喜好、一切习惯。即使她对我一无所知，但是我爱她，只爱她。

"原本以为一切都会好的，但是好像，事实并不是这个样子。只不过是重来了一次，一模一样的一次。

"我不知道应该怎么做才好。"

江为苦笑着说。

那天，他和顾盛说了很多很多的话，语无伦次，逻辑不通。在顾盛听来完全没有任何根据，也听不懂，但还是耐心地听他一个字一个字地说完了。

后来顾盛沉默了很久，久到即便穿着厚厚的衣服也开始感到冷时，他对江为说了一句话——

"要一直坚持吗？"

要一直坚持吗？要一直非她不可吗？

江为是怎么回答的来着？

他说——

"是的。"

非她不可。

"爱迎万难，爱赢万难。"

卢枝在春节之前出了院。

她不喜欢在医院里过年，冷冷清清，一点儿气氛都没有，而且待在医院里也会给医护人员添麻烦。再说，她现在的病情也算是控制住了，可以不需要住院，平时有什么情况，及时来做检查就可以，所以出院手续办理得很快。

卢枝没有再回那个冷冰冰的家，而是跟着江为去了他的小洋房。她喜欢那栋房子，喜欢和江为待在一起。

这段时间以来，两个人几乎形影不离，就连顾盛闲来无事想找江为一起打游戏，也约不到人，偶尔能抽出空来打一把，连着麦，也能听见那头二人说话的声音。

更甚至，江为竟然把卢枝也拉进了游戏里。

"跳哪儿啊，卢枝？"顾盛的声音从江为的手机话筒里传了出来。

"等下，我看一下。"卢枝低着头一边看地图，一边答道。

"不是，不是卢枝在说话吗？"顾盛看着手机屏幕上显示的麦克风图案，"你俩用一个麦吗？"

"我俩在一起，用两个不是浪费吗？"靠在江为身上的卢枝开口道。

"也是。"顾盛无奈，"所以跳哪儿啊？再不跳，来不及了。"他急了。

"Z城吧，我喜欢那个犄角旮旯的位置。"卢枝侧头在江为肩上蹭了蹭，找到了一个合适且舒服的位置。

"不是吧，那个地方？那里什么都没有。"

"就跳那儿。"江为替大家做了决定。

平时顾盛玩游戏总喜欢跟着江为，因为他视野很好，枪打得也准，跟在他身边特别有安全感。但是现在不一样了，江为打游戏带着卢枝，就注定了他不会在自己陷入危险时来保护。

很快，顾盛的话就得到了验证。

卢枝实在是一个游戏废物，第一次玩，什么都不会，什么也不懂，连门都进不去。

"男朋友！我怎么进不去？"

"等一下，我马上过来。"江为操纵着游戏里的人物，一捡起地上的枪就朝旁边的房子跑去。

"啊，这里怎么什么都没有？我什么都没捡到！怎么办，怎么办，一会儿有人来，我就要被打死了。"

"我过来了，你看看我这里你想要哪一个？"

"都不喜欢。"

"先随便选一个吧。"

"那就这个吧，看着还顺眼点儿。"

"行，等会儿给你捡一个好看的。"

"好！"

当顾盛以为这就结束了时，那边又传来了说话的声音——

"啊啊啊！这里有人！啊啊啊！"

"别怕。"

"他过来了！我要死了，呜呜呜！"

随着几声枪响，江为的声音响起："他死了，没事了。"

"我男朋友好厉害！"

江为哼笑一声。

"你得一直在我身边哦，我一个人害怕。"

"好。"

手机那头的顾盛听着两个人说话有些无奈，他这是造了什么孽？他一个"单身狗"怎么能和情侣一起打游戏？

在草草胜利之后，顾盛立马下线了，并且扬言从此再也不和他们一起打游戏，说是受到了创伤。至于是什么伤，谁知道呢？

临近过年，江为接到了父母打来的电话。

江为的爸妈常年投身于祖国的科研事业，几乎忘记了还有一个儿子存在。这次过年倒是想起来了，还知道打个电话。

卢枝在客厅里和七七玩，江为拿着手机走到她身边，完全没有要避讳的意思，当着她的面就接了起来。

"是江为吗？"那边传来一道女声，还有些不确定的意味。

"是。"江为无奈，他妈对于他的身份怎么还存疑了？

"儿子，今年过年我和你爸又回不去了。"江为妈妈的声音中带着歉意。

"然后呢？"

"爸妈想问问，你过年是想待在那边，还是过来和我们一起？"这么长时间没见了，对于这个唯一的儿子，她也十分想念。

"我不过去了。"江为想也没想，直接回答。

在一旁的卢枝听见这话，有一点点惊讶，侧头偷看了江为一眼，见他神情并没有什么变化，才微微放下心来。同时她心里还有一丝丝开心，今年过年可以不是自己一个人了。

但是……江为不去陪他父母过年，是不是有点儿不好？

"为什么？"江为妈妈以为儿子是因为这些年他们把他一个人丢在那边生气了，"爸爸妈妈虽然很忙，但也是很关心你的。"

江为笑了笑，侧头看了一眼卢枝，看到她装作漫不经心，似乎完全不在意他的谈话内容，但其实耳朵早就竖起来了。

他微微伸手，将温热的手掌覆在卢枝的手背上，然后手指合拢，把她的手拉到自己胸口的位置，贴紧。

屋子里面暖气开得足，两个人穿着薄薄的家居服，卢枝很容易就感受到江为的体温，透过衣料传到她手上，她甚至还能感受到他心脏在微微跳动。

卢枝忽然想起江为妈妈的电话还没挂，下意识想要将手抽回来。就算隔着手机，也好像被人撞破了什么似的，竟然还有一点儿不好意思。

江为没让她成功，依旧牢牢地抓着她的手。下一秒，江为的话让卢枝更加紧张了——

"陪女朋友。"

"什么？女朋友？"江为妈妈震惊道，她还以为自己这辈子都看不见儿子结婚了，毕竟她儿子身边可从未出现过什么小姑娘。

"儿子，妈妈可经不起你骗——"

江为无奈，将手机从自己耳边挪开，然后点开了扬声器。

"你未来的儿媳妇现在就在我身边。我把扬声器打开了，你和她说说话。"

卢枝听见这话，一时激动，力气一大，竟然挣脱开了江为的手。

"我……"她伸手指了指自己，然后又指了指手机。

扬声器已经被打开了。

"未来儿媳妇？"电话里传来一道犹豫的女声。

"阿……阿姨好……我是江为的女朋友，卢枝。"卢枝小声道。

电话那一时沉默，只有屏幕上还在显示着"正在通话中"。

随后，一道尖叫声传来："啊啊啊！江教授！快过来！咱们有儿媳妇了！"

卢枝被吓了一跳，侧头看了看身边的人，他倒是没有什么反应，好像习惯了一样。江为微微弯腰，冲着手机里说："妈，你小声一点儿，差点儿把你儿媳妇吓坏了。"

捕捉到江为的称呼，卢枝瞪了他一眼，换来的却是他无声的安慰。江为摸了摸她的头，嘴巴张张合合，卢枝看清楚了他的口型，他说："别怕。"

"你好啊，我是江为的妈妈，你可以喊我孙阿姨。"江为妈妈瞬间转变了语气，温温柔柔的，但是仔细听，还是能够听出温柔语气下的惊喜。

"孙阿姨好。"

"好好好！"对面的人一连道了三声"好"，听得出来特别开心。

和江为妈妈说了几句话之后，江为爸爸也过来了。卢枝和他们之间的交谈很顺畅，她发现，江为一家都是很好的人，所以他也这么好。

简单说了些话后，卢枝将手机推给了江为。

"妈妈觉得这个小姑娘不错，儿子，你可以啊！"

"嗯。"

"既然要陪女朋友，那你就不用过来了。反正咱们家这个情况你也习惯了，我们也习惯了，你就在那边好好陪女朋友吧。"

"宝贝儿子，好好把握机会哦，爸爸妈妈不打扰你们了。"江为妈妈说完便挂断了电话，完全没有给江为任何说话的机会。

看到屏幕上显示着"通话结束"，江为无奈地笑了笑。

不过几秒之后，他又收到了一条微信：妈妈给你多打点儿钱，交了女朋友，可不能没钱啊，还要给人家买礼物呢。

江为打字回道：不用了，我还有外公给我留的钱，一直存着没用呢。

江为妈妈又说：那也不行，那些钱你留着，爸爸妈妈给的钱是爸爸妈妈的心意。

江为实在拗不过，只能回复：好。

刚刚放下手机，一直老老实实坐在他身边的卢枝此刻却突然扑了过来。

江为熟练地抱住她，问道："怎么了？"他微微低头，在卢枝的额头上轻吻了一下。

"没什么，就是觉得，你爸妈真好。和你一样好。"

"以后也是你爸妈。"

"谁说我要嫁给你了？"卢枝神情一震，完全没有想到他竟然说出这样的话。

"不嫁给我，还能嫁给谁？"

卢枝顿了顿，没说话，只是将头埋得更深了些。

不知是害羞，还是什么别的原因。

过年之前，江为和卢枝已经将家里缺的东西都补齐了，冰箱里满满当当的，两人为今年的春节做足了准备。

除夕当天，他们在家包饺子，连皮都是自己擀的。虽然江为从未擀过饺子皮，但他在网上一查，然后跟着学了一下，很快就学会了。江为一直以来学东西都很快。

两个人的饭量都不是很大，便也包得不多。江为还做了些卢枝爱吃的菜，椒盐排骨自然不会少，倒了两杯她爱喝的杧果汁。

三个菜，再加上包的饺子，这就是他们的年夜饭了。

除夕的晚上，大家都在自己的朋友圈里发年夜饭的照片，当然少不了宋初和顾盛的。卢枝看到他们的照片里满满一大桌子的饭菜，顺手点了个赞。

要是按照往年，她肯定会很羡慕。但是今年不一样，今年她有江为在身边，今年她也是吃了年夜饭的人，是江为给她做的，超级好吃。

她拿着手机愣神的工夫，就收到了宋初发来的消息。

宋初：吃饭了吗？

卢枝笑了笑，美滋滋地回复着，手指在屏幕上打着字。

L：吃啦！江为给我做的。

然后顺手将刚刚吃饭前拍的照片发了过去。

宋初：卖相看着挺好的，江为手艺不错啊！

L：是的，他可厉害了，还会包饺子！

宋初：你这是赤裸裸地炫耀。

L：是啊，哈哈哈！

宋初也替她感到开心，如果没有江为，她还会是孤零零的一个人，一个人吃饭，一个人过年。

宋初：好啦好啦，我要接着去吃饭了，拜拜。

L：拜拜。

江为将厨房收拾好之后，提议两个人出去散散步。卢枝当然同意，这个时候路上应该有不少人，而且晚上还有烟花放，应该会很漂亮。

两人都是行动派，说出门就立马去房间换了衣服，将自己裹得厚厚的，看着就很暖和。

出门前，卢枝坐在换鞋凳上，看着江为半蹲着，一只手握着她的脚踝，另一只手拿着一双雪地靴给她穿上。这双驼色的雪地靴是前段时间两人逛街时江为逼着她买的，说是海城冬天很冷，经常下雪，总得买一双保暖的鞋子，出门的时候才不会冻脚。

要是放在以前，卢枝对于这双鞋子看都不会看一眼，她一直是那种要风度不要温度的人，虽然有时候冷得厉害了，也会穿很多衣服，但是在鞋子方面，她很挑剔，很少买这种穿着略显笨拙的类型。

可那次江为坚持要买，她便也妥协了，谁让是自己的男朋友给她选的呢。

两人穿好鞋子之后，江为又拿来一条围巾，大红色的，很符合过年的气氛。围巾也是那次买的，买了两条，是情侣款，她和江为一人一条。

再牵上同样穿着红衣服的七七，他们仨一起出去散步。

一出门，江为就把牵着的卢枝的手放进了自己的口袋。卢枝看了一眼他的动作，将另一只手也同样塞回口袋。她从来都不喜欢戴手套，和江为在一起之后更是如此，因为现在有他了，无论是什么时候，他总会给她暖手的。

两个人慢吞吞地走在路上，聊着天。说着说着，就说到了江为保研这件事上。

"男朋友，你以后想做什么啊？"卢枝觉得，这件事情是他们这个年龄段的人都应该去考虑的，只不过以她现在的情况，完全没有机会去想未来。但是江为不一样，江为还有大好的人生，更何况现在他已经被保研了。

"我也不知道。"江为顿了顿，其实他并不是没有想好，他还是想和上辈子一样当个老师。但他还是想要听一听卢枝的意见，看看她这次的想法是不是和那次一样。

"你觉得呢？"

"当老师吧。"卢枝想了想，还是觉得这个比较好。

江为的专业就业面很广，而且他本身很优秀，无论做什么都能够做好，不管从事什么职业都会发光。她尊重他的任何选择，不过她也提出了自己的意见，而且她听说，海大有毕业直接留校任教的机会。

"为什么？"

"因为啊……"卢枝笑了笑，缓缓地开口道，"因为当老师会有假期啊！有寒暑假、各种小假期，还有周末，完全就和上学的时候一样，有很多的时间。这样你就可以陪我啦！"

"嗯，我也是这样想的。"

两个人牵着七七走了一小段路，卢枝突然说："男朋友。"

"嗯？"江为侧头看她。

"你以后要是当了老师，一定要戴眼镜。"卢枝琢磨了很久，觉得江为还是戴眼镜比较好。

"为什么？"

"因为戴眼镜更像是一个老师了。"她印象中好多老师都是戴眼镜的。

"我现在不像吗？"江为挑了挑眉，好奇地问。

"不像。"不知道想到了什么，卢枝自顾自地摇了摇头。

"为什么？"

"太帅了。"明明只是短短的三个字，但好像却被卢枝说得抑扬顿挫，听着严肃极了。

江为被逗笑了。

"好，听你的。"

两人走着走着，就走到了小区旁边的小公园，这个时间段公园里的人不算多，零星有几个在散步。公园不大，原本翠绿的树木在冬天里光秃秃的，冷风吹掉了树枝上仅有的几片枯叶，落在地上，发出沙沙的声响。正值新年，到处张灯结彩，新年热闹的气氛掩盖住了冬天的萧瑟。

卢枝被江为牵着，脚下蹦蹦跳跳，心情极度美丽。不经意间，她抬头看向不远处，是一对老夫妻，看着年纪应该很大了，头发花白，两个人穿着同是暗红色的衣服，帽子、围巾、手套也一样不少，裹得严严实实的。

老奶奶挽着老爷爷的手，两个人步履缓慢，不知在说着些什么。

"好羡慕啊……"卢枝下意识地喃喃开口。

江为顺着卢枝的眼神看去，也不禁柔软了神情。

"羡慕什么？"

"羡慕他们一直挽着手走到最后。"

"我们也能。"

"嗯。"

两个人牵着手，七七被拴着牵引绳走在前面，他俩跟在后面，寒冷的夜风吹得人脸上生疼。鼻尖微凉，但心却是热的。

卢枝脑海中突然浮现出一首歌，下意识地轻声哼唱起来。

"哼什么呢？"江为好奇。

卢枝侧头看了一眼，唱出了声音——

"即使身边世事再毫无道理，与你永远亦连在一起，你不放下我，我不放下你，我想确定每日挽住同样的手臂。"

是一首粤语歌。卢枝的粤语发音实在说不上标准，不过不唱出来的氛围感很足，调子也非常准，她声音清澈，缓缓地传进江为的耳朵里。

"好听吗？"

"好听。再唱一遍。"

"不要——啊！江为，你干什么，拿出手机来做什么？"

"再唱一遍，嗯？"

当天晚上，江为那个已经好久没有更新的朋友圈又多了一条动态，是一条短视频，大概只有二十多秒。视频的背景黑漆漆的，但是通过远处忽明忽暗的灯光，隐约可以看出是在室外，手机的摄像头先是对着不远处的一棵树，后来晃动了一下，又转向了漆黑的夜空。

视频中有人在唱歌，粤语的发音并不标准，却难得地没跑调，欢快的女声中夹杂着呼呼的风声。

歌声刚止，夜空中突然炸开了烟花，原本一片漆黑的夜幕，瞬间被五彩的烟花渲染得璀璨夺目。

视频的最后还隐约听到有人说"新年快乐"。

江为给这条朋友圈配文——

她说：她想每日挽住我的手臂。

顾盛看到后，特意发消息痛斥了他这种有事没事就更新动态"虐狗"（网络用语，指虐单身狗）的行为。

顾盛：能收敛收敛不？别秀恩爱了，平时也就算了，怎么大过年的还得被你们塞一嘴"狗粮"？

J：……

顾盛：是吧是吧，是不是也觉得自己过分了？无话可说了吧？

J：我女朋友说，这不叫秀恩爱，这叫分享生活。

J：你这种行为，完全就是嫉妒，等你交了女朋友之后，就不会说这种话了。

无话可说的人这下换成了顾盛。

这个春节江为和卢枝一直都待在家里。年前本就在冰箱里囤满了食物，再加上他们一个父母在外地常年见不了面，另一个则不是孤儿却胜似孤儿，除了家，也没有什么地方能去。

两人几乎过上了那种老夫老妻的生活方式——

早晨卢枝睡到自然醒，然后和江为一起吃早餐，吃完就一起看电影，晚上再出去散散步，遛遛狗。

这一天看的是卢枝特别喜欢的《美丽人生》，无论多少遍，她都看不够。江为半靠着沙发，卢枝侧躺在他腿上看电影，他一只手轻轻地放在她头发上，有一搭没一搭地抚摩着，像是在给小动物顺毛。

电影放映完毕，卢枝突然叹了一口气。

"怎么了？"他低头看着她问道。

卢枝转动身体，面对着江为。

"就是觉得，时间过得可真快啊，这么快又是新的一年了，我好像还有好多好多的事情没有做。"

在江为疑惑的眼神中，她继续道："我很早之前列过一个'人生必做事情'的清单，上面的内容并不多，但至今大多都没完成。"

"都有些什么？"

"去西藏看日照金山，去日本札幌滑雪，去峡谷蹦极，去空中跳伞。"

卢枝说的这些都是她不可能去做的，先不说是否有条件去，单单是她的身体就不允许。她根本就承受不了做这些运动带来的后果。

"别想了。"江为毫不客气地说。

卢枝当然知道，她没说什么，只是瘪了瘪嘴。

很快就到了开学的日子，江为有学业在身，不能整天陪着卢枝。但他不放心她一个人待在家里，每天都会回来陪她。

看到江为这样来回奔波，连宋初都有些不忍，问卢枝要不要也回学校。卢枝好不容易才办了一年休学，本来就不想去的，她当然不愿意。

春日的午后阳光明媚，卢枝将躺椅搬到院子里，放在遮阳伞下。她穿着家居服躺在躺椅上晒太阳，七七就趴在她身边，身下还垫着卢枝给它买的嫩黄色小垫子。

江为回到家便看见了这一幕，一人一狗，阳光洒满了整个院子。看着微微闭着眼睛的卢枝，他下意识地放轻了脚步，生怕打扰到她，小心翼翼地进了门。

卢枝睡眠比较浅，稍稍有一丁点儿动静都能被惊醒，更何况她这会儿只是被阳光晒得迷糊了。她缓缓睁开眼睛，看到拎着袋子站在门口的江为手还握在门把手上，想来是刚刚才回来。

"吵醒你了？"江为走过来，缓缓蹲下，将袋子放在七七的旁边，笑着伸出手，捋了捋卢枝凌乱的头发。卢枝从躺椅上微微起身，伸手环住他的腰，轻轻地蹭了蹭，说道："没有，我没睡着。"

江为在卢枝的头顶落下轻轻的一吻，温声道："我今天买了排骨，你不是说想吃椒盐排骨吗？"

"嗯。"卢枝点了点头，却始终没有松开抱着江为的手。

江为也不着急，任由她抱着，等她抱够了，他再去做饭。

除了椒盐排骨，江为还做了两道素菜，荤素搭配才有营养。以前是他不在她身边，现在不一样了，他一定要照顾好她。

吃完饭，两个人照常一起散散步。

"生日打算怎么过？"江为问道。

过几天就是卢枝的生日了。

"在家里就行啦！"卢枝笑了笑，"就我们两个人，买个蛋糕，在家过。"

"好。"

卢枝想起多日未见的好友。

"宋初和顾盛什么时候回来？"

"我也不是很清楚，大概就是这两天了吧。"

宋初拉着顾盛一起翘了课，说是有一件非常重要的事情要去做。卢枝追问了很久，她就是不松口。

宋初的保密工作做得很好，就连朋友圈中也没看到她发什么照片。要不是两个人之间还保持着通话通畅，卢枝还以为她失踪了。

所以究竟是什么事，让顾盛这么喜欢显摆的人都能忍住？卢枝太好奇了。她看了一眼坐在自己旁边的江为，总觉得他应该知道些什么。

"他们俩怎么会想到一起出去？"

"顾盛喜欢宋初。"

"哎，你也看出来了？"她还以为他不知道呢。

"就顾盛那样，谁看不出来？"

是啊，顾盛对宋初的喜欢一直都挂在脸上，明显到想看不出来都难。

"随他们去吧，毕竟人生那么长。"

毕竟人生那么长，他们还有无限的可能。

两人对视一眼，无声地笑了。

落日余晖，岁月静好。

4 月 25 日。

清晨的阳光洒进房间，透过玻璃落在奶白色的被子上。

江为之前的被子是深灰色的，但当卢枝住进来之后，整个房间都按照她的喜好重新布置了一遍，被子也换成了她喜欢的颜色。

她整个人都裹在被子里，只露出来一撮头发。

七七趴在床边的地毯上。自从卢枝住进来，一向喜欢在客厅沙发上睡觉的七七突然就换了地点，换成了卢枝的床边。而且开始变得特别黏人，几乎是卢枝走到哪里，七七就会跟到哪里。

七七和卢枝一样，喜欢睡觉，大概真的应了顾盛的那句话——宠物随主人。对此，卢枝不置可否。

房间的门被轻轻推开，露出一道门缝。江为放轻脚步，小心翼翼地走进来。

虽说两人是男女朋友的关系，但卢枝对他的防备很低。她是真的太放心，还是不把他当作正常的男人？下次一定要提醒她。

卢枝似乎是被吵到了，翻了个身，白皙的手臂伸了出来，并未睁开眼睛。她很白很白，白到在窗外阳光的映照下发着光。

一直趴在床边的七七睁开了眼睛，缓慢地抬眸看了一眼，见来人是自己的主人，又缓缓地闭上眼，极其傲娇。

江为轻手轻脚地走到床边，想把她露在外面的手臂放回被子里。她呼吸平稳，却没想到刚一凑近俯下身子，那双白皙的手臂突然环住了他的脖子。

猝不及防地，江为被拉倒在床上，整个人都压在卢枝的身上。

身下传来了"咯咯咯"的笑声。

原来她已经醒了。

江为无奈地看着身下的女孩子，将挡在她脸上的被子拿了下来，露出那张白嫩嫩的脸，以及那双灵动的、正朝着他眨的眼睛，里面带着狡黠的笑意。

"大早上的偷偷摸摸进我房间干什么？"

卢枝使了些力，让准备挣脱的江为更加地靠近自己。

两人之间离得极近，只要谁稍稍一动，就能肌肤相贴。他们四目相对，呼吸交缠在一起。

自从住在一起后，江为和卢枝不乏亲密行为，亲亲抱抱已经非常自然。但是现在，在这个阳光明媚的清晨，尤其对于江为，他抱着自己心爱的女孩子，难免会控制不住。

幸好隔着被子，不至于太尴尬。

"怎么了？"

江为没有说话，只是呼吸声比刚刚粗重了些。卢枝感受到他身体僵硬，瞬间想到搬进来之前，宋初叮嘱过的话。

她觉得自己大概是明白了。

可看着眼前的他，卢枝瞬间将那些话抛到脑后，轻笑一声道："怎么不亲我？光看着我能亲到吗？江为，你是在用眼睛亲我吗？"

面对身下卢枝一句接着一句的话，江为实在没能忍住，低头亲了下去。

卢枝刚刚睡醒没多久，整个人还迷迷糊糊的，被亲的时候也软软的，对江为完全没有任何防备，甚至还稍稍仰起脖子，十分配合。

江为很温柔，就连接吻的时候也温柔极了，一寸一寸地深入，细腻又体贴，没有让她感到任何的不适。从唇边，到脸颊，然后是耳后，再顺着下颌线往下，但在碰到她脖子的时候，他重新回到了她唇上。

卢枝被亲得浑身发热，意识渐渐蒙眬。两个人最亲密的时候，江为也只是将手放在她腰上，很规矩。而且今天她实在太乖了，他不忍心。他舍不得碰她。

细细密密的亲吻终于结束，江为搂着卢枝在床上缓了一会儿，猝不及防地开口道："生日快乐。"

她这才想起来，今天是自己的生日。

她搂着江为的胳膊，夹着被子在床上滚了滚，开心地说："你是今天第一个祝我生日快乐的人哦，男朋友。"

这些年来也只有宋初会在她生日的时候送上祝福，现在又多了一个江为。

想起宋初，卢枝伸手将放在床头柜上的手机拿了过来，摁开，仔仔细细看了一眼，没有看到自己期待的消息。她皱了皱眉，将手机随手丢在床上，仰着头，看着天花板，喃喃道："今天初初没有祝我生日快乐。"

以往每年的这一天，一睁开眼睛拿起手机，就能看见宋初的消息。今年却没有，卢枝有些失望。

"有的。"

"什么？"她一时间没有反应过来。

"他们去了西藏。"江为将她搂进怀里，让她靠在他身上，拿出自己的手机，点开几个视频。

第一个视频的画面里没有人，出镜的只有晚上的火车站，站外一片黑暗，里面则是灯火通明，以及两个人说话的声音。

"都说了早一点儿到，要不是今天晚上不堵车，咱俩就赶不上了！"

"这不是赶上了吗？快走吧。"

"说得好听，那你倒是快点儿啊！"

视频画质算不上好，拍摄的人似乎在小跑着，画面晃来晃去。

第二个视频是在火车上，画面中的车厢里密密麻麻的都是人，紧接着又是一阵摇晃，看得出是拍视频的人在人群中穿梭。等镜头好不容易平稳下来，这才露出一张精疲力竭的脸。

"嗨！枝枝，我们俩现在在去西藏的路上。"视频中的宋初满脸笑意，眼里是隐藏不住的疲惫。

"姐妹儿，我知道你想看日照金山，你去不了，我替你去完成心愿。怎么样，是不是特开心？"

"还有我，还有我！"顾盛的声音也传了出来，却不见他的脸。

第三个视频则是火车在经过西宁之后，宋初和顾盛都没有说话，只是将相机架在窗边，拍着窗外的风景。

火车经过昆仑山口，经过可可西里，经过沱沱河，经过唐古拉山，经过错那湖，还有羊群、草原、湖泊、雪山。

最后，是宋初略显激动的声音："枝枝，我终于知道你为什么想来西藏了。"

下一个视频是宋初和顾盛在拉萨市区闲逛，两人去了寺庙、八廓街、布达拉宫和大昭寺，还去了茶馆喝甜茶。从八廓街的天桥上看不远处的布达拉宫，格外气势巍峨。

宋初将所有能录下来的都录下来了，当看见阳光洒在那一排转动的经筒上，看见虔诚的朝圣者三步一叩首，看见风吹动了经幡，卢枝突然觉得一切都有了意义。

最后一个视频很短，宋初和顾盛好像是坐在车上，路不平坦，很陡，连带着拍摄的画面也不停地晃动，还不时传来二人说话的声音——

"这是什么路啊？太难走了吧！"

"只有这条路吗？"

"天，我相机要拿不稳了。"

"稳住稳住！"

"话说得好听，你来拿！"

"我拿就我拿！"

看完视频的卢枝还有点儿蒙，大脑一片空白。江为看着她呆愣的样子，笑着问道："还记得你说想去西藏做什么吗？"

"看日照金山。"

"嗯。"

像是意识到什么，卢枝猛地抬头。

江为看了一眼时间，现在还没收到宋初传来的新视频，想来应该是那边信号不好，耽搁了。

在等待的间隙，江为解释了一遍。

"宋初想让你过一个难忘的生日。你一直想看日照金山，但是身体受不住，所以她替你去看了。她说她可以当你的眼睛，去你去不了的地方，看你想看的东西。

"贡嘎雪山，他们租车去了川西那边。"

贡嘎山在藏语中是"白色冰山"，也有"最高的雪山"的意思。当朝霞映照在贡嘎山南侧连绵起伏的雪峰上时，可以看见那美到令人窒息的日照金山。

江为的手机突然振动，是一条新的视频，卢枝迫不及待地点开。视频中除了连绵的雪山，就是宋初和顾盛说话的声音，以及呼呼的风声。

"什么时候能出来？"

"都说了让你别着急，再等等。"

"都什么时候了，不会没了吧？"

"不可能。"

"安静点儿。"

片刻间，镜头对着的位置开始发光，是朝霞照在了雪山山顶，下一秒，那银白色的雪峰仿佛披上了一层耀眼夺目的金色，发着光的山顶上有飘浮的云，云卷着风，风带着云，穿梭在那一片耀眼的金色中。

"日照金山！"

"快看！"

"出来了！"

"出来了！"

"现在是 2021 年 4 月 25 日！北京时间早上六点三十分！我们看见日照金山了！"

"卢枝！生日快乐！"

"生日快乐！"

呼啸的风声裹挟着宋初说话的声音，传进了卢枝的耳朵里。

生日快乐。

卢枝在这一刻再也忍不住，放下手机，转头埋进江为怀里。她没有说话，只是身体微微颤抖。此时什么话都无法表达她的心情。

真的会有这么一个朋友，能为了你的心愿，跋山涉水，翻山越岭。

这辈子，有宋初这个朋友，足够了，也值了。

都说能看见日照金山，那么好运就来了。

谢谢你们给我带来的好运。

自从那天收到宋初从西藏发来的视频后，卢枝就一直嚷嚷着问她什么时候回来。但宋初和顾盛回海城起码要换乘三种交通方式，会在路上耗费很长时间，一时半会儿还真说不好。

这段时间卢枝一直待在家里，很久没出门了，难免闷得慌。江为特意抽出一整天的时间来陪她，两个人一起看电影，吃饭，晚上再一起出去散步，回家的路上经过一家花店，顺便买了一束向日葵。

经过中心广场的时候正好碰到有人在求婚。广场上围满了人，他们欢呼着，纷纷拿出手机拍照，拍视频。人很多，场面很混乱，卢枝根本分不清今天的主角在哪里，她只是跟着人群，看着上空，一起凑热闹。

漆黑的夜空中无人机闪着灯光，在空中组成一个又一个的形状，最后所有人都看出那是一串英文字母——marry me，嫁给我。

看着天空上无人机组成的图案，卢枝下意识地惊叹了一声。

说不羡慕是假的，她现在这个年纪，对这种浪漫的事根本没有什么抵抗力。江为侧头看她，只见他的小姑娘仰着头看着夜空，眼睛亮晶晶的。

"喜欢？"江为看一眼天上的无人机，又转回头看向她，从她眼中看出了一丝羡慕。

"当然了，这种高调又费钱的求婚，很少有女生不喜欢吧？"

确实，这种级别的求婚，很难不让人心动。

但是……

卢枝侧头看了江为一眼，他牵着自己的手站在一旁。但是，对任何一个女孩子来说，这种感动的前提，是做这件事情的人得是自己喜欢的人。

所有浪漫的行为本质上都是浪漫的，但感到浪漫的前提，是他是对的人。

"他们应该很相爱吧……"看着天空中的那串英文，卢枝喃喃自语道。

"嗯？"

"结婚，真的是一件很不容易的事。"卢枝自说自话，像是想起了什么，眼神黯淡了一瞬，"但是有的人却很草率。"

似乎看出江为在疑惑，她轻笑一声问道："结婚的前提是什么？"

"相爱。"江为毫不犹豫地答道。

"对啊，应该大部分人都这样认为吧。"

"但是这个世界上就是有些人随随便便，想结婚就结婚，想离婚就离婚。比如我爸妈。"

"婚姻不是计较得失和索取，而是相互依赖，相互信任，是包容和爱。"江为说。

"嗯。"

从那天之后，他们谁都没有再提起这个话题。

"江为，早餐做好了吗——"

卢枝揉着眼睛，迷迷糊糊地从房间里出来，趴在二楼的扶手边往楼下看。从她这个角度，正好能看见在厨房里准备早餐的江为。

江为穿着一身灰色的家居服，灶上的锅里熬着粥，他站在原地，拿着手机不知道是在和谁聊天，似乎还挺入神，连喊他都没听见，手中打字的动作不停。

卢枝有些意外，江为从来没有出现过这种情况，她有些好奇，但没有下去，也没再次开口喊他，只是站在楼上看着。

倒不会怀疑他劈腿，他做不出这样的事，但是江为今天确实好像有点儿不一样。

有什么是不能让她知道的吗？

卢枝挑了挑眉，下楼的时候脚下的声音加重了些，是特意让那人听见。

江为自然没有错过，马上将手机装进了口袋里。

此地无银三百两，他动作非常明显，但卢枝还是装作没有看见，反而加快了步伐。她小跑着下楼，直奔厨房。

"刚刚干什么呢，叫你都没听见。"卢枝从背后抱住江为，整个人贴在他身上，蹭了蹭，像一只撒娇的小动物。

"没什么。"江为转身搂住她，"怎么今天醒得这么早？"

"最近睡得早，所以醒得就早啊！"

这几天江为有意改变她的生活习惯，将她的睡觉时间生生提前了一个小时。甚至为了能让她乖乖听话，每天都会陪着她睡觉。

江为从她的语气中听出了淡淡的控诉，笑着伸手在她头上摸了摸，说："我这都是为了你的身体健康。"

她知道这是为了自己好，所以也只是瘪了瘪嘴，什么也没说。

江为不只管她的睡觉时间，吃饭也会管。她饭量不大，从小就这样，一顿饭吃不了很多，少食多餐是她一直以来的习惯，但是除了三餐，还会吃很多零食。江为看不惯这点已经很久了，既然现在已经住在一起，他一定要把这个坏习惯给她改过来。

"再吃一个。"他夹了一个煎饺到她碗里。

"吃不下了。"卢枝放下手中的筷子，眼神无辜地看着他，然后眨了眨眼睛。

"你太瘦了。"江为没有被迷惑，坚持原则。

"我哪里瘦了？"卢枝下意识地挺了挺胸，不服气似的。

但下一秒，她就发现自己这个行为很不妥，僵硬地低头看了一眼，然后又猛地看向对面。

见江为一句话也不说，她突然笑了："怎么？看不出来？"

"卢枝。"江为难得喊她的名字，语气中带着些许不自然。

卢枝趴在桌子上，笑得直不起腰。

宋初打电话过来的时候，卢枝正陪着江为在三食堂吃饭。

下午一点的时间，食堂里的人并不多。江为这一天上午是满课，卢枝一早就被硬拉来了学校，陪他上课。

两个人磨磨蹭蹭的，下课之后排了很久的队买奶茶，等吃上饭已经一点了。吃完又准备去看场电影，然后再一起回家。

"喂？初初！"

宋初已经两天没给她打电话了，想来这几天应该都在路上，长途跋涉。卢枝也没主动打过去，怕打扰到对方。没想到最后还是宋初主动打了过来。

"你现在在哪儿呢？"

通过电话，卢枝听见了那边的声音，应该是车站的播报声。

"我和江为在食堂呢。你回来了？"

"还没到，快了，应该傍晚到。"

"那我晚上找你！"

"不用了！"宋初的声音突然变得激动起来。

"怎么了？"卢枝不明所以，她俩这么多天没见面了，她难道不想自己吗？

"不是，路上累死了，我想先回去补个觉，明天再见。"

"好。"卢枝也知道坐车很累，便不再坚持。

"嗯。"

挂断电话后，卢枝对江为解释道："是初初，她说晚上回来，明天见面。"

"嗯。"江为低头喝了一口饮料。

看完电影两人回家，卢枝挽着江为的手，蹦蹦跳跳的，随意地踢着路边的小石子。踢远之后，她走上前去又踢一下，玩得不亦乐乎。倒是江为有些心神不宁，时不时就走神。

"是有什么事情吗？"卢枝忍不住问道。

她看到他从口袋里拿出了手机，不知道是在和谁发消息，又想到他这几天确实有些反常。

"是顾盛。"江为语气平淡道。

卢枝没有怀疑，顾盛确实经常给他发消息，说些有的没的，当然大部分都是废话。她没在意，直到两人走到家门口，卢枝突然停住了脚步，因为她看见他们家院子里面有灯光。再一走近，还看到了投影幕布、五颜六色的彩灯、向日葵，以及装饰温馨的气球。

大脑像是炸开一般，卢枝几乎僵在了原地。她那么聪明，只看一眼，就明白了这场景是什么意思。

她不敢回头，只能硬着头皮走进院子。

像是设计好了一般，在她走进去的一刹那，投影幕布上突然闪动——江为出现在了画面中。

大概是用手机拍摄的，画面有些晃动，还有杂音，看背景应该就是在这个院子里，明亮的阳光洒在他身上。

或许是第一次做这样的事，江为明显有些不习惯，身体僵硬，说话语无伦次，但声音还是一如既往的温柔。

"枝枝。"画面中的他喊她的名字。

"我现在还记得，第一次遇见你的时候，你坐在路边，穿着一条白裙子，出现在我的视线里。从此，我的生命中有了你。

"那一刻我欣喜若狂。明明太想加你微信，但每次见到你的时候又总是不知道怎么说出口，只能一拖再拖，想着只要还能见到你，总还会有别的办法。

"后来我们在一起了，你可能不知道，那天晚上我整夜都没有睡着，因为真的太开心了。

"我想了很久很久，终于还是下定决心，我们认识有三年整了，时间过得很快，人生也很短，三年转瞬即逝。

"我想要和你永远在一起，永远不分开。

"我想和你有个家，我们的家。

"我爱你。"这是他在视频中说的最后一句话。

在卢枝还沉浸在视频中时，身后传来江为的声音："枝枝，结婚吗？"

院子里挂着五颜六色的小灯泡，灯光凌乱得晃眼，她手中还抱着他送的向日葵。幕布中的画面定格在他说的最后一句话上，"我爱你"三个大字异常明显。七七蹲在玄关门口，摇着尾巴看着他们，眼神很亮，像是在期待着些什么。

傍晚的风吹乱了卢枝的头发，也吹乱了她的思绪。此刻她大脑一片空白，仿佛再也控制不住，一滴泪毫无预兆地落了下来。

结婚？她怀疑自己听错了，缓缓地转头，看向站在自己身后的江为。江为静静地站在原地，眼神温柔地看着她，什么都没说。

她了解他，她很清楚他开玩笑时是什么眼神，正经的时候又是什么眼神。

他是真的在向她求婚。

那一刻她感到欣喜若狂，这个世界上没有哪一个女孩子不会因为喜欢的男孩子向自己求婚而感到不开心吧？那可是她喜欢了这么久的人啊！

但下一瞬间，理智战胜了情感。

结婚啊，这真的是一件大事，需要慎重决定的那种，是一辈子的事情。

江为看出了她眼中的犹豫。

"枝枝。"他的声音在风中飘散。

"很多人都觉得我们现在这个年纪，谈婚论嫁还为时过早，但我并不这么认为，既然我们会一直在一起，所以为什么不能早一点儿结婚呢？

"我们结婚，住在一个房子里，将它装修成我们喜欢的样子，在院子里种上我们喜欢的花、喜欢的树，身边还有七七。我们可以在院子里春天赏花，夏日乘凉，秋天看月，冬日玩雪。

"我们一起逛超市，一起做饭，一起散步。我们会一直在一起。

"所以，结婚吗？"

江为这段话让卢枝清晰地感受到他们未来的生活——平淡、满足。只有他们两个人，他们会永远在一起。

在卢枝犹豫间，江为缓缓地单膝跪地，从口袋里拿出一个小盒子。就在他动作的瞬间，卢枝已然明白了他要干什么。她怔怔地看着他将盒子举到自己面前，慢慢地打开，像是一帧一帧播放的电影情节，要永远刻在她脑海中。

盒子里的戒指闪闪发光，钻石不大，但胜在精致大方。

"买这枚戒指的时候我咨询过很多人，但他们说得都不怎么靠谱，便只能自己上网去找，可我都买不起。我现在能力有限，只能买小一点儿的，等以后我再给你换大的。

"说这些没有别的意思，只是想问，花有了，求婚有了，钻戒也有了，你要答应吗？"

江为单膝跪地，手中拿着那枚想给她戴上的戒指，微微仰着头看她。

他在等她的答案。

每个人的一生都会经历很多阶段，可能每个阶段陪在身边的人都不一样。但卢枝却想要有这样一个人，能一直陪着她走下去，那个人一定是她生命中最重要的。

如果是江为，她愿意。

"江为……"卢枝哽咽着，像是憋了很久，眼眶中的泪水一滴一滴地滚落下来，完全止不住。

她看过很多爱情片，故事里的女主角在面对男主角的求婚时，也是泪流满面，哽咽着说不出话。以前她一直不大明白，总觉得那个样子很傻，怎么会有人哭到连话都说不出来呢？

可是现在她懂了。

她几乎是泣不成声。

"我很糟糕的，如果我们结婚，你就要忍受我所有的缺点。我很懒，不会做饭，也不会做家务，什么都不会，我毕业后还可能找不到工作。

"你真的要这样的我吗？"

尽管心里已经清楚他的答案，她还是忍不住再问一遍。

"要的。"

"嗯？"

"你有我。"他回答她的问题，"我们结婚，你不需要做家务，不需要做饭，不需要工作，柴米油盐也只需要我来考虑。你只用每天在家等我下班，在我回家的时候迎接我。然后我做饭给你吃，吃完饭我洗碗，晚上我们牵着七七去散步。"

"这是我能给你的，普通的生活。"他的语气还是一如既往的平静，却带着浓浓的坚定。

这是他的承诺。

"我们的生活可能不会大富大贵，但我依旧能让你穿喜欢的裙子，做漂亮的美甲，吃喜欢吃的东西。

"我能做出的承诺或许并不多，但只要是我承诺的，就一定能做到。

"枝枝，我爱你，我想和你一起生活。"

江为说，他想和她一起生活。

卢枝泣不成声，她缓缓地伸出那双一直微微颤抖着的手。

"给我戴上吧。"

看着还呆愣着的江为，她嘴角微微扬起，出门前化的妆都花了，眼泪糊满了整张脸，她点点头道：

"我愿意的。

"我愿意和你结婚。

"我也想和你一起生活。"

当戒指被戴在卢枝的手上，江为看着她指间那微微细闪的光时，才有了真实感。

卢枝被紧紧拥在怀中，听着他略微粗重的呼吸声，感受到他胸膛上下起伏着。余光看见从房子里走出来的顾盛和宋初，他们看着她和江为，眼中满是笑意和祝福。

或许对很多人来说，那天只是一个很普通的日子，按部就班地过着自己的生活，上班下班，买菜做饭。但是对卢枝来说，那一天她永生难忘，直到很久之后想起来，嘴角都带着笑。

她记得太清楚了。

记得那天晚上院子里的灯。

记得他在视频中说的话。

记得摇着尾巴的七七。

记得匆匆赶回的朋友。

记得那束向日葵。

记得他单膝跪地,向她求婚的样子。

没有大钻戒,没有无人机,没有九十九朵红玫瑰,也没有大张旗鼓。有的,是他的真心。

她记性一直不大好,但在这个平凡的一天里发生的事情,她却可以一辈子都记得。如果她活不了一辈子那么长,那她也会一直记得,直到她死亡,直到她消失在这个世界上。

执子之手,与子偕老。

若不能做到与子偕老,能牵着他的手也满足了。

"哎,枝枝,你说这件怎么样?"

宋初将手机递到卢枝面前晃了晃,示意她看里面的内容。

"不喜欢。"卢枝扫了一眼,没看上。

"啊,你也太挑剔了吧。"

宋初生无可恋地仰头倒在沙发上,歪着头看坐在自己身边的卢枝。她穿着一件白色的长袖睡裙,也半躺在沙发上,头发软塌塌地搭在肩上,脸颊红润润的,看模样比之前好太多了。

果然身边有了爱的人,总比自己一个人要好。

窗外的暖阳照进屋子里,映在她手上戴着的戒指上,钻石在阳光的映照下闪闪发光。

"江为对你真是不错。"宋初不禁感慨道。

卢枝侧头看她,带笑的眼睛里闪着细碎的光。

"虽然钻戒不大,但他爱你的心绝对是真的。"

"当时他去买的时候还特意找顾盛视频问意见,你知道吗?那个时候我俩刚到西藏,顾盛高原反应特别严重,一边吸着氧气,一边和他视频的。

"总而言之,江为不错。"

卢枝突然乐了。

"还是第一次听你这样说他。"

"那我平时是怎么说的？"宋初觉得自己对江为的评价一直都挺好的。

卢枝仔细想了想："嗯……"她想了好多词语，最后还是懒洋洋地吐出了两个字——

"不屑。"

"我那不是怕你被人骗……后来发现他人不错。"宋初干笑两声，突然发现好像有什么地方不对劲，猛地转头看去，"你这是在替你男人抱不平吗？"

她这个时候才反应过来。

"果真是见色忘友！白瞎了咱俩这么多年的亲密姐妹情！"宋初气得直捶沙发垫。

"哪有！"卢枝笑着去抱她。

这个时候阳光正好，相爱的人在一起，好朋友也在身边，一切都是最好的样子。

"哎，江为他们什么时候回来？"

"快了吧，他们两个不是今天下午就一节课吗？"

"嗯。"

今天是周五，四个人打算晚上一起出去吃饭来着。

"结婚的事情，江为家那边知道吗？"宋初冷不丁开口问道。

话音刚落，两人都感觉到彼此之间的气氛变了。

结婚并不仅仅是两个人的事，而是涉及两个家庭。卢枝这边可以不用在意家庭方面的问题，算一算她家也就她自己一个人，不需要通知谁，也不需要与人商量。但是江为那边呢？

听说江为的父母都是科研人员，虽然对他的学习和生活不大关注，但是结婚这么大的事情，肯定要好好说清楚——卢枝的家庭情况，以及身体状况。

"他说过。"卢枝笑了笑道。

江为做事一向周全，怎么可能让她自己一个人面对这些事情呢？

那是他求婚之后的第二天，难得地和他父母通了一个电话。

能够生养出江为这样的孩子的父母，自然不会像她的父母那样。他们很温和，说话时总是顾及他人的感受，完全没给她任何压力。

她还记得他们和她说的话——

"你的情况我们都已经知道了，我们不介意的。

"江为从小到大所有的决定都是自己做，上什么高中、上什么大学、学什么专业、交什么朋友，我们从来都不干涉。他喜欢你才是最重要的。

"他喜欢的，我们都喜欢。我们很支持你们。

"我和他爸爸工作太忙了，短时间内回不去，婚礼的事情你们自己决定就行，我们会准时来参加的。

"虽然我们不干涉，但是该有的都会有。

"听到他求婚的消息，我们真的很开心。"

现代人的爱情很多都不那么单纯，爱情和婚姻多少都带着些功利的色彩。很多人会考虑双方的家庭、条件、学历是否匹配，结婚能带来什么便利。所有的所有，一点儿爱的意思都没有，只有合不合适。

这些都称不上爱，和爱没有丝毫关系。

爱是一种高度的精神契合，爱是陪伴，是包容，是理解，这些才能支撑着两个人走过艰难险阻。

人的一生会遇到许多困难，总要找个人挽着手一起走。

饶是卢枝在和他们通话前已经做了充足的准备，但这种情况还是她完全没有想到的。她手足无措，不知道应该怎么回应。

从小到大她都是一个不大擅长和长辈相处的人，后来自己一个人生活，对于这方面的社交更是完全不会。这是她第一次遇到这么温柔的长辈。

最后还是江为接了电话。

"妈，你和我爸那边的项目什么时候结束？"

"还得一段时间吧。你们房子准备在海城买吗？要是在海城的话，你爸爸有个同学，可以去联系他。"

"房子不用买。"

"儿子，结婚怎么能没有婚房呢？"

"我们现在住的这个房子就挺好的。"

"那个房子已经旧了。"

"重新装修一下就行。"

"行吧，你自己决定。"

最后的时候，卢枝还和江为妈妈加了微信。直到现在她还是觉得有些不可思议。

"想什么呢？"宋初拍了拍卢枝的肩膀。

"没。"她回过神来，摇了摇头。

这个时候的卢枝并不知道，在某一天的午后，江为曾给他父母打过一通电话。他在电话中将她的情况详细说明了，并且表明想要结婚的坚决态度。

江父江母在情感上对此表示理解，但毕竟是一个可能没有未来的女孩子，这种情况，任何父母都会有所顾虑。

在电话中，江为说：

"爸，妈，我真的很爱她，很爱很爱，非她不可。我不在意她是否生病，能和她携手一起走下去，是我这辈子最想做的事。

"我理解你们的顾虑，但请你们在她面前，给我们祝福。

"她太敏感了，只要你们流露出一丝犹疑，她都不会同意和我结婚的。

"这是我作为儿子，对你们的恳求。"

听了这席话的江父江母，第一反应就是——简直是疯了。他们不是心肠冷硬的人，面对唯一儿子的恳求，还是妥协了。

罢了，随他去吧，最起码让他不留遗憾。

所以，在与卢枝通电话的时候，他们才会如此宽容，一句阻止的话都不提，言语间都是祝福。

卢枝并不知道，江为曾为了他们的未来这么努力地争取过。

永远都不会知道。

临近毕业，除了卢枝，其他三人都选择继续深造，只有她整天无所事事，每天不是在家里躺着，就是出门去逛街，无聊的时候就喜欢看婚纱。

无论什么样的女孩子，对婚纱都有一种憧憬。江为说毕业就结婚，所以她也应该把这件事提上日程了。

宋初在得空的时候也经常来帮她一起选。

"抹胸的怎么样？蓬蓬的大裙摆，你体态好，穿着会很漂亮。"

"不要，不喜欢。"

"鱼尾的？能展现一下你的好身材，毕竟好身材就是要秀出来。"

"不想要展现好身材。"

"一字肩的？你肩颈线条好看，穿一字肩也好看。"

"不喜欢。"

"大拖尾？这条小点儿的也行，拖一点儿地，不会很累。"

"太笨重，不想要拖尾。"

"那这个法式方领的公主裙呢？这条也很漂亮。"

"不喜欢。"

"那你喜欢什么样子的？"

宋初实在无语，来来去去就这些款式的，卢枝哪种也不喜欢。

"我喜欢轻便一点儿的。"卢枝拿着平板不知道在看些什么，来来回回地翻找着，一直摇着头，好像没有找到符合自己要求的。直到翻到一张图片时，手突然停住了。

"这个。"

"什么？"宋初探过头去看。

"这个婚纱我喜欢。"

那是一张婚纱的照片，没有华丽烦琐的蕾丝，没有大裙摆，很简单的款式。白色吊带，袖子是透明的白纱，手肘和肩膀的中间是一个白纱系成的透明蝴蝶结，用料看起来很轻薄，长度堪堪及地。穿在身上刚刚好可以展现出卢枝优越的锁骨和背后的蝴蝶骨，确实非常适合她。

"难怪我选的你都不喜欢。"

敲定了婚纱，接下来就需要考虑婚礼场地了。

"草坪吧，我喜欢简单一点儿的。"

"没问题。"

和江为结婚，好像她只需要考虑这两件事，其他全部交给他就可以。

"真好啊！"宋初似是在感慨，眼神透过落地窗看向外面，似火的夕阳燃烧了整片天空。

一切都是最好的样子。

又是一年毕业季，曾经只是围观他人毕业的人，现在也当起了今年的主角。

江为、顾盛和宋初在暑假过后依然是学生的身份，新学期开始将会继续研究生学业。至于卢枝，休学一年过后，她也还是一名新鲜的大四学生。

校园里到处都挂着红色的横幅，上面各种各样的标语——

"毕业只是人生的逗号，不是学习的终点。"

"志当存高远，无愧梦少年。"

"再见了，相互嫌弃的老同学。"

"前路浩浩荡荡，万事尽可期待。"

…………

随处可见穿着学士服的学生，在学校的各个角落拍照，留下最后的纪念。照片定格的不是时间，是青春。

青春是什么？是学校操场上惊鸿一瞥，猝不及防的沦陷；是为了和心仪的人有一张合照，而拉着大家一起拍；是每天拼命学习，只为了能和某个人在同一张纸上留下名字。

短短四年悄然流逝，有些人的故事随之结束，而有些人的故事，才刚刚开始。

顾盛站在数院前面的草坪上，头顶是枝繁叶茂的树，他站在树荫下，向从不远处走过来的江为招手道："老江！老江！过来！"

江为闻言，脚步微顿，看了一眼顾盛，迈步朝他走了过去。

顾盛一把搂住他的脖子，将人拉到自己身边，控诉道："你怎么现在才来？哥们儿等好久了。"

"换了件衣服。"江为挣脱出来，整理了一下自己的衣服。

"明白。"顾盛还不了解他吗？

"你穿白衬衫看起来挺帅的。"

"嗯。"

"哎，老江，按照咱俩的关系，我肯定是你婚礼的伴郎吧？"顾盛满眼期待地问道。

"应该是吧。"

"什么叫'应该'？难道你还有别的人选？"顾盛瞬间炸毛，见江为没有说话，更加激动了，"不是我说，我早就把自己当作你婚礼的伴郎了，你可不准找别人。"顾盛有些委屈，"再说了，宋初肯定是伴娘，我更要做你的伴郎了。"

"知道了。"江为轻笑道。

"说好了啊！"

"嗯。"

得到了承诺，顾盛才放下心来。

"她们不是说要过来吗？"他四处看了看，没有看见两个女孩儿的身影，"不管她们了，来，咱俩先拍吧。"

他拉着江为便开始自拍，各种姿势、各种角度都拍了几张，甚至还给照片加上了滤镜。

江为拒绝不了，任由顾盛拉着，也没在意照片的效果到底好不好。

"哎，老江，你看这张拍得真不错，咱俩的盛世容颜完全展现出来了，这张我一定要留着发朋友圈。"顾盛欣赏着自己的帅脸。

"你听见我的话了吗？"他拍了拍江为的肩膀问。

见依旧没得到任何回应，他侧头看去，只见江为的眼神早已落在了别的地方，估计他刚刚说的话，一句也没听进耳朵里去。

"看什么呢？这么入神——"

顾盛顺着江为的目光看过去，远远地，走过来两个女孩子，虽然看得不大清楚，但应该就是卢枝和宋初。

"这么远你都能看见，真厉害。"顾盛自言自语道，视线从手机上离开之后再也没收回去，跟着江为一起看向那两人。

"我的未婚夫毕业快乐呀！"

卢枝将手中的向日葵递给江为。江为笑着接过。

耳边传来顾盛幽幽的声音："这么快就叫上未婚夫了……"

"怎么，你嫉妒啊？"卢枝转头看他，故意道。

"我嫉妒什么？"顾盛不自然地侧过头去，看见宋初也抱着一束花。

"给我的？"他恬不知耻地问道，反正谁都知道他一向厚脸皮。

见宋初没说话，他上赶着又问了一遍："是吧？是吧？"说完还自顾自地点了点头。

宋初无奈，将手中的花递给了他。顾盛接过，像是中了什么巨额彩票，爱不释手，看了又看，闻了又闻。

四人都齐了，顾盛拿着相机。

"来吧，咱们四个拍张照。"

卢枝和宋初站在中间，两个人手挽着手，江为牵着卢枝的另一只手站着，顾盛则是在宋初的那边。

他们找了一个路过的学弟，帮忙拍了几张照片。快门被按下的那一刻，江为下意识地看向卢枝，眼神温柔。

阳光明媚，绿荫高树，火辣辣的日光倾泻在他们身上，照片定格，一切都是最好的样子。

四个人没有在学校里多待，参加完毕业典礼，拍了些照片就离开了。毕竟又不是离别，下半年他们还得继续上学呢。

江为牵着卢枝走出学校，问道："东西都拿了吗？"

"嗯嗯，拿着呢。"她点了点头。

隐约间可以感受到她有些紧张，点头的动作都肉眼可见地力度加重了。

"走吧。"江为在路边拦了一辆出租车，"师傅，民政局。"

车上，卢枝看着自己身上和江为同款的白衬衫，陷入了深深的沉默。她小小年纪就要去领证了？这么快就要步入已婚妇女的行列吗？她还没毕业啊……

"怎么了？"江为注意到卢枝的反常。

"没什么。"她笑了笑，"就是……有些紧张。"她吐了吐舌头。

结婚啊，当然会紧张。

江为握着她的手紧了紧，温声道："别怕，我在你身边。"

一直默默开车的司机师傅听见了后座这对小情侣的对话，想到刚刚他们上车的位置，是海城大学。

"你俩是去民政局登记结婚的？"

人难免有些好奇心理，人生经历颇为丰富的司机师傅也不例外。

卢枝一般不喜欢把自己的事和陌生人说，但今天不一样，她要和江为去登记结婚。所以对人、对事特别宽容，难得和司机师傅说了几句。

"是的，我们是去登记结婚的。"

"看着你们两个人年纪都不大啊，这么早就结婚吗？"

"嗯。"卢枝笑着点头应道，"因为这辈子非他不可了，除了他，不会再有别人，所以干脆就结婚了。"

"一辈子很长啊！"司机师傅看着路况，缓缓地开口道。

卢枝其实能听明白这话中的意思。

人的一辈子很长，长长的一生中会发生太多的变故，会面对很多困难。"不会再有别人"这句话，放在什么地方都不会有人信。

但他们是不一样的。

卢枝没有再说话。

司机师傅好像没有注意到后座人的反应，继续道："不过结婚啊，确实是好。有家了，有需要照顾和守护的人。"

他似乎颇有感慨："婚姻要好好经营的，能走到最后是再好不过了。"

窗外街景不断地从眼前掠过，路边的那几条街道，卢枝和江为经常牵着手一起走过。时间过得真快，转眼大学毕业，转眼她要结婚了。

既然已经决定了，卢枝在民政局门口没有犹豫，没有退缩。

这天来登记的人不多，毕竟不是什么特殊日子，所以也没怎么排队，他们很快就办完了手续。红通通的结婚证拿到手的时候卢枝就在愣神，直到走出了民政局，耳边突然响起什么炸开的声音。她被吓了一跳，回过神来，才发现门口的宋初和顾盛，两人一人拿着一个小礼炮筒。

"你们怎么来了？"

"当然是来见证你俩领证啊！"

宋初将手中的东西塞进顾盛怀里，小跑着过来，接过那本红色的结婚证，翻开，仔仔细细地看了起来。其实上面无非就是几行字，但她却看得尤其仔细。

看完之后，她还意犹未尽似的，看着卢枝叹了一口气。

"怎么了？"

"你竟然结婚了，天哪！我比你还大几个月来着。明明一个小时前你还是个大学生，结果现在就成已婚人士了。"

宋初看着面前的卢枝，已经完全看不出前几年那副了无生趣的模样了。没有低沉，没有孤独，而是平静、满足。

她的眼中有了光，而江为，就是她的光。

这天傍晚，江为的朋友圈更新了一条动态，是两张照片。

一张是海大的毕业证，卢枝因为没有，所以她画了一个上去，交叠在一起；另一张是两本结婚证，照片中的二人皆是一身白衬衫，头依偎在一起，一个笑得灿烂，一个笑得温柔。

配文：已婚。

后面还加了一个红色的爱心。

后来这条朋友圈被反复截图，在学校论坛上传阅。毕竟一手毕业证，一手结婚证，对于很多海大学生来说比较稀奇。

曾经所有人都不看好的一对，终是修成了正果。

从此，他们的世界里，只有彼此。

婚礼安排在海城一家花园酒店。

是一场室外婚礼，卢枝不喜欢在宴会厅举办的那种，各色的灯光、封闭的环境，都让她不舒服。她还是喜欢蓝天、白云和草地，简单又温馨。

婚礼一辈子只有一次，不管卢枝想要什么样的，江为都会满足。

这是一个小型婚礼，来参加的人并不多，只有江为那边的几个亲戚、朋友，以及他们两人的共同好友。

除了场地和婚纱是卢枝自己选的，其他都是江为安排的。顾盛为此出了很大的力，鞍前马后，忙上忙下。幸好这场婚礼省去了那些传统的接亲环节，烦琐的礼仪也被两个人忽略了，给顾盛省了不少麻烦。

作为婚礼的策划人以及伴郎，他非常有成就感。

婚礼那天天气很好，阳光明媚，现场有卢枝喜欢的向日葵、白丝带、气球，以及她幻想了很久的鲜花拱门，每一处、每一个细节，都是她喜欢的。

她穿着那条一眼就看中的婚纱坐在休息室里，看着镜子中的自己，妆容精致完美，头发被简单地绾起，束上了白纱。颈间没有戴项链，耳垂上戴着一个小小的薄纱质地的蝴蝶结耳饰，和手臂上的蝴蝶结相呼应。

宋初站在身后看着。

"还记得我们小时候玩过家家，现在一晃眼，你竟然要结婚了，真是不可思议。"

"在别人的婚礼上，这些话都是新娘的妈妈说的。"卢枝忍不住调侃道。

"咱俩这些年，表面看着是闺密，实际上我就是给你当妈呢。"宋初开着玩笑道。

卢枝早就已经过了不许别人开关于父母玩笑的年纪了，她长大了，很多事情都看开了，很多以前避之不及的现在也完全可以拿在台面上来说。

两个人还没说几句话，休息室的门便被推开了。

"婚礼时间快到了，新娘可以出来了。"

听见这句话，卢枝起身，婚纱很轻便，完全不需要人在后面帮忙拎着，她一个人就可以。

宋初落后她几步："我这个伴娘当得真舒服，什么事情都不用做，连拎裙摆的机会都没有。"

"你什么都不需要做，陪着我就行了。"

宋初脚步微顿，明明刚刚两人只是相差了几步的距离，因为这一停顿，卢枝却离自己越来越远。看着卢枝清瘦的背影，宋初眼眶一酸，连忙追了上去。

是啊，来的这些人中，有几个是她认识的呢？她那些所谓的有血缘关系的亲人，没有一个人来。卢枝的身边只有自己，自己就是她的娘家人。从小到大的情谊，总会在关键的时候带来安全感。

婚礼上播放的歌曲是卢枝喜欢的那首 *How long will I love you*。

How long will I love you

As long as stars are above you

And longer if I can

How long will I need you

As long as the seasons need to

Follow their plan

How long will I be with you

As long as the sea is bound to

Wash upon the sand

How long will I want you

As long as you want me to

And longer by far

　　对你的爱会是多久

　　只要头顶的星空依旧闪烁

　　如果我的生命能永恒

　　对你的爱也会是永远

　　只要四季

　　依然更替

你我会相伴多久
只要大海
依旧冲刷海滩
对你的渴望会燃烧多久
只要你对我的爱不变
直到永远

　　没有挽着父亲的手入场，新郎也不是在尽头等着。卢枝挽着江为，伴着音乐，走在铺满鲜花的草地上。

　　婚礼的主持由顾盛担任，江为接过他递过来的话筒，牵着卢枝，转身，面向众人。

　　"首先，感谢各位来参加我们的婚礼。"

　　他环视四周，将在场所有人都一个不落地看了一遍，很认真，很重视。来人不多，但已足够。

　　"在场所有的人都是我和枝枝的亲人、朋友，我们很开心大家能来。

　　"我的枝枝喜欢吃甜食，但是每次我给她买奶茶她都嫌弃太甜，却又总是会喝完。她说她不喜欢花，可每当我送她向日葵，她又很开心。她喜欢口是心非，喜欢伪装，喜欢发脾气，她并不完美，但她依旧是这个世界上独一无二的我的枝枝，我的爱人，我的妻子。"

　　江为顿了顿，似乎是在组织语言。

　　"有很多人并不看好我们。

　　"但是我们相爱。"

　　他语气温柔有力。

　　"我们无时无刻不在接受考验和挑战。"

　　江为微微收紧牵着卢枝的手，似乎是在给她承诺。

　　"但是我可以保证，没有什么能把我们分开，即使是死亡。"

　　他说完，侧头看了看身边的人，恰巧卢枝也在看他。两人四目相对，随即相视一笑。

　　卢枝接过话筒。

　　她向来不喜欢多说什么，但今天这个场合，她应该说几句。

　　她缓缓开口，清澈的嗓音通过话筒传到每一个角落，能让在场所有的人都听见。

"江为他是一个很好很好的人，和他在一起我可以没有任何负担，没有任何顾虑，甚至什么都不用考虑。只要有他在身边，什么都不是问题。

"我们在一起很长时间了，我一直欠他一句话。"

卢枝侧头——

"江为，我爱你。

"人人都在谈论爱，人人都在寻找爱，人人都在逃避爱，有的人甚至不懂爱，不会爱。但是我们不一样，我们一直相爱。"

话音刚落，掌声响彻全场。

而宋初早已泪流满面。她的枝枝活得太难了，得有多幸运才会遇到江为。这个世界上哪有那么多痴男怨女？相爱的人只会更多。所以一旦有了心爱的人，一定不要放弃。

婚礼的传统环节是交换戒指，亲吻新娘，随后便是抛捧花。

卢枝从来都不走寻常路，到了抛捧花的环节，她拒绝了。她一只手拿着捧花，另一只手拿过话筒："捧花我就不抛了，不想给别人。我的婚礼我做主，我只想给一个人。"

她说完，视线看向角落里的好友。

"初初，过来。"

宋初知道她的意思，也没拒绝，上了台。

"给你的。我的婚礼，捧花非你莫属。"

宋初笑着接过。

她从小到大的朋友，无论什么时候都想着她。

宋初突然也想说两句话，她拿过话筒，缓缓开口：

"我是新娘卢枝的伴娘，也是她的好朋友。这辈子我们是最好的朋友。

"我活了二十多年，开心的日子五个手指头都能数过来，今天一定算一个。

"枝枝。"

宋初看向卢枝。

"没有人可以欺负你，你要知道，谁都不行，从小到大我都保护你，以后也一样。"

宋初眼眶渐红。

"咱们认识这么多年了，我没什么大愿望，就希望你开心、幸福。

"江为。"

宋初顿了顿，江为对卢枝真的很好，她挑不出任何毛病。

"祝你们幸福。"

她想要说的话很多，但此时此刻，那些话到了嘴边，却什么也说不出来。

上天真的太不公平了，明明她的枝枝是那么好的一个女孩。但幸好，她的枝枝找到了一个更好的男孩子。

宋初将话筒还给卢枝，拿着捧花下了台。

那天真的是一个极好的天气，天空清澈无云，空气中弥漫着淡淡的花香，气球半飘在空中，微风阵阵。婚礼简约温馨，来参加的人都带着自己最真挚的祝福，祝福这对新人。

第七章

婚后

清晨的阳光透过玻璃窗，倾泻在卧室的地面上，留下大片的斑驳。薄薄的窗纱随着微风缓缓地飘动，吹散了一室的暗香浮动，窗外的光线也若隐若现。

　　阳光落在床上，奶白色的被子微微凸起，里面的人微微翻动了下身子，眼皮重得睁不开，浑身上下一点儿力气都没有。

　　那人转过身去，脸颊贴上身旁人的胸口，熟悉的温度和味道让卢枝慢慢睁开了眼睛。入目便是江为的胸膛，她微微抬眼，小心地看向他的脸。

　　猝不及防地四目相对，卢枝大脑一片空白，昨晚的场景铺天盖地地重新浮现在眼前。他的吻落在自己身上，带来灼热的感觉，他在她耳边呼吸着，昏暗的房间里两个人贴在一起。

　　江为是一个很温柔的人，就连在床上的时候，也极尽温柔，生怕弄疼了她。但毕竟是第一次，难免生疏，她还是感觉很难受。

　　卢枝瞬间耳朵爆红，几乎是能滴血的程度，脸颊也微微泛着红，眼神在接触到江为的下一秒，就迅速收了回来。

　　她悄悄地、小幅度地、一点儿一点儿地往下挪，想要将脸埋进被子里，不想让他看自己。

　　江为比卢枝醒得早，没下床，而是半搂着她，看她睡觉。她睡着的时候比白日里温柔多了，特别乖巧，睡相也很好，不踢被子，不翻来覆去，就只是静静地躺在他怀里，安静地睡着。

　　然后他便看着他的小姑娘像个小乌龟似的，试图将头往被子里面缩，可可爱爱。

　　被子中的大手抚上她的腰，搂着她将她整个人向上提，阻止了她的动作。因为这一动作，卢枝的头和肩膀完全裸露在空气中。

　　昨天晚上，江为给迷迷糊糊的卢枝洗完澡后，她就睡过去了，他给她套上了一条白色的睡裙。睡裙的领口有些大，因为刚刚的动作，大片的肌肤露了出来。

两个人面对面，卢枝太容易看见江为的眼神是落在什么地方。她红着脸伸手将自己的领口往上拉了拉，然后把脸埋到他颈间，呼吸全都扑洒在他皮肤上，引得江为下意识地战栗了一下。

"你什么时候醒的？"卢枝在他脖颈间蹭了蹭，语气中带着清晨刚刚起来的沙哑。

"在你醒来之前。"江为笑着低头，在她额头上轻吻了一下，"早上想吃什么？我下去给你做。"

"嗯……"卢枝想了几秒钟，"煎蛋……"

"好。"

江为摸了摸她的头，从床上起来，弯腰给她盖好被子。做完这一系列动作，起身离开的时候，突然被卢枝拉住了手。

"怎么了？"他回头看她。

"过来。"卢枝拉着江为的手，将他重新拉回床边，一点儿力气都没费，她轻轻一拽，他好像就过来了。

她半抬起身子，在江为的侧脸上轻轻地印下了一个吻，接着轻笑一声道："早安吻。"

江为反握住卢枝的胳膊，刚刚想吻下去，就被推开了。

"快去做早餐！饿死了！"

"好。"

江为洗漱过后便去做早餐了。现在已经日上三竿，其实算不上是早餐了，应该叫早午餐更合适。

卢枝喜欢吃煎蛋，特别是煎得熟透了的那种，不至于太焦，两面微微泛着金黄色，好看又好吃。

她自己是个"厨房杀手"，只会吃不会做。宋初厨艺也不完美，最后总是会煎过了头。只有江为，每次都做得很完美，好像做过无数遍似的。

卢枝在江为下楼之后就起床洗漱，她坐在床边，低头便看见了拖鞋，整整齐齐地摆放着，鞋头朝外，摆放的位置正好能让她一下床就穿上。

卢枝穿上拖鞋刚一站起来，心脏突然抽痛了一下，她的身体随之一抖，但这种感觉很快就过去了，几乎是转瞬即逝。她下意识地看了一眼床头柜，那里面放着她平时常吃的药。

她去了卫生间洗漱，卫生间里有一面很大的镜子，原本是没有的，还是她住进来之后江为重新装的。她看了一眼镜子里面的自己，脸色还可以，不算苍白。

还好。

胸口处突然闷闷的，这种感觉越来越强烈，卢枝似乎都要站不住了。她猛地扶住洗手台的台面，大口地呼吸着，等了一会儿又慌忙扶着墙壁，费力地走回床边，拉开了床头柜的抽屉。各种各样的瓶子密密麻麻地装了一整个抽屉，都是医生给她开的药。

卢枝颤抖着拿出药，没有就着水，直接硬生生地将药片吞了进去。

吞下药后她瘫坐在床边，扶着胸口。不知道为什么，最近这种情况出现得越来越频繁，幸好吃药能稳定住。

缓了一会儿，感觉好些，她才慢慢站起身来，走出卧室。

刚一走下楼梯就闻到了厨房里传来的煎蛋的味道，但是……好像有点儿煳了？卢枝从来没有见江为在这方面失过手，今天是第一次。

"煳了啊？！"她语气中带着些许的幸灾乐祸。

当然了，那个煳了的煎蛋没有进卢枝的肚子，被江为吃了，卢枝的是一个完整的、没有煳的、金黄的煎蛋。

婚后的第一天，两个人哪里都没有去，一直待在家里——她、他，还有七七，他们一家三口一起。

家里的装修变了很多，大多是更换了软装，换成了卢枝喜欢的风格。另外，江为还给她买了一个大一点儿的躺椅，可以躺两个人的那种。

傍晚，江为将躺椅搬到了院子里，两个人躺在上面看夕阳。夕阳染红了整片天空，一片橘红色。

卢枝靠在江为身上，听着他的心跳声。

"江为。"

"嗯？"

"下辈子，你想做什么？"

"我还想做卢枝的丈夫。你呢？"

"我想做一个普通人。"

像普通人一样，过完自己的一生。

"江为。"

"嗯？"

"我们在院子里面栽一棵树吧。"

"什么树？"

"枇杷树。"

"好。"

街道尽头的拐角处新开了一家网红咖啡厅，早在还未正式开业的时候就已经在某手机软件上小火了一把，开业过后更是人满为患。宋初和卢枝一直慕名，却迟迟没有行动，等热度过后，两人才携手而去。

这家咖啡厅环境安静、清幽，店门口还有一棵柳树。推开门，门上挂着的风铃便响了起来，店里弥漫着淡淡的咖啡香，并不浓重，闻起来令人很舒服。

店里的装修很是复古，风格独特，还有一整面的挑高书墙，书架上放满了书。

卢枝照常找了一个靠窗的位子，从那里可以看见外面栽种的柳树、人来车往的红绿灯路口，可以看到熙熙攘攘的人群，温暖的阳光在枝丫间穿梭，随着枝叶的摇动变换着形状。

"新婚第二天就把我叫出来，江为没意见吗？"宋初戏谑道。

"不会。"卢枝笑着摇了摇头。

"真的？"宋初端起放在桌子上的咖啡，喝了一口。

"真的，他今天上午有事，所以我才来找你的。"

"才结婚两天，能有什么事情？"

"不知道，他没说。"

"哦。"

以江为对卢枝的感情，宋初一般也不会怀疑，他不说，那就表示应该不是什么大事。

"你俩什么时候去云南？"

"后天。"

卢枝和江为的蜜月旅行定在了南方的城市，他们都是土生土长的北方人，总想要到南方去看一看。想来想去，最后选择了云南，她喜欢大理，喜欢西双版纳。

海城有一座寺庙，坐落在山上，四周高树环绕，绿树成荫，苍绿的参天古树屹立不倒。

据说这座寺庙求什么都特别灵验。寺庙里很安静，一个接一个的人进来又出去，排着队，不喧哗，不吵闹，只是为了在菩萨面前叩拜，祈求愿望成真。

江为从不信佛，家里父母都是科研工作者，自然也不信这些。但是这一次，他却来了这个他曾以为自己一辈子都不会来的地方。

江为随着人群进入寺庙，踏进大厅，站在菩萨身前，请香，跪在垫子上，双手合十。

"听闻只要以真诚之心前来许愿，您便会实现愿望。所以我才会冒昧前来，为我的爱人祈求身体健康。

"她是一个非常善良的小姑娘，生活并不善待她，她却总以善良之心待人。

"她生病很久了，一直不愈。她不想让我知道，但我怎么可能不知道呢？我看见她脸色苍白地坐在床边吃药，却不敢进去，只得躲在她看不见的地方偷偷地看着。

"她也不知道我今日来这里。

"我不敢许下什么过分的心愿，只是想为她祈福而已。"

如果这天有人来寺庙上香，就会发现，一个年轻的男人，双手合十，在这里跪了很久很久。

大厅里巨大的菩萨像，镏金塑身，菩萨的目光凝重又慈祥，微笑地凝视着来祈求的男人。

谁都不知道江为只身一人来到寺庙祈福，只有那金身菩萨像知道；他说了什么，也只有菩萨知道。

两个人趁着假期的时间还长，收拾着行李就准备去云南。

一切都是江为打包的，卢枝只需要安静地趴在床上，跷起腿，看着江为将衣服一件件叠好装进行李箱中。

她顺便指挥着——

"那件白色的睡裙！

"不是那件，是旁边那个，那个长的。

"还有那条裙子也要。

"这个这个，裤子裤子。"

两个人收拾了好一会儿，才将东西都装好。

卢枝是第一次去云南，江为也是。南方的气候环境和北方完全不一样，饮食习惯差异也很大，卢枝却很喜欢那里。

他们去了很多地方——洱海、双廊古镇、丽江古城、泸沽湖。

从云南回来之后，卢枝的身体状况越来越不好。她的身体她很清楚，有什么变化自己都能感觉出来。

原本不怎么化妆的她，每天起床之后都会化个淡妆，抹点儿腮红，涂上口红，让自己看着气色很好。和江为结婚之前她还将头发染回了自然黑。化完妆她看着镜子里的自己，乌黑的长发披散在肩头，脸色红润，嘴唇也带着淡淡的粉色，看着确实是朝气蓬勃的样子。

只有她知道，那隐藏在妆容之下的真相。

做好一切后卢枝下楼吃早餐，是江为早上临走之前做的，餐桌上还贴着一张便利贴——

"早饭记得吃，凉了的话要热一下。今天我会早点儿回来，乖乖在家等我。"

9月份海大已经开学了。

江为和顾盛接着完成研究生的学业，宋初也是医院、学校两头跑，很忙很忙。只有卢枝，整天无所事事，原本办理了一年休学，这一学期是要回去上课的，但是她没去。这是她自己选择的，也没有人勉强她。

江为不在家，卢枝一个人去了一趟医院。若是平时，江为一定要陪同的，但是这次她没有告诉他，包括宋初，她谁也没告诉。

去往医院的那条路她走了无数遍，之后的流程也是无比熟悉，挂号，等待，医院里的那层楼，那条走廊，她闭着眼睛都能走过去。

明明是9月的天，卢枝却觉得很冷。乌云遮蔽了整片天空，也没有风，阴沉沉的。

所以她是因为天气才觉得冷的吗？

不是。

医院里的等候区有很多长椅，那里通常都坐满了人，有人在打电话；有人在休息；有人抱着孩子在哄；也有人身体不舒服地咳嗽着，坐在一旁的家人在不停地拍打着他的后背；还有人浑身疲惫，在那儿昏昏欲睡。

　　对面就是急诊，进进出出的人很多。卢枝几近呆滞地看着急诊门口，思绪却早已飘远，脑海中全都是医生刚刚说的话：

　　"你现在情况非常不好。

　　"你自己的身体你也是知道的，我就不多说了。除了保守治疗，就只能手术了。

　　"但是以你现在的身体情况，根本承受不住手术的强度。

　　"当年你做过一次，二次手术的风险极大。况且就算能做，目前也找不到合适的供体，再加上你血型也比较特殊，难度更大。

　　"我先给你重新开些药，你回去先吃着，要是不行，还是得住院治疗。"

　　医生的这些话，对卢枝来说无异于把她判了死刑。

　　她还有什么希望呢？什么也没有了。

　　她现在还清楚地记得医生说话时的表情——遗憾，对于一条生命即将逝去的遗憾。

　　一阵急促的声音将卢枝的思绪拉了回来。她眼睛焦距恢复，看见急诊门口停下了一辆救护车。急诊室里不断有医生出来，救护车里也有医生下来，他们从中将病人转移出来，推进了手术室。

　　卢枝神色平静地看着。短短不到二十分钟的时间里，她已经看见三辆救护车了。

　　她看见从救护车上下来陪同的家属，因为隔得远，只看见那人似乎是在抹眼泪，哭着跟了进来。

　　生命真的很脆弱。每个人都在哭声中来到这个世界，又都会在哭声中离开这个世界。既然最后都是要死去的，那么活着的意义是什么呢？

　　卢枝身体实在不舒服，走路时间长了胸口会闷闷的，喘不上气，所以回去的时候她是坐的公交车。下车后步行回家，因为昨天晚上下了雨，路上都是坑坑洼洼的小水坑，一不小心就会踩上去，她走得很小心，怕将鞋子弄脏。

　　浑浑噩噩地回到家，家里空荡荡的，江为还没回来。她换鞋，走到客厅，坐在沙发上，机械地完成这一系列动作。

趴在地毯上的七七似乎察觉到了什么，慢吞吞地走过来，用鼻尖轻轻地蹭了蹭她的脚踝，似乎是在安慰她。

"我没事。"卢枝笑着摸了摸七七，"我没力气把你抱到沙发上，你自己上来，行吗？"说着拍了拍身边的位置。

七七似乎听懂了，下一刻便跳到了沙发上，趴在她身边。卢枝这才满意地笑了笑，将手放在七七的背上，有一搭没一搭地抚摩着。

她随手打开电视，找了一部自己很喜欢的电影——《星运里的错》，是小说《无比美妙的痛苦》改编的。卢枝上高中时很喜欢这本小说，后来被拍成了电影，她看了很多遍。

明明是已经烂熟于心的情节，此刻她却无声无息地流下了眼泪。心里好像被什么堵住了似的，眼眶也忍不住地发酸。她靠在沙发上，单手捂住胸口，手微微颤抖着。

无法形容她现在是什么心情，刚刚在医院的时候没哭，在回家的路上没哭，但是等到了家，坐在沙发上，在江为她精心装饰过的房子里，身边还有七七的陪伴，想着这些，她突然哭了。

医生说的那番话，更严重的她都听过。但是这次不一样，她身边不仅有朋友，还有江为，有了七七。

生活应该一直这样过下去才对，平静又美好，但今天医生又将这一切全都打破了。

眼泪从眼眶中涌出，顺着脸颊缓缓滑下，在下巴处汇集，最后滴落下来。她没有撕心裂肺，没有歇斯底里，没有崩溃大哭，只是默默地流着泪。

屋子里很安静，只有卢枝隐隐约约的抽泣声。

院子的大门突然被推开，卢枝听见了外面开门的声音。不会有别人，只可能是江为回来了。她猛地抬手，用袖子蹭了蹭脸上的泪水，老老实实地在沙发上坐好，眼神飘忽，最终定格在电视屏幕上。

电影还在继续。

江为进门，一只手拎着袋子，另一只手抱着一束向日葵。他进门便看见了沙发上的一幕，没过去，而是拎着东西走向了厨房。

"我今天买了新鲜的排骨，晚上我做椒盐排骨给你吃，好不好？"

见卢枝没说话，他也没在意，或许是看电影入迷了。他将买来的食材整理好，又将新买的向日葵插到花瓶里。

"怎么了？刚刚和你说话也没反应？"江为倒了一杯柠檬果汁，走到客厅放在茶几上，在卢枝身边坐下，侧头看她。

刚刚进门的时候他只看见了小姑娘的侧脸，以为是在认真看电影。现在凑近了才发现，小姑娘的眼角和鼻尖红红的，脸上有泪痕，像是哭过的样子。

"怎么了？发生什么事情了？"江为瞬间慌了神，手足无措。今天他去学校，没在她身边，不到一天的时间他家小姑娘怎么就哭了？

卢枝本来已经止住了眼泪，但是当江为这么一说，泪水又止不住地流了出来。江为慌乱地给她擦眼泪。

卢枝"扑哧"一下笑了，道："我没事，就是看那个电影。"她伸手指了指电视上正在放着的电影，"感动哭了。"

"吓死我了。"江为松了一口气。

"江为。"

"嗯？"

"这部电影真的挺好看的。"

"嗯。"

"你有时间看一下。"

"好。"

时间一天一天过去。

江为学业繁忙，不能每天都陪在卢枝身边，她也要自己找点儿事做，不能整天待在家里，总是要出去透透气的。

卢枝也算是个小富婆，和江为结婚的时候，从来都不联系父母的她打通了那两个人的电话。她也有点儿庆幸，庆幸那两个人当初留给她的电话号码没有更换，他们也还愿意接她的电话。

当然，打电话的目的并不是修复那根本不存在的亲情，她只是为了要钱。虽然那两个人每年给她的钱都没有断过，但这一次她是要结婚，他们该给一点儿。

她简单说明了自己的诉求，她要结婚了，他们不需要来参加婚礼，但是得出钱。不给钱，她会让他们两个人都不好过。

这是她最后一次要钱，以后她和他们再也没有关系。

卢枝的父母也是要面子的人，这么多年坚持打钱也不过是为了让她不去打扰他们。那两通电话结束之后，卢枝就收到了钱，加上之前攒下的，以及当初外公外婆留给她的，她在海城也还有一套房子，算一算这辈子也可以衣食无忧。

嗯，如果她能活得时间长的话。

她这几天喜欢逛街，买很多的东西装饰她和江为的家，给自己买裙子，给江为买衣服，给七七买玩具。以前逛街都有宋初陪着，但现在宋初比江为还忙，所以她只得自己一个人出来。商场里的人很多，成双成对的，只有她是独自一人。

卢枝走到一家卖餐具的店铺门口。刚想着走进去，猝不及防地，小腿就被撞了一下，像是被什么尖锐的东西刺到了，一阵刺痛传来。撞击的力道有些大，卢枝没稳住，下意识地后退了一小步。

她皱了皱眉，低头看了一眼，是个小姑娘。

小姑娘穿着一条粉色的公主裙，白色的长袜，白色的小皮鞋，头上扎着两个小辫子，戴着粉色的蝴蝶结，小脸蛋白白嫩嫩的，一双水汪汪的大眼睛一眨不眨地看着她。

真可爱。

这是卢枝的第一反应。

小腿上的痛感明显，卢枝看见那小姑娘手中拿着一个芭比娃娃，想来刚刚应该是这个芭比娃娃蹭到了她。娃娃的手还挺锋利的。

本来有些烦躁的心却在看见这个可爱的小姑娘后，瞬间平静下来，她心软软的。

"没事吧？"卢枝缓缓地蹲下问道。

小姑娘摇了摇头，头上的两个小辫子也随着动作摆动着。

"下次要小心一点儿。"实在太可爱了，卢枝忍不住伸手摸了摸小姑娘的小辫子。软软的小姑娘，就连头发也是软软的，特别好摸，身上都是奶香味儿。

"姐姐，你好漂亮。"一直没有说话的小姑娘突然开口道，声音糯糯的。

"你也很漂亮，小公主。"

卢枝看着她，眼前一阵恍惚，脑海中突然涌现出一个想法——如果她和江为有一个孩子，那会是什么样子的？长得像江为，还是像她呢？如果是女孩子，她也要打扮成小公主的样子。

可是，现实是残酷的。她的身体，哪里能生孩子呢？

小姑娘被妈妈叫走的时候，临走前递给了她一颗大白兔奶糖。大概是在手中握了有一会儿了，温温热热的，奶糖也有些软了。

卢枝将这颗糖妥帖地放在了口袋里，走进了那家餐具店。

在那些令人眼花缭乱的餐具中，卢枝一眼就看见了那块桌布。嫩绿色的，上面有着小碎花的图案，很小清新，给人一种春天的感觉，万物好像都要复苏。

卢枝看见自己喜欢的东西向来不会犹豫，直接把桌布买了下来。正好家里的那块需要换一换了，那块看久了，有一些审美疲劳了。

她拎着购物袋从店里出来，上扶梯的时候突然感觉到有些眩晕。最近这些天她总是浑身无力，头晕，有时胸口还闷闷的，喘不上气。

上楼之后，卢枝找了一条长椅坐下，打算休息一会儿，她现在走几步路都会累。坐在椅子上，又想起了小姑娘送给她的奶糖。她从包里拿出奶糖，打开包装，放进了嘴巴里。一瞬间，嘴巴里都是甜甜的奶味儿。

吃完糖她给江为发消息：晚上我们在外面吃饭好不好？

江为很快回道：好，在家乖乖等我回去接你。

卢枝又打字：不用啦，我现在就在学校附近的商场，逛完我去找你。

江为回：好。

发完消息，卢枝抬头，不经意间看见了对面的手表店，像是想到了什么，她缓缓起身，走了进去。

从商场出来之后，卢枝便坐着公交车去了海大。刚走到数院外，就看见了从一楼大厅走出来的江为。他穿着简单的白色内搭针织衫，一条黑色的休闲裤，外套是一件卡其色的风衣。

他穿的是她给他买的衣服。

倒是没看见总是跟在他身边的顾盛，大概是有什么事情吧。

"脸色怎么这么不好？"江为一看见卢枝，就注意到她略显苍白的脸色。

明明从家里出来的时候已经化了妆，那会儿看起来还很好，只不过是逛了一会儿街，精致的妆容也掩盖不住了。她心里有些不安，但看着江为的时候，还是一如既往地淡定。

"没事，就是逛街走累了而已，我把商场的每个楼层都逛了几遍，累得我腿都疼。"卢枝的语气中满是无所谓。

那个商场是有五层的，但是她只逛了一、二层，也只是看了几家店。

运动量太大的话她身体负荷不了，但总是待在家又太闷了。没开学的时候，他还能每天陪着她，现在开学了，家里面就只有她一个人。

"以后我每天早一点儿回家，多陪你一会儿。"江为心疼地摸了摸卢枝的头，语气温柔。

"好。"

两个人在外面吃完饭回家，到家之后卢枝迫不及待地给他看自己今天买的东西。

"这个是一块嫩绿色的桌布，上面有小碎花，很小清新，我非常喜欢。"她将桌布举到江为面前，"是不是很好看？"

"好看。"

得到江为的答案，卢枝急忙拿着桌布走到客厅，将之前的那块拿了下来，铺上了新的。她手中动作不停，和江为说着话。

"这块桌布我远远地就看见了，一眼就喜欢上了。铺在餐厅的桌子上，真的有一种春天的感觉。"

江为看着在餐桌前忙碌的卢枝，听着她说话，眼神又瞟到那块嫩绿色的桌布上。

一模一样。

看到她这么开心，他也不禁被感染了，跟着笑了起来。

"我还给你买了一样东西。"卢枝快步返回客厅，在江为身边坐下，献宝似的拿起放在茶几上的购物袋，故作玄虚道，"锵锵锵锵！看！"

"什么？"

"你拆开看一看嘛。"她催促着他打开。

在卢枝期盼的眼神中，江为打开了袋子，里面是一个方形的盒子，盒子里装着一块手表。

"怎么突然想起来送我手表？"

"好不好看？"卢枝等不及了，帮他将手表戴在了手腕上。

"好看。"

"我突然想起，如果你以后做了老师，手腕上的文身不小心露出来了，让学生看见多不好。戴着手表，就能遮挡住啦！"

她说着，像是想到了什么，又将手表从江为的手腕上拿了下来。

"现在还不着急戴，等你做了老师再说。"

"好。"

说话间，卢枝突然想起去学校找他的时候，看见周围那些小学妹看他的眼神，那种钦慕的爱意藏都藏不住。她知道江为不会看别的女生一眼，但心里还是有些吃味。

"宝贝儿——"她掐着嗓子喊他。

"怎么突然这样叫我？"江为讶然，他第一次从卢枝口中听见这样的称呼。

"不喜欢？"卢枝挑了挑眉道。

"喜欢。"他轻笑，怎么会不喜欢呢？

"如果有一天你当了老师，你那些年轻貌美的学生想要撬我墙脚怎么办？"

"怎么会？我只喜欢你。"

"那她们也心怀不轨啊！"听到江为的答案，卢枝心里美滋滋的，她缓缓地靠近他，贴在他身上，双手灵活地挽住他的手臂，将头靠在他肩膀上。

她突然灵机一动："我们结婚证的照片你有吧？"

"嗯。"他当然有。

"要是有人问你，你就把照片给她们看，让她们知道你是有主儿的，知道你老婆长得特漂亮。"她一向对自己的外貌非常有自信。

"好。"江为温声应下。

日子不紧不慢地过着，这一天卢枝半躺在沙发上，举着手机仰着头，给还在学校的江为发消息：宝贝儿，你什么时候下课？我什么时候去学校？我们今天吃什么？

L：我在家好无聊哦，我什么时候去找你啊？想你了。

她手指不停地敲击在屏幕上，在等待江为回复的时候，顺手揉了一把七七。

七七一直都很听话，她抚摸的动作算不上温柔，但七七还是老老实实地趴在她身边，任由她动作，甚至还将头稍稍地往她的方向挪了挪，让她做起来更加方便，特别贴心。

片刻后，便收到了江为的回复：还有40分钟，你想什么时候来都行。

J：想在家里吃，还是外面吃？

J：顾盛问今天晚上我们几个人要不要一起吃饭，让我问一下你的意见。

J：你现在来也可以，先去奶茶店买杯奶茶喝等着我，我下课了去找你。

江为将卢枝的问题一一回复，没有遗漏任何一条。

看到回复，卢枝直接从沙发上起身，上楼去换衣服，脚下的拖鞋踩在楼梯上，发出"啪嗒啪嗒"的声响。她一边上楼，一边给江为回消息：好，我马上就过去，我去奶茶店等你。

卢枝很快换好衣服，准备出门打车去海大。但刚刚走出家门，突然踉跄几步，让她止不住地心慌。幸好身旁有门可以让她靠着，卢枝扶着缓了好一会儿，勉强恢复过来之后，才慢吞吞地出了门。

她在路边打了辆车，车速不快，车窗外的风景和建筑在眼前掠过。她看见了那条她和江为走过无数遍的路，看见了跨年夜那天他们去过的公园，看见了很多熟悉的建筑。路人行色匆匆，每个人都在过着自己的生活，忙忙碌碌。

她路过大学城，随处可见成双成对的学生，他们牵着手，相互看向对方的时候，笑容真挚温柔。

突然想到自己已经不是十八岁了。十八岁的自己是什么样的呢？她留着什么发型？头发又是什么颜色？她都忘记了。

很快就到了海大门口，卢枝付钱下车。逆着人流走进学校，顺着熟悉的路，她突然有些后悔自己没来上课，应该把大学生活过完的。她有些遗憾。

没走几步路，在家里时的那种感觉又来了。心悸，心跳失衡，喘不上气，眼前逐渐模糊重影，恍恍惚惚，呼吸急促。卢枝知道自己是怎么了，她颤抖着手想从随身携带的包里拿出药来，可手上也渐渐没了力气，用尽了全力才拉开包包的拉链。

因为她的身体，为了防止意外情况发生，她总会随身携带药，那是她的救命药。慌忙间，手机"啪"的一声掉落在地上，屏幕瞬间碎开。而她也像是失去了所有的力气，和那部掉落在地上的手机一样，缓缓地倒了下去。

模糊间，她好像看见不远处有人朝她跑过来，有人不停地推着她的肩膀，有人在喊她，也有人在打电话。她挣扎着想要张开嘴说话，却什么都说不出来，渐渐地，她什么都听不见了。

江为一直没有收到卢枝发来的消息。临近下课的时候，他几乎每隔几秒钟就会摁开手机看一眼。

没有，直到下课也没有。

下课铃一响，他就匆忙收拾东西离开了教室，脚步不自觉地加快，一边往外走，一边掏出手机给卢枝打电话，然而没有人接，手机里一直都是无法接通的冰冷女声。

他突然一慌，总感觉有什么事情发生似的，脚下一顿，朝着奶茶店跑了过去。她说在奶茶店等他的，他必须先去那里看一看。

"怦怦怦——"心跳逐渐加快，他拿着手机的手也开始发抖，因为太着急，身上很快就出了汗。

奶茶店里没有看见卢枝的身影，她不在。按照刚刚约好的，她应该是来了学校才对，不应该啊！

几乎是没有任何犹豫，江为转身朝校门口跑去，一边跑，一边不停地打着电话。

怎么不接啊？快接啊！

江为心慌不已。

手机突然振动，他连看一眼来电显示都来不及，连忙接通。江为停下脚步喘着粗气，还没来得及开口，就听见了那边说话的声音。

很焦急。

"您是江为吗？"是一道陌生的女声。

江为看了一眼来电显示，确实是卢枝的手机号码没有错。

"是，我是江为。"他哑着声音应道。

"是这样的，这部手机的主人现在因为心脏病突发被送往医院抢救，您是她的紧急联系人——"

世界一片寂静，江为突然听不见任何声音了，像是耳鸣了一般，耳朵里全都是"嗡嗡嗡"的声响。手也像是失了力一般，连手机都拿不住。手机缓慢地从手中脱落，掉在了地上，通话界面还显示着"正在通话中"。

江为几乎是用尽了全身的力气，跌跌撞撞地赶到了医院。

他的枝枝出事了。

当踏进医院的时候，他脚上仿佛有千斤重，让他完全提不起步伐，但脑子里还紧紧地绷着那根弦，没有断掉。

江为来到了抢救室门口。他看到了宋初，宋初今天正好在医院，接到消息之后立马就过来了。她坐在抢救室门口的椅子上，低着头，双手捂在脸上，看不清神色。

卢枝在里面。

长长的走廊中弥漫着消毒水的味道，穿着白大褂的医护人员步履匆匆地来来回回，甚至还能听见不远处有人小声抽泣的声音。这种声音在医院里并不少见，所有人都见怪不怪了。

江为无力地靠在墙上，看着对面的抢救室大门。白色的门紧闭着，一丝缝隙都没有，门上的LED显示灯亮着红光，"抢救中"三个红色的大字映入眼帘。

双腿再也支撑不住，他身体沿着雪白的墙壁缓缓地滑下，整个人无力地瘫坐在医院冰冷的地面上，刺骨的寒冷瞬间遍布全身。

顾盛一赶来就看见了这一幕——

江为瘫坐在地上，无力的、颓废的，整个人就好像是陷入了那种毁天灭地的悲伤之中，但眼睛却死死地盯着抢救室的大门，一丝一毫没有移开。

宋初则坐在椅子上，弯着腰，身体贴在大腿上，低着头，头发凌乱，双手捂着脸，让人看不清表情，但能看出她微微颤抖的身体。

顾盛在这一刻知道，现在的江为和宋初完全丧失了理智。失去最爱的人和最好的朋友，无论对于谁来说，都是几近灭顶的痛苦，没有人能承受得住。

顾盛迈着沉重的步伐走到宋初身边，将手轻轻地搭在她肩膀上。

他们三个，一个坐在地上，两个坐在椅子上。

他们都在等人，等着同一个人，等着那个人从抢救室里出来。

不知道在抢救室门口等了多久，也从来没有这么煎熬过，待在医院里的每一分每一秒都是痛苦的。就在三个人已经麻木了的时候，抢救室门上方的显示灯灭了，红色的灯光瞬间变成了灰色。

抢救室的门被人从里面打开。在门开的那一瞬间，三个人齐齐地看过去。

宋初从椅子上站起来，脚下不稳，踉跄了一下，还好顾盛手疾眼快扶了一把，她才稳住了身体。

而一开始就瘫坐在地上的江为，猛地从地上爬起来。久坐又猛起，短暂性缺氧以及大脑供血不足让他有一瞬间的眩晕，但是强大的意志力还是支撑着他跌跌撞撞地走向医生。

"谁是病人的家属？"医生的声音响起。

"我，我是。"江为连忙上前。

"和病人什么关系？"

"她是我的妻子。"

听到这个答案，医生不自觉地打量了江为一眼，抢救室里面的那个小姑娘正是大学刚毕业的年纪，没想到已经结婚了。

而且，还是这样的病。

可惜了。

看着站在自己面前的这个年轻男孩子满脸焦急，他突然明白过来，抢救室里那个女孩子的求生意志为什么会这么强烈，原来是还有人在等她。

一个人想活着，肯定是还有让她留恋的人。

"病人已经抢救过来了。先到ICU观察一下，没什么问题的话就可以转进普通病房。但是她这个情况，坚持不了多久，是做手术还是选择其他治疗方法，家属要商量好。"

"好，谢谢医生。"

卢枝被送到了ICU，家属无法进入，只能在门口隔着玻璃看她。江为几乎是寸步不离地守着。

病床上的卢枝，脸色苍白得像一张白纸，嘴唇却微微泛紫。她戴着氧气面罩，连着呼吸机，心电监测仪上跳动的线条，昭示着她还活着。

江为隔着玻璃远远地看她，眼神一直未曾离开，双手紧紧地贴在玻璃上。一旁的顾盛和宋初看着这一幕，谁都没有说话，自觉地退了出去。

站在医院门口，冷风不断地往宋初身上吹，渗透进她的衣服中，刺骨的寒冷刺入皮肤，游离到身体的每个部位。

她突然想起一句话——"医院的墙壁比教堂聆听过更多虔诚的祷告"。

耳边除了风声，还有救护车的声音。或许是哪条路上发生了车祸，救护车一辆接着一辆地赶到医院，从中抬出一个又一个的伤患。有的昏迷，有的身上沾着血。

在抢救室门口的时候她没哭，看见卢枝被送进ICU的时候她也没哭，但是现在站在医院门口，看着救护车拉着人进进出出，宋初突然哭了。

她嘴巴开开合合，缓缓道：

"其实一开始，我并不想做一名医生。我特别讨厌死亡，讨厌分离，讨厌医院的环境。但是因为枝枝，我改了我的志愿。

"或许是一种执念吧，我看过很多关于心脏病方面的书和资料，甚至打算以后做临床，想要选心脏方向的。可即使这样，我还是没有任何办法和能力来治疗枝枝的病。

"她是我这辈子唯一的、最好的朋友。我不明白这个世界为什么这么不公平，为什么坏人得不到惩罚，而善良的人却偏偏要遭受折磨。

"这段时间在医院，我看了太多的生离死别，太多复杂的人性。

"一个老人，一辈子的退休金都用来资助贫困生上学，行善事，做好事，但是等到了他生病的时候，他家里人却不愿意拿出手术费给他治疗，子女互相推脱责任，就因为没有得到父亲的退休金。

"我还看见过一个不到一岁的孩子，被检查出来白血病。她还那么小，什么都做不了，只会哭。她爸爸妈妈都是很善良的人，每年献血，捐款，从来都没有做过坏事。

"还有一个大叔，他儿子是军人，牺牲了，妻子得了癌症，无法治愈的那种。我从来没有看到过，一个大男人蜷缩在医院角落里号啕大哭的样子，就好像是被全世界抛弃了。"

宋初语气哽咽，眼泪不断地从眼眶中流出，风刮在她布满泪水的脸上，生疼。

"还有我的枝枝。她那么善良，那么好，但为什么所有人都抛弃她，为什么她要生病，为什么她的病治不好？

"他们都做错了什么？他们什么都没错。

"我还记得，在枝枝得知了自己的病情之后，甚至还有想要签署器官捐献协议的想法，只不过那个时候她还没到十八岁，没法儿签。

"你看，她多么善良。她才二十多岁，她的人生还有无限可能，她是要和她最爱的人在一起一辈子的。她还有好多风景没去看过，好多的美食没有吃过。

"都说好人有好报，可我发现并不是这样。我是坚定的无神论者，不信天也不信命。可是这次，好像真的要信了。"

顾盛不知道应该说什么，只是沉默着，将宋初搂进了怀里，叹了一口气。

"初初，我们都是凡人，很多事情是决定不了的。有些时候，我们必须，也只能接受那些无法接受的事情。

"还有机会的，我们再坚持一下。"

再坚持一下。

每个人都在坚持。

保守治疗对卢枝已经完全没有用，除了二次手术，别无他法。但是适合的供体太难找，要坚持到什么时候呢？或者说，卢枝还能坚持到什么时候呢？

两个人回到 ICU 门口，并没有看见江为。宋初在 ICU 外的椅子上坐下，顾盛出去找人。现在江为的状态是最差的，顾盛真的担心他会发生什么事情，会想不开。

顾盛先去了之前江为最常待的地方——医院楼下的花园，但那里并没有看见那道身影。他又返回楼上，经过楼梯间的时候，隐约看见里面有一个人影。虽然很模糊，但顾盛还是一眼就认了出来。

他推门进去，一股浓浓的烟味扑面而来，很是呛人。

楼梯间里昏暗，只有一点点从门缝漏出来的光，那点儿微弱的光线打在江为身上，让他整个人显得颓废又残破。他坐在楼梯最上面一级的台阶上，佝偻着腰，手中夹着一根烟，猩红色的火光在这昏暗中格外显眼，缭绕的烟雾包裹着他。

余光看见是顾盛推门走了过来，江为没什么反应，依然呆呆地坐着，深深地吸一口烟，像是毫不在意来了人。

或许是很少抽烟，又或许是刚刚那一口抽得猛了，江为被呛了一下，直咳嗽。他将烟从嘴边挪开，夹在手中，没有掐灭。

"这是我第一次见你抽烟。"顾盛的声音在这个狭窄逼仄的空间里响起，似乎自带回音，显得格外清晰。

江为轻笑一声，缓缓开口，声音沙哑："医生说，以枝枝现在的情况，住院保守治疗完全没有效果，只是暂时缓解她的痛苦，短暂地延长她的生命。

"最好的办法就是做换心手术，但是，但是根本找不到合适的供体。心脏源本就难找，加上她的血型特殊，更是难上加难。

"医生说我们要做好心理准备。做好心理准备，除了做好心理准备，我什么都做不了。老顾，我救不了她。"

心脏疼得好像就要裂开，像是有无数双无形的手在拉扯着他的心脏，拽着他，拉着他，撕心裂肺般的痛苦席卷而来。他呼吸逐渐急促，喘不上气，连说话都困难，嗓子就像是被什么堵住了似的，每说一句话，嘴里都渗出淡淡的血腥味。

在这个世界上，痛苦随处可见，但更让人绝望的是，给了一个痛苦的人一个渺茫的希望，并且使之相信。这是对一个人更加痛苦的折磨。

"我救不了她，我没有办法，我恨不得把我的心脏给她。

"我怎么才能救她？我总不能告诉医生我很爱很爱她，可爱是救不了一个人的。"

爱是救不了一个人的。

是啊，爱怎么能救得了一个人呢？药物、手术，这些都能救人，唯独爱不能，光有爱能有什么用呢？有爱能让一个人好起来吗？不能。

这是一个很现实的问题。

看着深陷痛苦的江为，顾盛也不知道说什么了，安慰是现在最无用的东西。

直到楼梯间的门被推开。

"你们在这里干什么呢？"小护士一推开门就闻到了烟味，皱了皱眉。

"医院内不允许抽烟，想抽就去外面抽。"

"抱歉。"江为将手中那燃烧了一大半的香烟掐灭，颓废地起身，身形踉跄，神情疲惫又痛苦。

小护士对这种情况太熟悉了，医院里比比皆是。

"先出去吧，散散身上的烟味。"说完便转身离开了。

顾盛看着踉踉跄跄的江为，伸手扶住了他。

"听人家护士的，先出去吧。一会儿卢枝醒来了，可不能让她闻到。

"坚强点儿，你可不能倒了，卢枝还等着你照顾呢。"

提到卢枝，江为的神情才有了些转变，恢复了一点点神采。

顾盛扶着江为手臂的时候，才感受到他身体正微微颤抖着，看起来脆弱极了。一直佯装淡定的顾盛也忍不住了，眼眶通红。

卢枝在 ICU 里情况稳定之后才转到普通病房，却一直都没有醒过来。江为守在病房里面，宋初和顾盛两个人在病房外。

宋初眼神呆滞，不知道是在想些什么。卢枝没有醒来，她的心就一直悬着。顾盛一直陪在她身边，和她一起等待着卢枝清醒。

他们没有进去，将病房里面的位置留给了江为，因为谁都知道，现在这个时候，最应该陪在卢枝身边的，就是江为。而卢枝最需要的，也只有江为。

夜深了，卢枝还没有醒过来的迹象，顾盛先将宋初送回了家。她这几天一直在医院，已经很累了，每天如此，顾盛怕她受不住晕过去，强制性地将她送了回去。

至于江为，他劝不动。江为从进病房到现在，一直握着卢枝的手不放，额头贴着她的手背，有时看他低着头，有时又看他直直地盯着病床上的人儿。

他不肯离开，谁也没办法。

深夜，病房里没开灯，漆黑一片，只有从窗外照进来的月光，洒满了整个房间。透过朦胧的月光，隐约可以看见坐在病床旁的那道身影，几乎是隐藏在了这片黑暗中。

卢枝的手冰凉，江为只能小心地握着，试图用自己身上的温度温暖她的手，但是没有用。她毫无生气，像是失去了体温一般，只能通过一旁心电监测仪上显示的心率，以及她浅浅的呼吸声判断出，她还活着。

整个病房里，除了机器的运作声和她微弱的呼吸声，就是他呼吸的声音了。他们的呼吸声交织在一起，这让江为感觉到，他的枝枝还和他在一起。

后来，谁都不知道，在这个午夜，在大部分人都陷入沉睡的时候，江为躲在病房的洗手间里，看着镜子里的自己，忍不住哭了，泣不成声。

一个男生的哭泣是什么样子的？压抑、沉闷，死死地咬着牙不让自己发出声音。不是那种崩溃到号啕大哭，而是强忍着的、绝望到发不出声音的哭泣。

二十分钟之后，洗手间的门被推开，江为从里面走了出来。他脸上还沾着水珠，眼眶通红，双手微微颤抖着。

他重新回到卢枝的床边，静静地守着她。

江为就这样守了一整夜，直到第二天一大早，宋初和顾盛匆匆赶来。

不过是一天一夜的时间，江为下巴处就冒出了短短的一截胡楂儿，整个人邋里邋遢的。宋初没提让他回家换衣服的事，她知道，在卢枝醒之前，他是不会离开的。

卢枝是在上午十点多醒过来的。她缓缓地睁开眼睛，很费力，眼皮好像重到完全撑不开。她似乎睡了很久，在这段时间里，她做了好长好长的一个梦，好像是将她和江为之间发生的事情重新经历了一遍，走马灯一般，一帧接着一帧。

她梦见自己住院了，江为去给她买糖葫芦。

那天下了一场大雪，海城成了一座雪城。因为她执意想吃糖葫芦，江为只能冒着风雪去买。他跑了很远很远才买到，买完又匆匆往医院赶。

她等了很久，久到已经不知道是什么时间了，才终于看见那道拿着糖葫芦的身影重新出现在病房里。

她看着他笑了。

她喊了他的名字。

梦境戛然而止。

一直握着卢枝手的江为感受到手下的变化，一瞬间浑身僵硬了，眼睛死死地盯着她。正往外摆放早餐的宋初和顾盛也发现了不对劲，停下了手中的动作。

他们看见，卢枝眼皮微动。

刚睁开眼睛时卢枝有一瞬的茫然，待眼神聚焦后才明白过来自己又在医院了。她缓缓转动眼球，先是看见了站在床边的顾盛和宋初，两个人脸上满是憔悴。她又慢慢地收回视线，看向床边，目光落在江为身上，他正紧握着她的手。

猝不及防地对上他的眼神，卢枝从中看见了深深的无助和痛苦，眼中还微微闪着泪光。像是被这泪光烫到了似的，她有些不敢看他，可视线依旧无法从他身上挪开。

　　他看起来好像很久没有睡过觉了，一脸疲惫，眼下有一圈淡淡的阴影，下巴那里还长出了胡楂儿。他从来都不会以这样的形象出现在自己面前。

　　"宝贝儿，你胡子都长出来了哎——"她扯了扯嘴角，"不帅了啊——"

　　江为没有说话，依然紧紧地握着她的手，微微低下头，将额头贴在她手背上。良久，才终于叹气道："幸好。"

　　幸好你醒过来了。

　　江为见卢枝醒了过来，便在她监督之下吃了早餐，又在她的逼迫下回了一趟家。

　　她什么都没问，他们也什么都没有说。

　　四个人都沉默着。

　　顾盛被宋初要求陪着江为一起回去，所以病房里现在只剩下了两个人。

　　"初初……"卢枝惨白着一张小脸，看着坐在病床边的闺密，喊她。

　　"怎么了？是不是哪里不舒服？"宋初下意识地出口问道，满脸紧张。

　　"没……我没事……"

　　她声音很轻，说话就像是吐气一般，慢吞吞的。

　　"我这次，是不是不太好？"其实心里早已有了答案，但还是忍不住问出口。

　　"没事，你之前也晕倒过不是吗？你就是突然犯病了，住一阵院就好了，不用担心。

　　"我说话你还不相信吗？我怎么可能骗你？真的。"

　　卢枝静静地看着宋初，静静地听她说完，突然笑了。

　　"初初，你知不知道……你说谎话的时候，就喜欢语无伦次，还总是自我肯定……我知道我这次不大好。"

　　她的身体，她心里有数。

　　"其实，我有一个秘密没告诉你。"

　　她们之间从小就没有相互隐瞒的事，这还是卢枝第一次说有秘密没告诉她。直觉告诉宋初这不是一个好秘密。

果不其然。

"其实在我和他结婚之后，我就感觉到身体一天不如一天了。

"有一次我偷偷来医院看过，医生说等不了那么久了，是要换心的。可是……哪能平白无故就有一个心脏给我换呢？"

"你说什么呢？我们一定会想到办法的。"宋初没想到卢枝什么都知道，她想尽量避开这个话题。她一直以来都无法接受卢枝会离开这个事实。

"每次住院我都会想，这次或许是最后一次了，下一次再闭上眼，就醒不过来了。但是之前每一次都会醒过来，但是……

"初初，我有一种预感，我下次可能不会那么幸运了。如果下次，下次……"

卢枝没能说出口接下来的话。

"不要给我做抢救，不要给我开刀了，太疼了。"

生病这么多年，卢枝几乎从不喊疼，即使小小年纪就做过心脏修复手术，她依旧一声不吭，很坚强。但是现在，她却说她疼。

宋初眼眶中的泪水悄无声息地滚落下来，一滴接着一滴。

卢枝很少看宋初哭，她心疼地伸出手，想要擦一擦好友的眼泪。但是她浑身都没力气，手臂根本抬不起来。看着卢枝的动作，宋初连忙扶住她的手，用另一只手将自己脸上的眼泪擦掉了。

"别哭，我就是……太累了。我好难受。"

"我知道，我知道的，我都知道。"她知道卢枝这些年很痛苦，日复一日地吃药，年复一年地治疗。

卢枝太累了。

"还记不记得我们曾经看过的一部电影，《本杰明·巴顿奇事》，里面有一个日出的场景，还有一句台词——

"You could be mad as a mad dog at the everythings went, you can swear and curse the fates,but when it comes to the end,you have let go.

"你可以像疯狗那样对周围的一切愤愤不平，你可以诅咒命运，但是等到最后一刻来临之时，你还得平静地放手而去。"

你看，无论命运如何走向，我们唯一能做的，就是坦然地接受。

我唯一想的是，如果有下辈子，如果下辈子我是一个健康的人，我想随心所欲，我想吃，想喝，想玩，想做一切我这辈子所不能做的事情。

但是我最想做的，是江为的妻子。

毕竟那一年傍晚夕阳下的少年太过耀眼，只是那么一眼，就让她沦陷。

卢枝住院的这段日子里，一直都是江为在照顾。他每天都在医院里守着，寸步不离。不过好在学校最近也放了假，不至于让他那么辛苦。

卢枝一开始醒来的那几天完全吃不下饭，没有胃口，吃一点儿都会吐。后来江为干脆不让宋初和顾盛每天送饭，他自己回家做，做好了再带到医院来。一天下来需要来来回回跑上好几趟，但每次他送来的饭菜，她也吃不上几口。最近才稍微好了些，多少能吃下一点点。

江为的身形逐渐消瘦，让日日看在眼里的卢枝越发心疼。

"今天吃什么？"

她难得对食物表现出一丝兴趣，江为颇有些激动："今天是鸡汤。"似乎是怕她嫌弃鸡汤太过油腻，连忙补充，"我盛出来的时候特意将鸡汤表面的油撇掉了，撇了好几次，已经没有什么油了。"

"那我要喝。"

这是江为近日来第一次听见卢枝主动说要吃什么东西，他很开心。

"好，我马上给你盛出来。"

他小心翼翼地扶着她坐了起来，将枕头垫在她背后，让她坐好，又拿起勺子，一口一口地喂着。他动作不快，不紧不慢地将勺子递到卢枝嘴边："来——"

卢枝顺从地张开嘴。

他一下一下地喂，她一口一口地吃，直到将这一小碗鸡汤喝完。

"还要吗？"江为问她。

"不要了。"卢枝摇了摇头道。

江为闻言，点了点头，也没逼着她多吃一点儿，她今天吃得已经比之前多很多了。他没再说话，只是低着头默默地收拾东西。

卢枝突然眼眶一酸："宝贝儿——"

"嗯？"他抬头看她。

"这些日子，辛苦你了。"不知怎的，她声音突然就哽咽了，但那张惨白的小脸上依旧带着淡淡的笑意。说着，她朝江为伸出了手，想要一个拥抱。

这段时间，江为在卢枝面前总是控制着自己的情绪，希望尽量不影响到她。但是他忘记了，他的枝枝是一个特别敏感的女孩子。

他轻轻地环抱住她，很轻很轻，他现在连抱她都不敢用力。她太脆弱了，就好像是一个易碎的瓷娃娃，稍稍碰一下就会碎掉。

"枝枝。"他轻轻地靠在她脖颈处，感受着她身上的温度，那温温热热的触感让他感觉到她还在他的身边，"说你爱我。"

"我爱你。

"我爱你。

"我爱你。"

卢枝一连说了三遍。

许久，江为才开口道："值了。"

听见她说爱他，做什么都值得。

"江为。"

"嗯？"

"等哪一天天气特别好的时候，你带我去楼下看看吧。"

"好。"

可后来很长一段时间内，都没有找到合适的天气带她出去。这一年的秋老虎格外厉害，江为舍不得让自己的小姑娘遭受太阳的炙烤。等天气已经不是特别热的时候了，卢枝早已将之前的想法抛之脑后，但他一直记得。

江为借了一个轮椅，准备带着卢枝出去。当卢枝在病房里看见他推着轮椅进来的时候，整个人都蒙了一瞬，忍不住笑出声来。

她只是心脏不好，又不是腿瘸了，怎么还得找个轮椅推她？

她拒绝了。

"不行，楼下人很多，电梯里也都是人，很挤，我用轮椅推着你比较方便。"

最后卢枝还是妥协了。在关于她的事情上，江为向来谨慎又细心，他担心她会出事。而她答应也是为了让他放心。

江为给卢枝披上一件外套，又在轮椅上铺上一个垫子。一切准备好之后，他将卢枝从病床上抱了下来。卢枝现在很轻很轻，轻到他完全不用什么力气，就能将她抱起，并稳稳地放到轮椅上，最后还在她腿上搭上一条薄毯。

现在已经是初秋，温度适宜，照在身上的每一缕阳光都是暖和的。卢枝微微仰头，感受着阳光的沐浴，舒服地喟叹一声。

江为推着她去了那个他经常光顾的小花园。长椅还在，树也还在，不过树上的叶子已逐渐开始发黄，从边缘开始慢慢蔓延，直到整个叶片都枯萎。

一年又一年，有的人来到这个世界，有的人离开这个世界，这些树见证了生命的开始和结束。

这家医院建在海边，可以听见不远处海浪拍打的声音，空气中还带着些许海水的味道，或许是海风吹到了这里。从小到大在海边长大的人，只是听见大海的声音都会感觉很舒服。

卢枝坐在轮椅上，江为则是坐在那条长椅上，他的手紧紧地握着轮椅把手，力道很大。

卢枝发现了，自从她住院起，江为就特别紧张她，必须一直待在她身边，感受着她的存在，没有一点点的安全感。

她看着来来往往的人群，突然觉得时间过得可真快啊，这么快就又要到冬天了。

冬天，真的是一个很难熬的季节。生病这么多年，她经常能听到医生对自己的病人说："等熬过这个冬天，就好了。"

真的会好吗？

不。不是这样的。

"我高中住院的时候，也是在这个位置，遇见了一个小男孩。"像是回忆往事般，卢枝缓缓地开口。

江为没打扰，静静地听着。

"他年纪很小，大概是刚上初中的年纪，个子也不高。好像才刚准备升初中，就检查出生病了。

"他得的是骨瘤。我在医院住得久了，看得多了，多少也了解到一些。骨瘤这种病真的非常痛苦，需要透析、穿刺，甚至需要做手术将骨头拿出来，将上面的肿瘤刮掉，再将骨头放回去。

"认识他之后，我曾去看过他。那个时候他被好多医生围着，一层又一层，他在哭，在喊，在叫，他说他疼。那是一种撕心裂肺的疼痛。

"我能感受到他很疼，但终归无法彻底感同身受。最起码我没他那么痛苦，我比他幸运多了。"

江为静静地听着，他知道她是在安慰自己。

两人在花园里晒了一会儿太阳就回去了，回病房的路上两人吸引了很多目光，引来一些窃窃私语。

他们说6床那个女生，住院的时候没见有什么长辈来，只有三个年轻人一直陪着，她是孤儿吗？

他们说她很瘦，给她打针的时候手背上根本找不到血管，太细了，而且因为生病，让她更瘦了，医生在考虑要不要给她打营养针。

他们说那个每天照顾她的男生是她的丈夫，没想到年纪轻轻两人就结婚了，很般配的一对，可惜这个女生得了病。那个男生一定很爱她吧。

他们说最近有个心脏供体，给6床的女孩子做了配型，配不上，也不知道要等到什么时候才能等到合适的。

他们说她经常站在窗边发呆，总是看着远处的大海，也不知道是在看什么。

时间流逝，很快就入冬了，海城这会儿还不算太冷，但和往年不大一样的是，早早就下了初雪。

透过窗户，可以看见雪花从空中缓缓地飘落，雪下得不大，零零星星的小雪花在空中飘飘扬扬。

卢枝半躺在病床上，侧着头看着窗外的雪景，有一搭没一搭地和江为说着话。

"今年的初雪下得真早。"

"嗯，往年都下得挺晚的。"

"今年跨年，广场上还有烟花吗？"

"有，每年都有。"

"那就好，今年我们可以在这里看，你陪着我。"

"好。"

"等今年雪下得大了，我想出去堆雪人。"

"你身体不好。"

"但是我想看雪人。"

"让顾盛给你堆。"

"好。"

"枝枝。"

"嗯？"

"等你出院了，我们把还没看完的电影看完。你之前不是一直想看《镰仓物语》吗？等你回家了我们一起看，七七也在家等你，它很想你。

"那个时候，家里的枇杷树应该也开花了，枇杷树的花期很长，你一定能看见。我们可以躺在躺椅上，一起看花。

"等你身体恢复了，我们就去度假。我假期很长，你想去哪里，我们就去哪里。西藏肯定是去不了的，滑雪也不行，蹦极更不可能。你不是还想去瑞士吗？我们可以去那里，在那儿住一段时间。"

卢枝躺在病床上，静静地看着他，听着他规划他们的未来，没有说话。

医生说卢枝的情况很不好，但只要她配合治疗，坚持住，还是能挺过今年冬天，只要挺过冬天，年后再想办法找一找，一定能找到。

心脏源这种东西，没有别的办法，只能等。

江为从医生办公室出来的时候，心情没有太大起伏。卢枝住院的这段日子里，他听过太多的话。只要他的枝枝能熬过这个冬天，他们就还有机会——他只记住了这一句。

江为将这个消息告诉卢枝的时候，她正在病房里看电影。她也没有什么反应，好像已经习惯了这些话。之前的几年里，每一年医生都和她说，只要能度过这年冬天，第二年他们会找到更好的治疗手段。可每一年她都还是没治好。她的病是无法根治的，随时都可能有生命危险。

今年的冬天尤其漫长，海城连续下了很多场雪，每一场都特别大。卢枝一直待在医院里，医生拒绝了她回家休养的要求，当然就算医生同意，江为也不会同意的。她现在这个情况，根本不允许出院。

这一天的雪下得很大，江为将她抱在轮椅上，推到窗前看雪。卢枝的脚已经浮肿得很严重，不知是心脏造成的，还是因为长时间躺在床上。之前她最讨厌坐轮椅了，现在也不得不乖乖听话。

卢枝的病房朝北，能看见大海。大海一眼望不到边，周边的沙滩上覆盖着一层厚厚的雪，白得漫无边际。

卢枝突然感到一阵心慌，胸闷，一种很不好的预感涌上心头。

"江为。"她突然喊道，声音很小、很细。现在的她已经没有什么力气可以大声说话了。

"怎么了？"江为急忙走到她身边蹲下。

"我想吃冰糖葫芦。"

"好，等一会儿宋初来了，我去给你买。"

他现在不放心她一个人待着，必须有人可以陪在身边，他才会离开。

"嗯。"

宋初下午来到医院的时候，卢枝半躺在病床上，脸色苍白，看到她进来，还朝她笑了笑。

"来了。"她抬起手，有点儿费力，但还是坚持朝宋初扬了扬，示意宋初过来。

"嗯。"宋初拎着保温桶走到床边，"我妈给你熬的鸡汤。"

看着几乎瘦成纸片人的卢枝，她忍不住开口道："你看看你现在都瘦成什么样子了，本来就瘦，是不是江为没有照顾好你？"

"没有，他对我很好。"卢枝笑着看了一眼在门口的爱人。

宋初看到她这副模样，眼眶突然湿了，强忍住想哭的冲动，盛出一小碗鸡汤拿着勺子喂她。

"喝点儿吧。"

"好。"

卢枝现在尤其听话。她之前一直不喜欢喝油腻的汤汤水水，都是江为将油撇得干干净净，她才愿意喝几口。但是到了这个时候，宋初他们想要她吃什么，她都会乖乖吃，不会提任何要求。

她不能再让他们伤心了。

刚喝了几口鸡汤，卢枝突然看向江为，满眼的委屈。江为知道她是什么意思。

"我马上去给你买。等我。"

"好。"

等江为的身影消失在病房门口的时候，卢枝突然拉住了宋初的手。

"初初。"

"嗯？"宋初回握住。

"我……"卢枝觉得呼吸有一些困难，连说话都费劲，只能紧紧地握着闺密的手，强迫着自己开口，"我觉得……我可能活不过这个冬天了。"

"你说什么呢？医生不是说过了吗？一定会给你找到更好的治疗手段，给你找心脏源。"

宋初最讨厌她说这样的话，讨厌她随意放弃自己。

看到闺密满脸的焦急，卢枝突然笑了。

"你真的还相信医生的话吗？"

宋初眼中悲痛难掩。

"我自己什么样子，我很清楚。"

她病了多少年了，没有谁比她更清楚病情，已经无法根治了。

她活了这么多年，也算是很长了。

还记得很早之前遇到过一个和她得了同样的病的女孩子，医生说那个女孩活不过十八岁，后来真的没有活过。

当初医生也是这么说自己的，但幸运的是，她多活了几年。

她已经很幸运了，比别人多活的这几年里，她遇见了自己最爱的人。

真的很幸运。

"我特意把他支开，是因为我想和你说些话，一些不能让他听见的话。"

卢枝笑了笑。

"我走之后他肯定会很伤心，你和顾盛多安慰安慰他，没有谁是离开谁就不能活了的。

"他要是以后能遇见一个对他好的女孩子，让他抓住机会，别总想着我。让他好好吃饭，好好睡觉，没有我的日子也要好好地过。"

"你觉得你说的这些他会同意吗？他有多爱你，你不是不知道。这些话你自己和他说，我不会替你转达的。"宋初撇开脸不看她。

"我知道。但我也希望他好好活着，除此我别无所求。之前一直觉得我这一生了无牵挂，但现在发现并不是。"

心脏突然一疼，卢枝捂住胸口，艰难地呼吸着，但还是坚持着把想要说的话说完。

"还记得十几岁的时候我说，如果有一天我死了，一定不要给我买墓地，我不想死了之后还被禁锢在一个地方。要把我的骨灰扬了，在大海，在山顶，在山涧，在开满向日葵的地方。

"但是好像，这样有些自私，总是要给别人一个祭拜的地方，毕竟这个世界上又不是真的再也没有关心我的人。"

她说话越来越费力，直到呼吸不上来，脸色苍白得像一张白纸。她已经瘦得不成样子了，即使给她吃了很多有营养的食物，甚至打了营养针，都没有用。

她的脸已经开始发紫，手掌、耳朵，身体浮肿，尤其是双腿。她像是被什么卡住了喉咙似的，极度痛苦。

"怎么了？"宋初瞬间慌了，"我马上去叫医生——"

她是医学生，医学知识扎实，很快就辨别出了卢枝现在是什么情况。但此时此刻躺在病床上的是自己最好的朋友，她无法冷静，手足无措，大脑一片空白。

"医生！医生！医生！"

这个下午是宋初这辈子都忘不掉的，在后来的日子里，每每想起，都痛苦无比。

卢枝心脏骤停，被送进了抢救室。

医院里现在只有她一人，她给顾盛打了电话，顾盛正在赶过来的路上；又给江为打了电话，但没人接，想来手机应该是落在了病房里。

隔着玻璃，她看见了她最好的朋友正在被抢救，心肺复苏，心外按压，上呼吸机，电复律，打肾上腺素，用除颤仪……她看着卢枝的身体随着除颤仪上下起伏，一下一下，身体起来又落下，像一个破碎的洋娃娃。

直到最后她的手微微抬起，然后缓缓地落下，毫无生气，手腕处的文身相当刺眼。

2021年12月21日，下午五点二十二分，医生宣布卢枝抢救无效死亡。

这一年卢枝二十三岁。

她还没来得及看完这个世界，吃遍所有的美食，以及完成她的愿望清单。在她人生的黄金时期，离开了这个世界。

甚至连她最爱的人，都没有看到她的最后一面。

宋初泣不成声，她这辈子最好的朋友，她从小一起长大的发小、闺密，人生中无比重要的人，在这个寒冷的冬天，从此离开了她。

医院附近根本没有卖冰糖葫芦的，江为跑了很远，找了很多家店才找到，幸好去得及时，老板本来打算提前关门的，他买到了最后一根。

拿着他的枝枝想吃的冰糖葫芦，江为脚步飞快地往医院跑去，一心只想着快点儿，再快点儿。风裹着雪花刮在他脸上、身上，雪眯了他的眼，让他根本睁不开眼，看不清路。

江为握着袋子的手都在发抖，不是因为冷，而是因为，那个时候卢枝就是在一个大雪天离开他的，他心神不安。

海城大雪，路上积了厚厚一层，天空中还在不断地飘着雪花，路上有很多清雪车在运作着，车经过的地方又很快落上新的一层雪，循环往复，久久不能停歇。

江为踩在雪上，脚下"嘎吱嘎吱"作响，他心跳很快，"怦怦怦"的心跳声比脚下的踩雪声还要清晰。好不容易看到了医院，想着终于快到了，又加快了脚步。

突然他胸口一疼，像是被针扎了似的，随之而来的是巨大的空洞感，似乎有什么东西在消失，他无法抓住。

他逐渐喘不过气来，好像预感到了什么，江为瞬间眼眶通红，看着近在咫尺的医院，灯光晃眼，视线渐渐模糊，眼前出现一个又一个的光晕。

不，不会的。

他强撑住，迈着沉重的步伐，一步，一步，朝着医院走去。但仅仅挣扎着走了几步，整个人就好像失去了所有力气一般，连冰糖葫芦都拿不住了，天旋地转，眼前一黑，随即失去了所有意识。

第八章

梦醒

“老江？老江！”

隐隐约约中，江为似乎听到有人在喊他的名字，一声接着一声，很急促。

但他睁不开眼，就好像被什么困住了一样，整个人处于一个洁白的空间里，空荡荡的，什么都没有，只能听见自己的呼吸声。

直到有人在呼唤他，那一刻开始，有无数双无形的手在拉扯他，拽着他，似乎想要将他拽出这空间。

他费力地睁开眼睛，一丝丝微弱的光亮映入眼帘，感官在渐渐恢复。

他想要开口说话，嘴巴张张合合，却发现自己被戴上了氧气罩，根本什么话都说不出来。他呼吸困难，浑身都在疼，一股浓浓的消毒水味钻入鼻腔。

他看见了顾盛，顾盛满脸的焦急。

“你怎么回事啊？你吓死我了！”看见江为醒过来，顾盛紧紧悬着的心才稍稍地放下来了一点儿。还活着，还好。

江为这才反应过来，他这是在医院。但是，明明……明明他刚刚在回医院的路上，他要给他的枝枝带冰糖葫芦，他的枝枝还在等着他呢。

“我的……冰糖葫芦呢？”他费力地张着嘴，好不容易才说出话来，“我给……枝枝……买的冰糖葫芦……”

“什么冰糖葫芦？老江你在说什么？”顾盛听不清，只能凑近努力地辨认着。但江为的声音实在太小了，他只能听见急促的呼吸声。

“枝枝说……想要吃冰糖葫芦，让我去给她买。我给她买来了，你是不是……放在哪里了？”

“枝枝还在等着我……你把冰糖葫芦给我，我去给她，去晚了她又得生气了。”

江为说话很费力，一字一句的。

顾盛听着，脸上的表情瞬间变了，好像在纠结着什么，即使再怎么不想说出那句话，但还是狠了狠心，对躺在病床上奄奄一息的江为说道："卢枝她早就去世了，很多年了，你忘记了吗？"

顾盛的话一字一句地传到了江为的耳朵里。

但是，明明医生说她还有救的，明明他走的时候她还好好地躺在床上冲着他笑。她还朝他摆手，说等他回来。

他们说好了的，等她出院了，一起看那部还没来得及看的电影。

顾盛似乎气急了，气江为怎么这么想不开。一直以为他放下了，但谁能想到，他会吃安眠药。

"你这么想死吗？

"你当初是怎么答应卢枝的？

"要是真想死，你早干什么去了，都这么多年了，为什么还放不下？"

虽然他话是这么说，但所有人都知道，没有谁真正地放下了卢枝，她一直活在所有人的心里。

失去最好朋友的痛苦，这些年一直围绕着他们。

明明就只差一步。

卢枝去世后的来年春天，宋初从她之前的主治医生那儿听到出现了一个适合的供体，如果她能挨过那个冬天，或许一切都会变得不一样。

这对所有人来说，几近是毁灭性的痛苦。

明明就只差一步。

卢枝死后，没有按照她之前的想法，将骨灰撒遍各处。算是作为朋友的自私，他们想要有那么一个地方，能经常去看一看，和她说说话。

那之后江为就一直失眠，整夜整夜地，长时间地。心理医生也看了，没有丝毫作用。没有办法，只能一直吃安眠药缓解。

但谁都想不到，之前医生开的那些安眠药他并没有吃，一直留着。直到这一次，他几乎将所有的药都吃了，量很大，药物几乎全部被吸收，严重损害了他的肾脏。医生不知道抢救了多长时间，才将他从鬼门关拉了回来。

安眠药。

是啊，安眠药。

他吃了安眠药。

江为像是用尽全身的力气，缓缓地抬起手腕——

没有，什么也没有。

所以那些他以为的重活一世，都是假的，都是他在做梦，其实最终什么都没有变。

哪有什么重生，只是他自己做的一个梦罢了。

所有的所有，就好像是气泡一样，被顾盛这么一戳，啪——全部都破了。什么都没有了。什么都是假的。

如果早知道那天是他们最后一次见面，他一定会多看她几眼，多陪她一会儿。

她对他太残忍，用一封信困住了他整整五年。可是他想要的，只不过是和她在一起，仅此而已。

江为躺在床上，眼中没有任何情绪，空洞，仿佛失去了所有的色彩，整个世界都成了灰色。

窗外橘红色的夕阳染红了整片天空，一如当年他们初见时的那一幕。

突然，他听见门口有人喊他的名字，声音清脆、欢快，很是熟悉。

"江为——"

他微微侧头，看见了他的枝枝。

她穿着那身初见时的白裙子，朝着他笑。

"江为，我好想你哦。"

江为突然笑了，眼睛微微眯起，好像真的很开心。他嘴巴张张合合，没有人听清他说了句什么。

"我也很想你……"

然后，不大的病房里响起了"嘀嘀嘀"的声音，是心电监测仪在发出警报，一瞬间一片慌乱。

顾盛大声喊着医生，医护人员进进出出，所有人的脸上都是慌乱和焦急。只有江为不一样——

他在笑，很满足地笑，因为他看见了他的枝枝。

他的枝枝来接他了。

在那栋属于他们两个人的房子里，院子里的枇杷树开花了，阳台的窗帘半敞着，随着微风的吹拂缓缓地飘动着，橘红色的夕阳照在地板上。

一直循环播放的电影《镰仓物语》正好定格在一个画面上，屏幕上的字幕清晰可见——

"列车通往的黄泉站，月台站满了来迎人的已故者，这哪里是悲剧，这是团圆。"

七七趴在地上，夕阳照在它的身上。

它突然呜咽了一声，似乎是在哭泣，又似乎是在为他们感到高兴。

因为他们终于团圆了，再没有什么能把他们分开。

江为去世之后，江父江母悲痛欲绝。白发人送黑发人，他们深深地陷入失去唯一儿子的痛苦之中。

但幸运的是，这对开明的父母对儿子自己选择的结局表示理解。爱这种东西，确实能让人为之抛弃一切，为之生，为之死。

后续事宜是顾盛帮忙办理的，他一边承受着失去好友的痛苦，操办着葬礼，还一边在心里骂着江为。明明还有大好的前途，却非要这样做，真是个情种。

在众人的默认下，江为和卢枝合葬于一墓。

他们在一起，不会孤单了。

江为的葬礼很低调，来者除了他父母和几个亲戚，就只有顾盛和宋初这两个朋友了。

那天久违地出了太阳，万里无云，温暖的阳光洒落在那冰冷的墓碑上。照片中的他们依旧年轻，依旧是二十岁时的模样，他们笑着，就好像通过镜头望着的是他们彼此深爱的那个人。

夕阳染红了整片天空，阳光洒在海大的学林路上。

所有人都不知道，甚至不理解，为什么江为明明已经抢救过来了，却还是这个结果。或许只有当天在场的顾盛知道。

那天的慌乱中，他看见江为在笑。在那个瞬间他明白了，他那么想要抢救回来的好兄弟，其实已经不想活了。

他丧失了求生的意志。或许死亡，对于他来说才是一个正确的选择。因为这样，他就可以和他的枝枝在一起了。

爱是什么？

不同的人有不同的理解和说法。每个人对爱的理解都是不一样的。

爱不是在一起，不是拥抱，不是接吻，不是性，也不是婚姻。

爱是在她离开的那一刻，他的人生也完全没有了任何意义。

这是江为的爱。

卢枝，1998年4月25日生，海城人，因先天性心脏病于2021年12月21日下午五时二十二分抢救无效离世，年仅二十三岁。

江为，1998年3月21日生，海城人，因服用过量安眠药于2026年12月21日下午六点三十一分抢救无效离世，年仅二十八岁。

二人合葬一墓。

生同衾，死同椁，也算是圆满了。

（完）

番外

多年以后，在海城的海边经常有人看见一对老夫妻，他们穿着同色系的衣服，牵着一只金毛，在夕阳西下的时候，挽着手散步。

　　海天相接的地方一片橙红，夕阳西下的海边景色像一幅写实的画作，而这对老夫妻，便是这幅画作中最亮眼的色彩。

　　老爷爷的头发已经白了，打理得很整齐，整个人看着很有精神。他架着一副眼镜，手腕上常年戴着一块已经很旧了的手表，表带磨损得有些厉害。老奶奶总是打扮得很精致，不难看出，年轻的时候一定是个大美女，每次都紧紧地挽住老爷爷的手臂，微微靠在他身边。

　　海边经常会出现推着小车卖冰糖葫芦的小摊，每次老奶奶都会拉着老爷爷慢悠悠地走过去，凑在那几对年轻情侣之中，探着头看几眼，然后挽着老爷爷的胳膊轻晃着，让他给她买。而老爷爷也一直是一脸的宠溺，应了她贪嘴的要求。

　　现在这个年代，很难见到这样的爱情了。快餐时代的爱情转瞬即逝，已经很少有人对此有所期待，但依旧有年轻人对这样的爱情充满向往和感动。

　　有人将他们的背影拍下来，发到网上，引发了很多的关注和讨论。

　　携手到老，一生只爱一个人，总是让人动容。

　　傍晚散完步回家的时候，听见家里有说话的声音，两个人对视一眼，笑了笑，推开院子的门走了进去。

　　刚刚进到家里便看见了站在客厅的小姑娘。

　　"哇！外公又给外婆买向日葵了！"小姑娘小跑着过来挽住了卢枝的胳膊，撒娇般地靠在她肩膀上，"外公好爱外婆！我以后也想找个外公这样的男朋友！"

"那你是不可能了。"卢枝笑着回答道。

"为什么啊?"小姑娘疑惑地看着她。

"因为这个世界上只有一个江为,他是你外婆的。"卢枝紧紧地挽住江为的胳膊,像是在炫耀。明明年纪已经这么大了,还跟年轻时一样。

"哇,又给我吃'狗粮'!"小姑娘单手捂着胸口,故作一副受伤的样子。

江为和卢枝婚后并没有要孩子,卢枝身体不好,生孩子对她损害太大。

江为想让她在自己身边多留一会儿,而卢枝也有如此想法。孩子只是他们漫长人生中一个锦上添花的存在,但是如果这个存在会伤害到卢枝,江为是不愿意的。

后来在他们二十八岁那年,卢枝说自己很喜欢宋初和顾盛的儿子,也想有一个自己的孩子,所以两个人从福利院领养了一个小女孩。

卢枝很喜欢这个女孩儿,她说特别像她小时候。她觉得,这个孩子就是上天送给他们的礼物。

在外孙女江唯一的印象中,没有比外公外婆还要相爱的夫妇。

他们从二十岁不到的年纪就在一起,直到白发苍苍,携手一起走过太多艰难的日子,哭过,笑过,但同时也一起度过更多美好的时光。

他们一如既往地相爱。

外公会在每天早晨醒来之后将地上的拖鞋摆放好,给外婆挤好牙膏,再煎上一份她喜欢的煎蛋,会在下班之后去超市买她喜欢的食物,买她喜欢的向日葵。外婆会每天给外公一个早安吻,给他系围裙,乖乖地在家里等他下班。

他们一起吃饭,一起散步,一起逛街。

他们携手度过余生。

一直以来,外婆身体都不好,年轻的时候做过换心手术,虽然手术成功了,但后遗症很多,这些年也多亏外公的悉心照料。后来随着年龄增长,外婆的身体越来越差。

两个人早早立了遗嘱,做了公证,死后所有的存款都捐给基金会,专门用来帮助那些患有先天性心脏病的孩子。他们名下的两套房子,一套留给女儿,现在住的这一套留给外孙女。

七七在很多年之前就已经去世了,现在陪伴着他们的是七七的曾曾曾孙女糖葫芦。

故事的最后总要有一个人先走的。

在卢枝六十八岁这一年，她的心脏问题加重，进了一次抢救室。这些年来她进抢救室的次数不少，但没有任何一次比这次更让人揪心。这个年纪进抢救室意味着什么，大家心里都清楚。

心脏的问题已经完全控制不住了，再加上年纪已经很大，医生将家属喊到了办公室，明确地告知已经没有继续治疗的必要，只会加重患者的痛苦。

在场的所有人都脸色沉重，失去亲人的痛苦谁都不想承受。只有江为，像是什么事都没有发生一样，依然面色平淡。他还是和往常一样，坐在卢枝的床边，看着她笑，轻声询问她想要吃什么。

没有人想要去打扰他们。他们怕如果开口，说些不妥的话，会彻底击垮江为。他们都知道，江为表面看似平静，其实内心早就已经崩溃，即将失去自己这辈子最爱的人，没有谁不痛苦。只是在卢枝面前，强作笑颜，他不能让她看见自己伤心难过，他知道，如果让她察觉到了，她一定会比他更加难过。

最后的那段时间，卢枝的精神已经很不好了，什么都吃不下去，身体很虚弱。江为就安静地坐在她床边，轻声和她说着话。

大部分时间都是他在说，而卢枝只是安静地听着，因为她连说话的力气都没有了。

卢枝说她想要听他唱歌，江为笑着说好。

他握着她的手，给她唱着——

"此生最好的运气，就是遇见了你。刚好你也爱我，我也爱着你。

"此生最大的欢喜，就是等到了你。是你带我走出，那片沼泽地。

"我希望五十年以后，你还能在我左右，和你坐在摇椅里，感受那夕阳的温柔，听微风轻轻地吹，听河水慢慢地流，再聊聊从前日子，刚谈恋爱的时候。"

卢枝是在 12 月 21 日傍晚离开的，那天天气很好，是太阳刚刚落山的时候，透过病房的窗户，还能够看见远处的海上落日。

她是平静地离开的，离开的时候还牵着江为的手。

两个人的手紧紧地握在一起，甚至到了最后，卢枝失去了最后一点儿力气，手无力地垂下的时候，江为依旧紧紧地握着她的手。

他们自始至终都没有放开过彼此的手，即使到了人生的最后一刻。

没有做抢救，这是卢枝自己的要求，也是家属的默认。江为说，这么多年卢枝已经遭受了很多罪，最后的时候，让她走吧。她太累了，她为他活了这么多年，应该平静地离开了。

21日晚上，江为说想要一个人静一静，然后便进了他和卢枝的那个房间，一直没有出来。

家人担心他想不开，犹豫了很久，还是打开门走了进去。

在打开房门的那一刻，他们看见房间的阳台上放着一张躺椅。那张躺椅已经很旧了，是两位老人还年轻的时候买的，一直放在他们的卧室里。

头发花白的江为安静地躺在躺椅上，双手交叠放在小腹上，闭着眼睛，嘴角微微扬起，像是在微笑，很安详，完全没有被他们开门的声音打扰到。

家人站在门口看着，想要开口喊他，突然哽住了，像是意识到什么，猛地捂住嘴巴，满眼的不可置信。

江为在卢枝离开的同一天，也跟着离开了。没有服用药物，没有突发疾病，就只是安静地躺在躺椅上睡着了，然后再也没有醒过来。

没有了卢枝的江为，人生完全没有任何意义，没有人不知道，没有人不理解。所有人都知道，所有人都理解。

这是江为自己的选择，他们对此表示尊重。

这个世界上就是有一种这样纯粹又真诚的爱，就是有这样一对相爱的人。

江为一生平坦，工作顺心，家庭美满，身体健康。妻子年少身体有恙，好在治疗及时，夫妻二人相濡以沫，白头相守。后妻子久病未愈离世，江为追随妻子的脚步，二人于同年同月同日离世，享年六十八岁。

二人合葬一墓。

生同衾，死同椁，他们在一起。

后记

最开始有写这个故事的想法是在一个傍晚，那天的夕阳很漂亮。我坐在咖啡店的角落里，听朋友吐槽她烦琐的工作。

那天她说了很多很多话，但唯一让我印象深刻的，是她随口一提的一件事："一对年轻的夫妻，妻子生病去世，丈夫没过多久也跟着去了。"

她或许不会记得她说过这么一句话，却让我记了好久好久。

后来出于很多原因我经常出入医院，见过了太多的人，太多的生离死别。然后在一天深夜，我打开电脑，开始写这个故事。

其实最开始只是想要讲述一个关于生命、关于爱情的故事。

什么是爱呢？这是一个困扰着很多人的问题。

后来想想，我不能以我个人的想法和观点来表述，因为这样实在太片面。爱情有太多种样子，它千奇百怪。所以，便有了江为这个角色，他深情、专一、温柔、固执。这样的一个人，他的爱情会是什么样子呢？

我想写一些关于江为的爱，但也仅仅是关于他自己对于爱的看法，对于爱的理解，以及对于爱的选择。

这是一个太普通的故事，普通到他们的生活并没有什么波澜起伏和戏剧性的转变。他们也是很普通的人，普通到无法跨越生死。

他们的故事在普通人中比比皆是。有生就有死，死亡并不可怕，可怕的是你走了却将我一个人留下了。

阴阳两隔是一个太现实的事情，也是一个任何人都无法改变的事情。

对于两个相爱的人来说，一个人带着那些幸福的回忆来生活，才是最残忍的。

写完这本书之后，我以为我很快就能释怀，但是后来写起别的故事，总是下意识地将男主角和女主角的名字写成江为和卢枝。

这个时候我才发觉，释怀也是一件很难的事情。

所以江为的那五年，应该很难熬吧？

其实江为能独自一个人熬过那五年，是因为有卢枝写给他的那封信作为支撑。但是这种支撑因为卢枝不在他身边，就像一棵从根部开始腐烂的树，随着时间的流逝，早晚是要倒下的。

一棵已经烂了根的树，又能存活多久呢？

于江为来说，完全没有任何意义，因为卢枝，就是他活着的意义。

所有的人都只看见了他还活着，其实他早就已经死了，死在了她离开的那一天。

我从来都不赞同江为最后的选择，所以我一直提倡要珍惜生命，热爱生活。但是现实生活中，这样的事情、这样的人，是确确实实存在的。虽然我们可能没有见到过，也没有听到过，但是，我们不能因为这个就否定它的存在，否定这种爱情。

这已经是江为所能选择的，对他来说最好的结局。

是有多爱呢，才能做到这一步？

我其实也无法形容那种痛不欲生、撕心裂肺，那种失去了爱人的绝望。痛失挚爱，是这辈子最痛苦的事情。

卢枝只有江为，而江为，也同样只有卢枝。

他们两个人，失去了任何一个，另一个都是活不下去的。

他无法再爱上另一个人，也无法一个人度过余生，所以，他去找她了。

这是最好的结局。

爱真的有这样一种神奇的魔力，能让一个人为之抛弃一切，为之生，为之死。所以命运这辆列车终是将他带到了她的身边，他们在一起了，永远不会分开。

我们生活在一个快餐时代，很多人对于爱情已然不抱有什么太大的希望。但是我们要明白，这个世界上不是没有爱你的人，只是他还没有到来。

所以，我们都应努力，不要让自己丧失了爱的能力。

沈逢春

2022 年 4 月

图书在版编目（CIP）数据

为枝 / 沈逢春著. -- 北京 : 北京联合出版公司,
2023.9
ISBN 978-7-5596-7139-4

Ⅰ.①为… Ⅱ.①沈… Ⅲ.①长篇小说-中国-当代
Ⅳ.①I247.5

中国国家版本馆CIP数据核字(2023)第129962号

为枝

作　　者：沈逢春
出 品 人：赵红仕
监　　制：一　航
选题策划：航一文化
出版统筹：康天毅
责任编辑：周　杨
特约编辑：丁娓娓
封面设计：光学单位
版式设计：罗佩佩
插画支持：水间　噜噜　本宝BB机

北京联合出版公司出版
（北京市西城区德外大街 83 号楼 9 层　100088）
北京联合天畅文化传播公司发行
三河市嘉科万达彩色印刷有限公司印刷　新华书店经销
字数273千字　880毫米×1230毫米　1/32　8.625印张
2023年9月第1版　2023年9月第1次印刷
ISBN 978-7-5596-7139-4
定价：49.80元
